U0931641

大唐西京千福寺多寶佛
塔感應碑文

昔者倉頡作書，而天雨粟，鬼夜哭。

——《淮南子·本經》

宮本武藏的末世傳人

The Kensei's Calligraphy

Contents

目錄

宫本武藏的末世傳人

The Kensei's Calligraphy

大唐西京千福寺多寶佛
塔感應碑文

一九七三年・中國某地

這是最好的時代，也是最壞的時代；

是智慧的時代，也是愚蠢的時代……

這是狄更斯在《雙城記》中的傳世名句。

那時候的一切，處處透著紅光亮，

沒有鍍金的奢華，才見人性的可貴，

不施脂粉的中國，底裡卻是潛伏的巨龍。

時代的湍流，命運的巨輪，以天空為布幕，

上演著一幕幕悲歡離合的人間劇……

一。

每個數字都有它的意義。

每個漢字都有它的意思。

一入空門，受賜法名，別於塵俗；皇帝壽終，謚號傳世，以表一生功過；殺手行走江湖，也會有一個響噹噹的綽號。

人類取名，有其含義，尤其是中國人，更講究名字背後的意思，正因漢字繁多，一字多音多義，衍生出無窮無盡的配對，故此中國人為子女取名是一件頗為頭痛的事。

有的名字可以傳世，有的名字容易被淡忘。

土崗上，一墩一墓，順山脊而排，插著幾十個墓牌，有的根本沒寫上任何字，只是用來標記下葬位置的木樁。

這是一個人命低賤的時代。

但，幸好，當年土地不值錢，政府又沒有干預規管，人民死得起，死也死得舒服。

對某些人來說——

死亡，可以是一種幸福。

一九七三年，文革裡最瘋狂的歲月已逝，參差錯落的石階上的血液正在慢慢乾涸，而晨風總是穿透茂密的山林，悄悄來到城裡的大街小巷。

小巷子的名稱是「黃刀巷」，和世上許多小巷子一樣，巷名或許只是隨意改的，根本無必深究。

這條小巷子裡，住了幾戶人家，還有兩個沒有名字的孤魂。

四尺寬六丈深的陋巷，灰牆與黃瓦綴合，整條巷子就像一塊破布。在抗日戰爭時期，這一帶是重災區，事隔三十年，塵歸塵，土歸土，歲月填補了裂縫，歷史早已埋葬了故人，而活人就要繼續在悲劇的漩渦裡尋找出路。

在暮鼓晨鐘之中，有個穿著舊夾襖的男人掀門而出。

殘夜將盡，曉寒未散，窄巷裡仍是灰沉沉的，那男人感到一陣寒意，扯緊了衣口，這才發現又掉了一顆鈕扣，夾襖上只剩下兩顆鈕扣。

那男人年過三旬，家裡沒娘兒，針線這種活兒他不會做。男人心事繁重，也無暇顧及這等小事，更何況街上大多數人衣衫襤褸，能穿上沒破洞的上衣已是勝人一等。

悲風蕭條，也不及這男人的心境荒涼。

出了巷子，茫茫然過了半街，男人盯著路旁的小店。男人走近店攤，就要了兩份燒餅。姥姥認得是熟客，叫了他一聲「駱先生」，手裡麻利，就抓了兩個現烙的燒餅包好，放在駱先生自己帶來的布包裡。

駱先生趕時間，邊走邊吃，沿來路回家，回到那條灰溜溜的小巷子裡。從外面看，他的身影時斷時續的在階梯間的小窗口出現，腳步聲漸漸向上，到最後隱沒在三樓那片昏沉的空間裡。

——流血，我又流血了。

——老公，你聽見嬰兒的哭聲嗎？

——假如有一天我死了，你會像現在一樣愛我嗎？

說話的不是幽靈，說話的是駱先生的「愛人」，即是他的妻子，那陣子流行「愛人」這個叫法。但駱先生的妻子不在家，現在這個家只剩下他一個人。獨個兒住，免不了疑神疑鬼，在同一個地方，時空彷彿重疊了，虛虛實實之間，那些曾經出自他愛妻口中的說話總是一再鑽入他的耳中。

駱先生並非迷信之人，但碰著太多不幸的事故，令他隱隱覺得自己住的是凶宅。

不多久，長長的影子再在巷子裡出現。

駱先生又再出門，這次他離家的時候，手邊牽著一輛自行車，布包裡的燒餅只剩一個。

舊街斑駁，老巷迂迴，晨光綿斷，夢魘一般的泥路。

駱先生騎著自行車，哼著小調，都是失魂落魄的音節。

他枯黃的頭髮被風吹得很亂，蒼茫的眼睛沒有半點光澤。

一路起伏不平，就像他的人生一樣。

前幾天他不見了錢包，也不知是弄丟了，還是被人偷了。他心疼的不是錢，而是不見了錢包裡的結婚照。

他沒有照相機，這東西在那時代是奢侈品，而且沖洗膠卷麻煩，平民鄉里只會到照相館裡拍照。

而在沿途經過的那家照相館裡頭，駱先生看到了回憶。

在同一樣的地方，在那簡陋的布景前，眩渦似的時光倒退，彷彿出現了一對新婚夫妻親密偎倚的虛影，咔嚓一聲，照相機亮了，時空裡的光景剎那間凝住。

結婚照裡的新娘，明媚娟秀，是個難得的麗人。新郎下巴飽滿，大耳大鼻，一副福相。人人都說這對夫妻是天作之合，他娶了她這個又漂亮又賢淑的老婆，真是幾生修來的福分。

新婚之後，駱先生在大城市裡找到一份工作，便在城裡安定了下來。搬到新居的時候，他妻子看到樑上有燕巢，「噯喲」叫了出來，說那是吉兆，她和他很快就會有喜……他只是傻笑著，問她是不是想要驚喜，只要她肯給他生孩子，等他事業有成就會天天給她餵一口燕窩。

「只是一口燕窩？這麼少？」

她當時的笑聲永遠在他腦中徘徊。

那時代物質匱乏，但他和她沒有抱怨，雙宿雙棲，當真是「只羨鴛鴦不羨仙」。結婚這麼多年，他一直將最好的東西都給她，而她對他的照顧亦是無微不至。

在外人看來，這對夫妻簡直是完美的。

駱先生覺得自己太幸運了，他也是個太容易知足的人。但老天依然看這種人不順眼，要給他嘗一嘗做人的痛苦，硬生生撕裂了他的幸福。

噩夢開始了——

過去半年，每一天都是一個噩夢。

已有半年，駱先生的妻子已離家半年，這半年間他日日受盡煎熬。

「老天在跟我開玩笑嗎？」

老天賜他幸福的同時，卻同時在幸福裡暗藏釘子。

過慣了夫妻生活，再過單身漢的生活，他一躺在床上就想哭，對著空牆，百感交集，七情六慾，輾轉難以成眠。

——無奈那時代沒有廿四小時營業的便利店，深夜裡想買醉也不行。

昨晚，兩老來叩門，老父只是噓寒問暖，母親卻噴得他滿嘴唾沫星子：

「你還沒有打定主意麼？再嘮叨千遍萬遍，我還是要跟你說，我不喜歡這個媳婦，和她在一起，你這輩子註定倒霉。哼！只要你跟她離婚，就是給我五十大壽的賀禮！」

以前他還是單身漢的時候，兩老總是催促他成親，如今他有了自己的一頭家，兩老卻慫恿他離婚。

傳宗接代是頭等大事，駱先生豈會忤逆父母的意思？但他重情重義，要他與髮妻斷絕關係，這樣的事又怎會幹得出來？

駱先生悲從中來，他感歎，一個人由出生的一刻，就要飽受形形色色的折磨。

尤其，他覺得，做中國人特別痛苦。

他不肯定死後是否真的有地獄，但他覺得自己猶如身在地獄。

長途跋涉，疏影深處，綠肥紅瘦，風忽然止住，自行車的車輪也停住了。

烏雲蓋住日輪，陰霾恰如魔罩。

有如碉堡一般的建築物聳立眼前——

那是一座精神病院。

駱先生歎了口氣，朝病院的正門走去。

世間多難——

地獄的喪鐘為誰而敲？

二。

整幢精神病院樓高兩層，長方平頂，明明在艷陽底下，內裡的一切卻像不見天日的窟牢，到處是鐵窗，光照不進去，四周籠罩在邪氣裡。

這裡原名是「XX醫癲院」，實際就是收納瘋子的精神病院。

因為一場文化大革命，很多人被逼瘋了，幾年下來，這裡客滿如雲，當真是千金難買一宿位，不靠關係也很難可以進來。

駱先生一踏進去，就嗅到血的氣味。

與其說是血腥味，倒不如說是一種淌著血的氛圍——那陣子，精神病院很難將人醫好，病人往往是直著身子進來，躺在擔架上由仵工抬出去，發瘋自戕的例子屢見不鮮。

如果嗅到失禁的臭味，就是有人上吊自縊了……駱先生碰過幾回，習以為常，也漸漸不會再為陌生人的死而感到過分傷感。

此日不是工休日，他向工作單位告假半天，就是要跟妻子見面。

駱先生先去拜謁院長。

院長是個佝僂的老人，雙眼有點毛病，但頭腦依然清晰。在他布滿老人斑的臉上，擠出了一絲笑容，向駱先生打過招呼，面色就變得凝重起來。

「她昨晚又自殺了。她的病情愈來愈重，我看你要有心理準備。」

這種關乎生命的事，就算是院長這種見盡無數悲劇的人，依然不能輕描淡寫地説出口。

院長親自打開病人區的閘門。

這裡的進出口都要鎖門，以防病人逃跑或傷害其他人，所以通風透氣不善，病房四周瀰漫著憋悶的感覺。

那長廊，猶如陵墓的通道。

駱先生心想：「這裡住的都像是半死不活的人。」

他的妻子，就是一個半死不活的人。

駱先生和院長入房，就看見一個大網罩，像四面密封的屏風，將病床和病人圍在中間。怎麼看，這網罩都像一個巨大的雞籠，只不過被囚在籠裡的是人。病床上躺著一個披頭散髮的女人，她身材臃腫，臉上有抓痕，四肢被捆在床架的四隻角上，整個人軟癱癱就像頹然一片的落葉。

她的眼睛如一口枯井，連悲傷也乾涸了。

駱先生看見妻子這個模樣，禁不住想哭，心痛得幾乎無法呼吸。

「老公，我們的孩子呢？你為甚麼不讓我見他？」她的聲音近乎絕望。

駱先生苦不堪言，緘默以對。

他和她根本就沒有孩子。

本來是有的——

遷入新居不久，她就有喜，懷了身孕。那是駱家上下最寵她的日子，丈夫是一子單傳，老人家辛苦省出幾個錢，都要給她進補。她肚裡懷著的就是一塊寶，日復一日，漸漸隆起，愈長愈大，誰想到最後會變成碎塊——

在那個醫學落後的年代，流產絕非少見的事，不是她命衰，只是她不夠運而已。

隔了一年，在夫妻同床共濟之下，她又懷了第二胎，既有前車之鑑，這次格外小心安胎。

禍不單行是那時代的流行語，他們逃過了紅色的浩劫，卻躲不開命運的行刺。

有一晚，當駱先生回到家，看見地上的一灘血，就知道出事了。

血水湍湍從門縫裡流出。

染紅了她最喜歡的裙子。

面青唇白的女人，動也不動的躺在床上，加上死去的眼珠，她就是一具正在腐化的屍體。

一個人來到世上，哪怕是阿貓阿狗，總要有一個名字。

當這對夫妻尚在床上喁喁私語，嬰兒的名字未有定案之前，胎死腹中，就變成兩個沒有名字的孤魂。

流產兩次，一個常人豈可受得住這樣的刺激？

這次沒藉口了，她是傷夫剋子的命。

驚慌的陰影，極度的愧疚，夫家的責難，甚至比妖魔附身更可怕，一一蹂躪她，將她本已碎散的靈魂碾成了粉灰。在深夜，在幽深的黑暗裡，她開始聽見嬰兒的哭聲。她跟以前的她判若兩人，心情大起大落，經常在家吵鬧，打砸東西，出現丈夫有外遇的幻覺，後來更到了一個自傷自殘的地步。

瘋了瘋了。

規勸不成，符咒無效，就只好送她進來這醫癲院。一晃眼，已是半年，駱先生和岳父岳母一家，為了養她的病，積蓄大都散盡。

因為吃藥的副作用，她長胖了不少，醜得令人生厭。

他卻瘦了。

據看護她的人報告，她一直不敢照鏡子，昨晚卻不小心看見鏡子，砰然一下響亮的砸聲，百拙千醜的容顏轉瞬化為幾十個殘缺的片影，接著就用碎片來自殺。

「幸好救回來了。不過她的情況愈來愈不行了。」院長說。

這樣的壞消息，無論再聽多少次，駱先生依然心如刀割。

眼見愛妻遭此厄運，駱先生偏偏又無能為力，唯一可以做的事，就是留在她的身邊，不時來探望她，繼續餵她吃愛吃的東西，買小東西來討她歡喜。

她會好起來的、她會好起來的……

「她這一生不能再生育了。」

醫生早已下了判書。

在傳統中國人的觀念裡，生兒育女是重要至極的大事，即使他要順從父母之命捨棄她，她也只能怨自己命苦，怪不得誰。

——假如有一天我死了，你會像現在一樣愛我嗎？

當她第一次枕在他的臂彎，他看著她惹人憐愛的睡相，心中就在暗暗賭誓，豁了命也要好好疼惜她一輩子。

駱先生嘴上敷衍雙親，卻一早心意已決——這一輩子，不管他的妻子變成甚麼樣子，他依然愛她如昔，永遠對她不離不棄。

「我的心，這一輩子不會變，下一輩子也不會變。就算我和妳今世受盡苦難，來世我倆依然會再做夫妻吧？」

但無論他跟她說甚麼，她都聽不懂似的。

駱先生一邊傻笑，一邊撫摸她的頭髮，一邊餵她吃自己帶來的東西……陪伴她大半天，駱先生不僅沒有半句怨言，臉上永遠笑瞇瞇的，彷彿只要看著她，內心就會安寧，整個天塌下來也沒所謂。

離開病院的時候，駱先生的一顆心又沉了下來。

他很怕，她的病情會繼續惡化。

駱先生不時在想，他和她都是好人，一生沒幹過半件大奸大惡的事，為甚麼要遭受這種生不如死的心理折磨？難道真的如佛家所言，是他們前世做了傷天害理的壞事，這一世就是來贖罪的？

他真的希望妻子可以好起來，但絕望卻一針一線縫閉著他的未來，直至漆黑不見五指，不再抱任何希望為止……

有些人活著，就是註定要受苦的。

丹霞盡染，在一片不尋常的晚色之中，殷紅映照的微微雨灑下來，就像從天而降的血雨。

駱先生牽著自行車，往家的方向走，沿途經過糧店、油鹽店、小酒舖、裱糊舖……一切都是熟悉的街景。在正常的情況下，再過七至八分鐘，他就會回到那個陰沉沉、空蕩蕩的家。

這一晚，極不尋常的事發生了。

就在駱先生一邊沉思一邊行走的時候，耳邊隱約出現了一陣異常的聲音，在人蹤稀疏的天地之中，隨著風雨若隱若現。

細聽下，清清楚楚是幾下哭啼的聲音，駱先生心念一動，別過了臉，向一旁的暗巷盯了一眼，肯定聲音來自巷裡，便朝暗巷的盡頭踱步。

那一瞬間，彷彿有股古老而神秘的力量在呼喚他。

老巷，晾衣架，牆垣下，黑暗深處，有一雙閃爍的小眼睛。

駱先生呆住了，任由雨點打在身上。

說出來也教人難以相信——

他拾到了一個嬰兒。

三。

血夜。凶星。

在一片詭譎的夜色之中，男嬰如星曜般的眸子閃著異様的光芒，宇宙蒼穹的神秘力量，彷彿都凝聚在這一雙眼睛之中。嬰兒不再哭了，用朦朧不定的目光盯緊駱先生，瞧得他心裡一揪一緊的，憐惜之情油然而生。

駱先生抱起嬰孩，襁褓底下濕淋淋的，不用嗅也知道是尿。連他也說不出個所以然來，當第一眼瞧見這個嬰孩，心底就泛起一種奇妙的感覺，就像彼此的相遇是冥冥中註定的事情，這是命運，任何一個凡人也抗拒不了的。

「是棄嬰嗎？」

暗巷裡似乎只有他自言自語的聲音。

「沒人管這娃兒的話，他一定活不久……」

霎時，一個極為瘋狂的念頭在他的腦子裡閃過。

駱先生靜思了一會，望著四周，等了廿分鐘，還是沒有特別的事發生，也不見半個人影前來。

他懷裡的嬰孩又哭起來了，眼見天色黑透，心想這麼等下去不是辦法，便決定先將嬰孩帶回家，然後再作打算。

到了家中，駱先生立刻將嬰孩安放在飯桌上，轉身進房，鑽入床底找東西，那些鋪滿灰塵的育嬰用品，譬如奶瓶尿布諸如此類，現在總算是用得上了。

當務之急是換尿布。

當他掀開包住嬰兒那襁褓的一刻，不由得怔住了。

襁褓裡另有一層布條，就像繃帶一樣纏著男嬰的身體，上面竟是血跡斑斑。

駱先生著實嚇了一跳，匆匆翻開檢查，男嬰身上並無傷痕，看來只是虛驚一場。至於那些血跡的由來，駱先生猜想是女人分娩時留下來的，但他未見過女人生孩子，這番猜想也許是過於武斷，但真相只怕是永遠無從知曉了。

這樣的小事，比起在襁褓裡發現的另一件東西，根本微不足道。

襁褓裡，竟然有一柄匕首。

駱先生抱著嬰兒的時候，感覺沉甸甸的，早就察覺有異物，但萬萬沒想到是這樣的東西。

那匕首，又可算是短劍，藏在金屬鞘內。柄顎錯鏤金環，劍鞘紋飾巧緻，其中一面刻著兩個古字，乍看下疑是裝飾的花紋。雖然未見其鋒刃，已感寒氣逼人。駱先生愈看愈奇，心裡直覺這東西甚似古物，或許價值不菲，想將劍身拔出來看看，但不知是否生鏽，出盡了九牛二虎之力，仍然無法將匕首拔出鞘口。

這男嬰身上怎麼會有這種東西？

怪哉、怪哉……

駱先生又端視了一會，始終毫無頭緒，忽然被一陣刺耳的哭聲驚醒，便馬上將那匕首擱下，笨手笨腳的照顧這拾回來的嬰孩，又換尿布又餵奶，忙碌了一整晚。

接下來的兩天，駱先生找了個奶媽，在他上班的時候照顧嬰兒。上班時，他偷看育嬰手冊，下班後實踐，這情況倒有點像新婚燕爾之時，他在辦公桌的抽屜裡偷藏一本《夫妻寶鑑》。

連續兩天，駱先生將全副心神放在嬰兒身上，連續兩晚都是倦極而睡。

第三天，駱先生身上都是奶味。嬰兒認得他了，當他不在身邊的時候，嬰兒會哭了。對著嬰兒，他忍不住就會笑，這才想起，原來自己很久不曾開懷大笑。他還沒有替嬰兒取名字，但改了一個乳名。

駱先生在心裡嘀咕：「這個娃兒只缺一個娘。就看他的命好不好了……」

在和煦的陽光下，駱先生抱著戰戰兢兢的心情，帶著嬰兒，來到了精神病院，在知會了院長之後，就過去探望自己的妻子。

「這是我倆的孩兒，妳不會忘了他吧？」

駱先生擬好的一大堆謊言，全都無法派上用場。因為當他妻子看見那嬰孩，眼睛一亮，「噯唷」叫了一聲，就從駱先生手中奪過嬰孩，笑得兩靨生花，又哄又唱，竟然真的把他當成了親生的心肝寶貝一樣。

她外表瘋瘋癲癲的，逗嬰孩卻有兩下子，無微不至，難怪有人說女人的母性是天生的。

駱先生看了，不由得深感釋懷。

如是者，駱先生三不五時探望妻子，兩人一同照顧嬰兒。

駱太太的病況大有好轉，不再有幻聽和幻覺等徵狀，橫看豎看，就和正常人無異，而且天天都嚷著要見兒子。

院長直呼這是個奇蹟，簽了字，便讓駱先生接她回家。

家是最好的避難所，家是最好的療養院。

在那小巷子裡的家，終於變成一個圓滿的家。駱先生花了一點錢，就弄到一本假的出生證明書，戶籍和醫院的出生紙上都有官方蓋章，有錢能使鬼推磨，這就是當中國人的方便。駱先生重拾歡樂，與妻子恩愛如昔，這一切全因當時靈機一動，才想出這麼妙的法子。

一個是棄嬰，一個是因為滑胎而失心瘋的女人，這兩者一湊合，竟然扭轉兩段不幸的命運，成就一個兩全其美的佳局。

朋友知道內情，上來拜訪，大都秘而不宣。

小寶貝，淘氣臉。

可愛的嬰兒就像天使一樣。

這嬰兒的笑聲，挽救了他的人生。

當嬰兒握住他的小指，對著他咯咯淺笑，他心中就像有股暖流緩緩流過。

「他的父母真狠心……這小不點，真是可愛得要命，怎會有人捨得丟棄他呢？」

駱先生認定了，這嬰兒是上天賜給他的禮物。

他哪裡知道，這嬰兒原來不是棄嬰，至於因何被丟棄在巷裡，當中另有一番曲折。

當嬰兒來到世上的一刻，都擁有純潔無邪的外表。

性本善，性本惡，誰能料？

當一個嬰兒誕生在世上，誰曉得他將來是個天使，又或者——是個惡魔？

四。

城裡的大街小角，每一堵有人經過的磚牆上，幾乎都刷上了《毛主席語錄》裡的標語，要不然就是貼滿為政治服務的招貼畫。

那時代的一切，都像激昂的樂曲一樣，處處透著紅光亮。

儘管人人用著一色一樣的日常品，穿著大同小異的衣著，過著千篇一律的生活，但貧乏沒有剝削了人性的光輝，人與人之間沒有攀比，用甚麼穿甚麼吃甚麼，從來不會擔心會被人看不起。

男人只要買得起自行車、手錶和縫紉機，他就是女人心目中最好的丈夫。

雖然理想的世界並沒有如美輪美奐的彩繪般出現，但最動蕩的歲月漸已褪色，民間也迎來了難得的安穩平靜。

一個雞啼的清晨過去，又是一個犬吠的良夜，在黃刀巷那小房子裡，駱先生和太太合力撫養嬰兒，如此這般過了兩個月。

在無數個星辰入夢的晚上，駱先生縱使被嬰兒的哭聲吵醒，心裡也是甜滋滋的，他一邊輕撫著愛兒，又一邊看著正在床上熟睡的妻子。

對於他家裡發生的事，鄰居都沒有起疑，樓下一戶是有點痴呆的老夫婦，要蒙混過去並不是難事。嬰兒畢竟不是名正言順領養的，駱先生心存隱憂，對著任何人都會慎言，至於父母方面，只等時機成熟就會交代。

假如男嬰的親生父母出現，要怎麼應付才好？這一剎那的幸福就會化為烏有嗎？駱先生心中就像有一根刺，時時惶恐不安，幸而這兩個月來閱報，也不見有人在打探失散男嬰的下落。

那個下午，駱先生正在單位閑著，有個女同事過來攀談：

「駱大哥！你老婆託我傳個話，叫你下班後到XX路老地方等她。」

「為甚麼？」

「她説，有個外地來的醫護團體，搞了個甚麼義診，幫初生嬰兒打疫苗種痘。其他的我就不清楚了。」

電話在那時代是個稀罕玩意，駱先生一時三刻聯絡不上老婆，萬個不甘願，也得陪著她過去。駱先生整個下午看著大鐘，時候差不多，就提前離開，施施然往老地方那邊去了。

那裡是最熱鬧的主街，挋三頂四，左一團人，右一窩人，與平日不同的，就是大多數人都是抱著嬰孩來打針的。

盛況空前的行人道，架起了幾個帳篷，擱著幾張長條板凳，四周插著旗號，大致上都是「免費為人民服務」的意思。

駱先生穿過亂哄哄的人潮，擠向板凳前那張方桌。眼前，兩個披著白袍的姑娘百般忙亂，鼓吹文明排隊，叫人拿號碼牌登記。

「咦，我的姓氏跟妳一樣呢。」駱先生說。

那額前有劉海的姑娘聽了，竟是怔了一怔，隨即靦覥一笑，指著自己左臂上繫著的布條，向駱先生說：「哦，先生，你是姓駱的？」

駱先生覺得對方的反應有點奇怪，但心想她可能忙壞了，累得懵然也是人之常情。驟眼看來，還有十來個與那姑娘一般衣著的人，都是穿著白袍，臂上繫著一條寫著姓名的布條，而在帳篷裡工作的應該都是醫生和護士。

駱先生暗暗好笑：「居然玩起了這一套，掛名牌，充內行，搞得跟甚麼學術交流會一樣。」

所謂的老地方，其實是高級賓館的門口，結婚前駱太太在賓館裡做電話線路接駁員，駱先生就天天來接她下班。

駱先生早到，在附近買了最新一期的《人民畫報》，就在賓館外面等人。偏巧那堆板凳就在近旁，坐滿了婦人和嬰孩，帳篷裡接連傳出尖銳的孩童哭聲，弄得駱先生心浮氣躁，不停左顧右盼，巴望妻兒快到。

「邱……邱春梅，徐領導叫妳過去！」

如此平平無奇的一句話，本來不會令人起疑。

但駱先生瞧在眼裡，只覺怪兀異常——眼前披著白袍的一男一女，男的扯了扯女的辮子，逗她轉過頭來說話。

這兩人之間眉來眼去，怎麼看也是親暱熟絡的關係，但他竟然要注視她臂上的姓名布好幾秒，才喊得出她的名字。

從天上掉了個餡餅下來，也要試試有沒有毒才敢吃。

對於義診這種事，駱先生不是質疑中國人的善心，但就是覺得有些蹊蹺。

他就當是自己疑心重，反正坐立不安，便周圍逛一逛。

這期間，他發現大部分身穿白袍的人員，下意識都會瞧向對方的臂膀一眼，才張嘴說話。他覺得問題出在那姓名布上，邊走邊想之際，暗暗記住所有人的名字，經過帳篷的時候，也偷偷往醫護人員的身上瞥了一眼。

回到板凳輪候區那邊，他又碰見剛剛的男女，男的叫鍾雄，女的叫邱春梅。

尤靜、秦福、韓忠、楊豐、蔣祿全、沈寶任、許天同、朱文曲……這些平凡的名字之中，彷彿藏著甚麼不為人知的玄機。

駱先生繞了一圈回來，在心裡嘀咕：

「奇了，太不尋常了……他們的姓氏無一重複，這倒也不是甚麼奇事，奇就奇在竟然沒有陳、李、張、王、劉這些大姓……就算是外省人，也不會這樣吧？唔，我實在想不透……」

要知道中國人姓氏容易相同，陳李張王劉更是出現率極高的姓氏，在人煙稠密的大城市裡，連續碰到十多人都不是這幾個姓氏，確是非常少有的事。

不過，駱先生覺得另有隱情，但一時之間又說不出個究竟。

駱先生坐下來思索，愈想愈不對勁，直至看見那姓駱的姑娘再在眼前走過，一個電也似的念頭鑽入腦海——

「《百家姓》！是《百家姓》！」

朱秦尤許，蔣沈韓楊，鍾徐邱駱——

整個會場的工作人員，原來都按照《百家姓》的口訣編排，四人為一組，譬如負責在輪候區這邊盯梢的人員，就是姓鍾、姓徐、姓邱和姓駱的。

會發生這種事，只有一個解釋——這些人統統都在用假名，但他們私下相識，擔心叫錯對方的假名，便要一直留心對方的姓名布。

這樣的事，根本就沒有人會在意的，但駱先生就是偶然發現了。

「但，這麼做究竟有何目的？」駱先生百思不解。

恰巧在此時，他聽到有人在喊他。

原來是老婆來到了，正抱住嬰兒走下三輪車。

嬰兒？

這一干人行事詭秘，難道會是為了一個嬰兒？

駱先生瞧了她懷裡的嬰孩一眼，不禁覺得這個機緣巧合下收養的小娃兒，極有可能並非甚麼棄嬰……如果他的臆測成真，這一干人假借替嬰兒種痘之名，如此勞師動眾來搜索一個嬰兒的下落，可見此子的身世一定殊不簡單，當中定有不可告人的秘密。

縱然想法荒誕，不怕一萬，只怕萬一，駱先生做了虧心事一樣，摟住老婆的胳膊，牽著她回到那三輪車上。

「快，跟我回家。有人想搶我倆的孩兒。」

他沒有多作解釋，只說了這一句話，她就癲頭癲腦的慌張起來，對丈夫的話不敢違抗，死命地抱緊襁褓裡的寶貝兒。

駱先生百密一疏，只顧著和妻子聳頭聳腦地離去，由始至終都沒察覺有一雙眼睛早已盯在自己的身上，對他反常的舉止明察秋毫。

沿著大路，回到黃刀巷。

駱先生一路謹慎，也沒察覺有人在跟蹤自己。

上到房子，駱太太懷裡的嬰兒不早不遲，就在進門的時候哭了。

眼見妻子忙著給兒子換尿布，駱先生真真正正有種回到家的感覺，憋在心頭的悶氣，總算可以呼出來了。

正當他轉身，關上門兒的一刻，卻見有一隻手在門縫裡出現，擋住了只差十公分就會完全緊閉的門扉。

「我姓賴。」

門外的人說。

五。

從門縫裡，露出一張蓬頭垢面。

門外那自稱姓賴的男人，頭戴破舊布帽，淨色綠衣直落至腳跟，有好幾處補丁，渾身髒兮兮，就是一副乞丐的打扮。

但此人的雙目炯炯有神，甚至凜凜逼人，駱先生和這雙眼對上了，只覺背脊滲出了一片冷汗。

「請問……有甚麼事嗎？」

駱先生的口才本來就不好，這時對著陌生人講話，更是結結巴巴。

門外那人卻不答話，遊目四盼。

僵持片刻，駱先生才見他倏地將手伸進口袋裡，又倏地從口袋裡拿出一張鈔票。這人動作很快，說話卻慢吞吞的：「你掉的錢。」

駱先生怔了一怔，想不到對方衣衫襤褸，竟是個路不拾遺的好人。

他遲疑地接過那張五角面鈔的人民幣，正想著盡快將人家打發走，那賴先生卻好像故意賴著不走，目光亮了一亮，指著屋裡說：「你家的娃兒多大了？」駱先生回頭一瞥，瞧見老婆正將兒子抱回睡房，一轉頭，就向賴先生說：「三個月。」

「對了，聽說城中有義診，免費幫嬰孩種痘，你知道嗎？」

「嗯嗯。我剛剛由那邊回來。很熱鬧呢。」

「哦……哦……」

賴先生只是喏喏應了幾聲，駱先生擔心露餡，忍不住說：

「我家裡有點事，請恕我失禮了。」

駱先生正想關門之際，卻發覺自己無法關上門了。

他的喉頭上，多了一根又細長又鋒利的銀針，閃著寒氣逼人的光芒。

那個叫賴先生的人不僅不請自來，還不由分說闖了進來，身法飄逸，晃到駱先生背後，用熟練的手法脅制著他的一舉一動。

「你……你要甚麼？」

駱先生以為碰上了強盜，張皇失措，不知如何應對。睡房裡的駱太太察覺到外面的異常，走了出來，嘴巴張得老大，驚駭得連舌頭也要掉出來似的。

賴先生瞪了駱太太一眼，又瞪了駱先生一眼，冷冷地說：「你倆根本不是嬰兒的親生父母吧？」

駱先生一顆心懸空了似的，竭力用鎮定的聲音回答：

「你到底在說甚麼？孩子不是我的，難道會是你的？我們這種窮人家，自己吃穿都成問題，養的不是自己的兒子，難道會好心得幫人家養兒子麼？出生證明書就在那邊的抽屜裡，你不信的話，可以自己看看。」

這些日子以來，駱先生擔憂有人質疑嬰兒的身世，早就擬好一番說辭，如今便倒背如流唸出來，就看能不能瞞得過去。

那賴先生畢竟不是個糊塗角色，立刻回答：

「那種證明書可以偽造，我才不信呢。」

「那……要我怎麼做，你才會相信嬰兒是我親生的？」

這番話沒一個字有踏實的音節，連駱先生自己也覺得很沒說服力。

沒想到賴先生語出驚人：

「好的，你搓你老婆的奶子兩下吧。如果有奶水流出，我拍拍屁股就走，以後絕不再來你家打擾。」

此言雖然輕薄，卻一針見血，駱先生登時無話可說，並恍然大悟，對方察覺嬰兒的事，大有可能就是瞧見放在飯桌上的那些奶瓶。女人生了孩子之後，體內會自然分泌一種荷爾蒙，刺激乳房變大，方可產奶。那時候，尋常人家都由母親哺養母乳，他們一家用奶瓶餵奶，難免就會惹人起疑。

聽那賴先生的口音，他應該不是本地人，駱先生這才想到，他和那幫冒名義診的人可能是同一伙的。

果然，賴先生接下去便說：

「城中義診，我早就在大街那邊見過你，你察覺了我們的目的是為了找嬰兒吧？我早勸過他們，別搞那些鬼花樣！結果弄巧成拙，被你瞧出個端倪。幸好我一直在旁監視，覺得你有古怪，跟著你回家，看來我是跟對了。」

客廳裡恰巧有面鏡子，映出兩個男人的模樣。駱先生從鏡子裡看到，自己身後那乞丐模樣的男人，臉上有易容的跡象，其本來面目應該年輕得多，抹掉臉上的污垢，甚至可能是個眉清目秀的青年。

「剛好手上有這東西。還是這東西最具阻嚇力。」

賴先生從口袋裡取出手槍，成功震懾夫妻倆，控制大局。

未等駱先生回過神來，賴先生就將他推向一邊，然後目中無人，大搖大擺的走向睡房。

賴先生走入房中，抱起赤條條的男嬰，放在懷裡看了看，心中有九成把握，這就是他和他的團隊遍尋了三個月的嬰兒。顧目四盼之際，瞧見那擱在書几上的短身古劍，頓時心中雪亮，再無置疑。

賴先生知道這古劍的來歷，緊握劍鞘的當兒，用力使了兩下勁，卻竟然無法將劍身拔出來半分。

説時遲那時快，一團黑影從後衝近，賴先生彷彿有聽聲辨形的本事，不緊不慢地側身避開，順手抱起了嬰孩之餘，仍有餘暇絆了對方一腳。

原來從後偷襲的人是駱先生，他哎喲一聲之後，兩腳朝天摔在地上，一時痛得不能站起來。

這時賴先生望向房門那邊，原來駱太太也闖進來了，她手上拿著的，就是有中國第一名刀之稱的十八銅人牌高級菜刀，這副模樣就是要來拚命的。

賴先生心想：「這對夫妻還真是不怕死呢！為了這沒

有血緣關係的嬰孩，竟連自己的性命都可丟掉！」歎息一聲之後，他隨手抓起書几上的小墨硯，一甩起手腕，指縫裡的墨硯恰如充滿魔力的磁鐵一般，轟向駱太太雙手握著的菜刀，菜刀立時被震飛下地。

賴先生一副傲然之姿，向著兩夫妻說：

「嬰兒我是一定要帶走的了。你們死心吧。」

駱先生忍著痛爬起來，心有不甘地瞪著對方，喝問：

「你們……到底是甚麼人？你們會怎麼對付這孩子？」

「如果我說我們是好人，你一定不相信呢。這孩子……因為他的身世，所以在這世上留不得。」

「為……為甚麼？」

賴先生長歎一聲之後，便咬著牙說：

「這小娃兒是惡魔的後裔。」

六。

惡魔的後裔？

乍聽之下，駱先生整個人愣住，只覺對方的話荒謬絕倫，簡直就是胡說八道。儘管中國人有鬼神之說，但惡魔一詞畢竟來自西洋，而看那嬰兒的外貌、瞳孔及髮色，就與一般中國小孩無異，將他扯到惡魔後裔的頭上，還真是令人莫名其妙。

駱先生忍不住問：「他的祖先是甚麼人？」

賴先生只是瞪了他一眼，不想解釋下去，便說：「這我絕對不能說。」稍微頓了一頓，看了懷裡的男嬰一眼，他又感慨萬分地說：「這嬰兒的命，必定危害蒼生。」

危害蒼生？

不等駱先生出聲，賴先生已說下去：

「我這樣做，未必是全對，但總好過鑄成大錯。唉，這小娃兒只好怨自己命苦……我將他帶回去，一定凶多吉少，我們的人就算不殺死他，也必然截斷他的四肢，將他囚禁一輩子……」

此事聳人聽聞，駱先生如遭雷殛，雙眼睜得大大的，旋即怒不可抑，向著賴先生大喝：「你們又不是上帝，憑甚麼來判斷善惡？這孩子是惡魔，就要他去死，怎麼看都是你們比較像惡魔呢！」

賴先生不理會他，一轉身就要走出去。

駱先生自知難與眼前這人為敵，拚命糾纏也是徒然，但他依然奮不顧身的搶在前面，擋住賴先生，然後面朝對方下跪，還馬上磕了個響頭。原來駱先生瞧出對方雖然作風凌厲，卻並非大奸大惡之徒，便不停磕頭，求對方饒過嬰兒的性命。

剎那間，賴先生臉上掠過一絲猶豫之色，到了最後還是鐵著心，大喊一聲：

「不行！」

話聲甫落，就在那黯淡無光的一角，駱太太原來已默默拾起了地上的菜刀，以凌厲的眼神瞪著賴先生，語無倫次地説：

「由奶流出來的水，也算是奶水吧？從我奶子有奶水流出，你就會離開，你説過的，可不准反悔——」

在一片嬰兒的哭聲之中，駱太太垂直舉起了菜刀，沒有半點猶豫，就直插向自己的右胸，然後淒楚的呻吟聲淹沒了整個房間。

血，像綻放的紅玫瑰，慢慢染紅了一片胸口。

「瘋子！真是瘋子！」

賴先生見過無數驚心動魄的場面，但眼前發生這樣的事，卻是大大出乎他的意料。駱先生更被嚇得六神無主。只見賴先生很快有了行動，邁步走近駱太太，然後銀針的閃光幾下起落，在駱太太身上刺了幾下，她就如一攤泥般全身軟垂，癱在地上再也不動了。

駱先生熱淚盈眶，正想大哭，卻聽到賴先生説：

「放心，我並沒有傷害她，我只是用我的方法幫她止血……」

賴先生深深呼了口氣之後，目光如炬，瞪著駱先生，搖了搖懷裡的嬰孩，厲聲問道：「我只問一次——就算這孩子是惡魔，你也要將他撫養成人嗎？」

駱先生幾乎用盡全身力氣來點頭。

只見賴先生閉目默思，一陣子後，便用懇切的語氣説道：

「你必須答應我兩件事。第一，你要遠走他方，馬上起行，最好向西方或北方走。第二件事，請你畢生緊記，這孩子的身世，包括我今晚説過的話，你夫妻倆不得向任何人透露半句，連孩子自己也不可知道。另外，你一定要悉心教育孩子，萬萬不可讓他走入歧途……這些事你都做得到吧？」

駱先生想了一想，咬了咬牙，決然回答：

「我發誓，即使賠上我這條命，我都一定做得到！」

賴先生點了點頭，聲音沉沉的：

「唉……這時心軟的話，將來可能後患無窮。但我有言在先，又實在不忍心帶他回去……你説的也是道理……我們又不是上帝，又何德何能判斷善惡？就當我從來沒見過你好了。」

那晚發生的事，就像一場迷離詭異的夢。

突如其來的陌生人一霎眼消失得無影無蹤。

只留下——男嬰和古劍。

駱先生一字不漏地記住了那人的囑咐，唯命是從，遷至西安，投靠在那邊扎根的叔伯，並在當地的國營單位找到一份好差事。

好日子，壞日子，一家人都一起過，手牽著手，冬天蓋同一張棉被，活過一段有苦有樂的時光。

雖然並非親生兒，但這對夫妻對兒子的疼惜，比起一般人眼中的慈父賢母，亦有過之而無不及。

兒子就和一般的稚童一樣，並無異常。

駱先生一直看著兒子成長，每每憶起那賴先生的説話，始終憂心忡忡，不時都為兒子的未來焦慮不安。可是線索太少，除了那柄刻著兩個古字的匕首形古劍，便無任何可以追溯兒子身世的事物。而孩子的外貌亦平凡無奇，身上最顯著的特徵，只算是他額頭正中的觀音痣。

時移世易，多少個春夏，又多少個秋冬⋯⋯

滿天星斗下，駱先生在剛滿八歲的兒子床邊，跟他講武松打虎的故事。

「原來老虎是那麼恐怖的動物嗎？」

「當然啊！」

「打死老虎這樣的事，我覺得我也做得到。」

駱先生登時怔住，轉念又覺得這只是孩童信口開河的戲言，根本不必當真，摸摸兒子的頭，便關燈睡覺了。

他卻不知道，兒子隱瞞了一件事——

前陣子兒子跟朋友往山上跑，玩捉迷藏，迷路了，在山中竟然碰到一隻真正的大老虎。結果當天他傷痕纍纍地回家，害爸媽擔心不已，問他發生了甚麼事，他就回答說跟人打架了。幸好傷勢並不嚴重，都只是皮外傷，很快就復原了。

而那老虎死了。

二OO八年・北京

殺人是最華麗的藝術。

百歲千秋，列強爭霸，靠的都是殺戮，

一將功成萬骨枯，槍桿子出政權。

萬獸以爪牙廝殺，唯獨是人類推陳出新，

將殺人的手法演繹得登峰造極，

將死亡昇華為一種美學。

炮烙腰斬、五馬分屍、請君入甕……

或拔其髮、斷其肢、啞其聲、剜其目、燻其耳……

只有人類，才想得出那麼多殺人的法子。

殺與被殺，有時只是一線之隔……

七。

全中國最新一期的殺手排行榜出來了。

中國人就是重功名愛面子，崇尚排名這種東西，甚麼外匯儲備率世界第一，甚麼貨物出口吞吐量世界第一，甚麼大學論文發表量世界第一……人人都趨之若鶩，只要中國不高興，全球人的屁股就會打冷顫。國內躋身福布斯全球億萬富豪排行榜的富豪也愈來愈多，天下所有LV呀香奈兒呀等等名貴皮包……彷彿全落入中國人的手中。

貧者愈貧，富者愈富。

同樣道理，強者的地位難以動搖，大部分排行榜的首位，來來去去都是那幾個人。

今年也不例外——

在毫無懸念之下，全國殺手榜排名第一的殺手依然是王虓。

公安局裡的人看到榜文，個個都搞不清王虓已經蟬聯第幾屆了，這個超級殺手早已成為一個傳奇，一個黑白兩道的公開秘密，一個億萬富豪最想巴結趨承的偶像級人物。

中國幅員廣闊，要棄屍不是難事，近年冒出來的殺手愈來愈多，想不到這一行業也會有就業困難的情況發生。僧多粥少，惡性競爭，競爭愈大收費愈賤，現在要殺一個人，不到五萬元人民幣就有交易，真是命比一坪地的房價還要便宜。

但三十五歲的王䶵，收費愈來愈貴，每年加價20％，漲得比中國的GDP還要快，其他殺手都恨得牙癢癢的。但這個天下第一的殺手真的太強了，絲毫沒有年老力衰的跡象，經驗豐富加上手段高超，出道快廿年了，依然長保百分之百的殺人成功率，只怕世上能威脅他NO.1王者地位的人可謂絕無僅有。中國富起來了，所以有人説王䶵是當今全世界身價最高的殺手，這種事一點也不稀奇了。

當刑警賈釗放下王䶵的檔案之時，關於王䶵童年至十五歲前的資料，便在腦際間一一掠過。

賈釗的眉頭一直緊皺。

他知道，王䶵只是個假名，王䶵的本名並不叫王䶵。在這個人十五歲第一次殺人之後，他的本名就在世上消失了一樣。自古英雄出少年，王䶵當時犯下的可是震撼全國的大案，殺得殘肢遍地，單看目擊者的口供和現場照片，其駭然噁心的程度，就足以令人衝進廁所裡嘔吐半天，由此可見王䶵作為超級殺手的天賦已在當時展露無遺。

王䶵自小由一戶姓駱的人家收養，這對夫婦最後死於極大的不幸。

駱先生不得善終……另一方面，駱太太就是被王䶵親手掐碎脖子而致死。

一個連父母都敢殺害的人，就是真正的惡魔吧？

這對姓駱的夫妻養育了一個惡魔。

優雅的惡魔。

視殺人為最高藝術的惡魔。

行家都是這樣形容王虓的，這種百年不遇的蓋世之才，自然招惹世人的是非。有的同行對他又嫉妒又眼紅，就是永遠不敢直接向他單挑；有的後輩對他崇拜至極，為曾經親睹他的尊容而雀躍一輩子。

「唉……這麼大的燙手山芋，我該如何是好？」

在書房裡，吞雲吐霧，賈釗又抽完了一根煙，便將煙屁股抿熄，塞進密密匝匝的煙灰缸裡。

賈釗心情沉重，歎氣連連，就是因為接了王虓的案子。

誰叫他是警界現時的大紅人？年屆四十的賈釗頭腦卓越，過去十年屢破奇案，無數貪官和殺人犯都在他的手上落網。升職加薪之餘，他更有機會親近上方的權力核心人物，深受器重和賞識，去年被調職到北京市公安局，就有傳他是繼任總警監之位的熱門人選。

但賈釗早就知道升職並不是好事，甚至是大禍臨頭的先兆。現任總警監當然知道王虓這號人物，他覺得不能任由這種人肆無忌憚橫行十多年，又想在退休前立下曠世功勛，便將這件「不可能的任務」交到賈釗的手上……那是賈釗第一次想辭職不幹。

白板上貼著最新出爐的《全國殺手排行榜》。

賈釗瞥了那份文件一眼，比較在意的不是王虓，而是排名第三位的易牙、第四位的蒙武和第五位的蒙恬。

「九歌。」賈釗低吟。

「**九歌**」是近年冒起的神秘組織，中央政府相當敏感，經過多年抽絲剝繭、鉅細靡遺的追查，警部對這組織的底蘊仍是近乎一無所知。只知道它的成員不多，而所有成員皆以古人的名字來命名。

邪廚易牙，名將蒙武和蒙恬，都是春秋戰國時期的古人。按此推敲，這三個近年嶄露頭角的新鋭殺手，大有可能就是「九歌」那組織的成員，加上這三人行事詭秘，犯案不多，但所犯之案都是有組織性的滔天大案。種種跡象顯示，賈釗的這番推想肯定是八九不離十了。

「逮捕王虢！消滅九歌！你做得到！」、「能者多勞嘛！」、「只要能除去王虢這顆眼中釘，人家是世界第一的殺手，你就是世界第一的刑警啦！」……每當聽到上司說出那種不負責任的話，賈釗就恨不得馬上揍扁他。

其時是清晨，賈釗看看掛鐘，覺得時候差不多，伸了伸懶腰，離椅取過長身大褸，便出門往警察局上班。

陽光如叢，艷蔭似雨，一掀開門，玉階丹楹之下，泌涼的秋氣隨風而至，而青磚紅檐之上，抬頭是北京難得一見的藍天。

賈釗住在傳統的四合院裡，宅內有正房、東廂房和西廂房，全部房門正對中間的大庭院，也就是開敞的內院。庭院內多種花木，秋高氣爽，牡丹和海棠的花香撲鼻，兩棵棗樹則挺拔迎人。由於夜寒未散，四周彷彿瀰漫著一層看不見的霧氣。

棗樹下，落葉紛飛，一片紅一片黃，如在火中舞蹈著的帷幔。

有個上身赤裸的少年站在飄蕩的葉中。

而那少年在練劍。

持劍的少年側過頭，收招之後，臉上的煞氣盡去，掛上俊朗的笑容，默默用眼神向矮臺上的賈釗打招呼。

賈釗心中一動：「四個月未見他，這小子不只變帥了，劍藝好像又精進了……」

那少年鳳眉星目，明明是男生女相，偏又散發著淳厚的陽剛之氣，上身裸露的肌肉線條極美，硬如石，亮似鋼，英姿勃發，端的是個相貌與氣質佼佼不群的美男子。

而他那雙深邃的瞳孔，帶著一股與生俱來的靈氣，一年裡不知迷倒了多少擦肩而過的女生。

賈釗看著站在一大片落葉之上的少年，微笑道：「嘿，你這小子，是甚麼時候回來的？怎麼都不跟我打一聲招呼？解放軍的特訓營好玩嗎？」

賴飛雲點了點頭，答道：「我昨晚深夜回到這裡，不想吵醒你，所以沒叫你。」原來解放軍的特訓營早在一個月前結束，賴飛雲由蒙古走路回來，獨自遊歷，入營時理了個平頭，現下頭髮長得要遮眼了，更添幾分瀟灑之美，連他身上的汗珠都在閃閃生輝一般。

賴飛雲想起尚未答完問題，便繼續說：「賈大哥，謝謝你給我的機會。特訓營超辛苦的，但真的學了很多東西。臨離營前，他們辦了一場搏擊大賽，很好玩呢！」

賈釗道：「你是第一名吧？要是你輸給別人的話，就是丟了我的臉，我現在就要你立刻請客。」

賴飛雲只是微微一笑，答案自是不言而喻。

在賈釗特別引薦之下，賴飛雲遠赴蒙古的基地，與解放軍最精鋭的部隊一同接受嚴峻的訓練。對於賴飛雲勝過所有精英的事，賈釗絲毫不感到意外，因為在他眼中，這少年就是生來要當武狀元的人才。

賴飛雲向著地面伸開手掌，接著不可思議的事發生了，突然間，擱在地上的劍鞘懸浮在半空，竟被一股無形的引力牽引，直飛入他手心之中。

只見賴飛雲右手一握住劍鞘，左手就還劍入鞘，整套動作如行雲流水，又酷又帥，在旁的賈釗自是禁不住喝采。

人體磁場。

世上早已證實有磁鐵體質的異能人，而賴飛雲不僅是其中之一，他身上這種磁能更是比一般異能人更加異常強大，不僅能吸，也能逆放，每當他身處生命受到威脅的關頭，自然而然就會發出排斥外物的磁能，威力強得可以格開襲向他的子彈。一般磁力只對鐵、鎳、鈷等金屬有效，但合金是現代生產常用的物料，只要合金裡含有一點鐵的成分，賴飛雲的人體磁場就會奏效。

賈釗貪玩，便替賴飛雲有如內功一樣的磁能改了個響亮的名字：「超導電極・磁氣逆雲」。

「天賦異稟，就要為世所用，造福世人。這個時代哪，連白癡都懂得用槍來殺人，上天還真是有趣，造了你這樣的一個怪人出來。」

在賈釗與賴飛雲相遇那天，他就這樣勸勉過他。

兩人第一次見面，地點是警局裡的扣押室。賈釗乃是受了一位德高望重的國學大師所託，賣一個人情，到警局保釋當時年僅十四歲的賴飛雲出來。說到那位國學大師，只要將他的名字公開，稍有常識的人民都一定聽過他的大名。這樣的世外高人，連國家元首都要賣帳，賈釗與他有交情，對方有求於己，天塌下來都是非答應不可的。

賴飛雲就是大師的入室弟子。

賈釗當晚匆匆趕回警局，嘴裡還叼著在館子裡拿的牙籤，走入扣押室之前，就有同僚來向他報告事故：黑幫老大的車危駕，撞死了一個阿嬤的孫女。阿嬤抱住孫女的屍身，死纏活纏那伙壞人不放。那幫混蛋死不認帳，並且惡人先告狀，一個接一個紛紛拔出槍來，虛聲恫嚇，問阿嬤是不是想陪葬。

就在這時，賴飛雲出現了，代阿嬤出面，和那些人幹上了。

「那被關起來的該是那幫人渣，怎會是這個少年？」

「因為……那幫人都被他打得骨折了，現在全部都躺在醫院裡。總共有十六個人倒下呢。有夠誇張的。」

一個少年只拿著木劍就打倒荷槍實彈的黑幫分子？這樣的事駭人聽聞，簡直不可能發生，賈釗細問之下，就揭發了賴飛雲的特殊能力——在這個槍械泛濫的時代，就因為賴飛雲刀槍不入的體質，讓他有了行俠仗義的本錢。賈釗更是看中他的才幹，又有意栽培這個年輕人，便特僱他作為自己的私人保鑣，不覺已有五年。

熬過一連串修行和特訓，賴飛雲受盡磨練，總算可將自身這種奇異天賦隨意發揮，雖然尚未達到完全控制自如的境界，但臨敵應戰，已再無時靈時不靈之虞。

賈釗看著今年十九歲的賴飛雲，抓了抓下巴，流露陶然自得的神態。

「今天你沒事幹吧？你跟我去辦事吧。」

賴飛雲一如既往，只提著一個藏劍的套袋，就坐上賈釗的車，跟他回去警局。他用真劍來練習，卻只帶著木劍防身。雖然賴飛雲有賈釗給的特殊證照，但若然被守衛或者警員搜身盤問，身懷利器難免會惹上麻煩。

賈釗在警局裡忙了半天，然後下午又要外出辦事，便找賴飛雲伴行，而賴飛雲也恰好在健身房裡完成當天的早課。

他們前往的地方是科研院。

真正的科研院本部並不在人人知道的那地方，而是在一所商業大廈的頂樓。一出升降機，單看門牌，還不曉得是甚麼來著，而裡面竟是藏著大量國家一級機密的實驗室和研究所。

由入閘到抵達特定的房間，一路上守衛森嚴，總共要過三道關卡。賈釗老是嘟噥：「又刷磁卡又按指紋又輸密碼的，有夠麻煩的！」賴飛雲劍不離身，但因為帶的是木劍，而賈釗在這裡又很有地位，所以別人也不會怎麼問話。

賈釗和賴飛雲走入一間實驗室，入門第一眼就瞧見桌上的東西。

玻璃框盒中，擱著一柄橫放的長鐵劍。

此劍的名字是「泰阿」——

中國古老傳說中記述的神劍。

九。

在《越絕書》一書中，有述：

歐冶子、干將鑿茨山，泄其溪，取鐵英，作為鐵劍三枚：一曰龍淵，二曰泰阿，三曰工布。畢成，風胡子奏之楚王，楚王見此三劍之精神，大悅。

名鑄劍師歐冶子與干將造出三柄曠世神劍的事，見於多部古籍。

春秋時期，步兵為主要兵種，因此鑄劍之風盛行，劍的強弱正等於國家軍事科技的高低。稀世寶劍應天而生，相傳泰阿劍曾是楚國的鎮國之寶，晉國垂涎此劍，圍困楚國三年，楚王寧死不屈，親上戰場殺敵。神劍一揮，竟使「流血千里，猛獸歐瞻，江水折揚，晉鄭之頭畢白」，片刻之間，單人獨馬橫掃千軍，殺得晉軍片甲不留。

由於故事太過誇張，大多數人聽了，只是一笑置之，認定是言過其實。不相信終歸不相信，卻不能就此斷定古人的記述全屬虛構。

在科研院這間密室之中，賈釗、賴飛雲和兩個科研人員，正團團圍著桌上那長形的玻璃框盒，瞪著盒裡那彷彿閃著異光的東西。

玻璃框盒裡擱著的，就是傳說中的泰阿劍。

亦如古籍中的傳說所述，此劍的劍身鐫刻篆體「泰阿」二字。

「真是難以置信呢……X光透析和其他報告都顯示，這劍的內部構造相當複雜，甚至超出現代科學可以理解的範疇……精密得連我們也嚇了一大跳。真難想像這是兩千多年前的東西……」

研究所裡的老學者這麼說的時候，賈釗只是翹了翹眉。

「而且還是古代呢……以當時的鑄劍技術來說，鑄造鐵劍是近乎不可能的事。我只能說，歐冶子是一個超時代的天才。」另一個學者說。

「嗯……可能歐冶子是外星人呢……聽說美國人是因為撿到外星人飛碟的殘骸，所以才發明了微波爐……對不起，是開玩笑的。不過，我老是在想，現在一台電腦比人腦更厲害，一塊晶片的運算速度比常人的腦袋快上幾億萬倍，真是奇妙得很。正如我們現在拾到恐龍化石一樣，將來人類滅亡之後，再有其他物種出現，他們撿到一台筆記本電腦，也許根本就不知道那是甚麼東西。」

賈釗頓了一頓，指著泰阿劍，向賴飛雲說：

「這東西能發出無形劍氣？」

賴飛雲重重點了點頭。

大約在一年之前，賈釗因為調查一宗國寶失竊的案件，展開搜捕行動。賴飛雲最先來到一個大型倉庫，當時場中有個凶戾的男人提著這劍，殺害了五個人。賴飛雲也不記得自己是如何制伏那人的，只知那劍能發出無跡無形的劍氣，隔空傷人，賴飛雲亦差點險死於此劍之下。那樣的事，上級極為緊張，自然不容消息外洩，因此外界對此事所知近乎零，而那殺人犯淪為階下囚之後，那劍當然就被警方充公了。

明天就是那個囚犯被槍決的日子。

賈釗現在就要見他最後一面。

北京塞車問題嚴重，賈釗搞了老半天，才將車子開到另一區的警局。

這囚室之中，就關著那個死囚。局裡有這種特別的囚室，針對守口如瓶的重犯，暗格裡擺滿了各種酷刑工具，參詳了古時刑部的智慧，開發了一系列效率更高、造工更加精美的刑具……偶爾也會弄死人的，反正這裡與世隔絕，只要隨便從《囚犯不幸身故對外宣布措施》那小冊子裡找個藉口，總是可以胡混過去的。

透過欄柵，可見囚室裡坐著一個充滿殺氣的男人。這人動也不動的，如同一件死物，臉上的瘀青和血痂更襯得他陰森可怖。這個死囚倔強非常，瞪著賈釗和賴飛雲的眼神之中，竟然微帶譏嘲之意。

「他還是不肯說話嗎？」賈釗問。

監守的警員百般無奈地點頭。

根據可靠情報，囚室裡那男人叫「干將」，正是那神秘組織「九歌」的成員。

干將——這是個古人的名字，正是名鑄劍師歐冶子的弟子。

將這個人判處死刑，就是間接向「九歌」宣戰。

賈釗全權負責這案子，親自盤問干將，但不論如何威逼利誘，軟硬並施，甚至開出豁免死刑這種條件……干將依然三緘其口，像個啞巴一樣，寧死也不肯透露半點關於「九歌」的事。

倘若一個人連死也不怕，只怕就真的沒有法子從他的口中套話。

按照官方程序，一般來說要改從他的親人方面著手，可是干將是個假名，賈釗他們用盡一切方法，還是查不出這個男人的底蘊和真正身分。

賈釗早就料到這種情況，所以也沒有太大的失望，看了看錶，也懶得再盤問下去，便帶著賴飛雲走出警局，提議請客，吃涮涮鍋，來幫他接風。

一出警局，就看見一群來京上訪的民眾，三、四十歲者居多，各省的人都有。霜降之後，北京漸寒，瞧那些人風塵僕僕的樣子，也不知乾等了多久，興許是露宿了好幾晚也說不定。更令見者心酸的是，他們有的人懷裡抱著嬰孩，自己直打哆嗦都快要冷得縮成一團了，卻緊緊抱住兒女，用棉外套捲住襁褓，千方百計替那麼小的孩子保暖。

賈釗和賴飛雲面面相覷，都知道這些人乃是為了腎結石寶寶而來。他們的寶寶吃了某「宣稱通過了一千道安全檢查」的名牌奶粉，結果不約而同都患上了腎病，向商家索償不果，就過來這邊申訴，但求討回公道。在這宗事件揭發之前，雖然肇事人全盤否定，但賈釗這些知情者，早就明白一個道理：凡是官方極力否定的，就差不多一定是真的。

賴飛雲跟著賈釗辦案，見盡世間不平事，有時可以伸張正義，有時卻愛莫能助，讓壞人逍遙法外，少年的心空有熱忱而無法改變現狀，不免會有心灰意冷的時刻。

對於毒奶粉案這件事，賴飛雲問過賈釗：

「一個民族倘若連他們的後代也忍心毒害，這個民族還有救嗎？」

當時，和今天一樣，天寒地冷，賈釗穿著經常被人懷疑從來沒洗過的深褐色長褸，警帽之下的雙眼有種深沉的憂鬱感，卻閃著洞悉世事般的光芒。他拍了拍衣口上的沙塵，扯緊了襟口，然後才回答：

「以前入職的時候，我曾經想過，這個世界這麼醜惡，地球毀滅了可能更好⋯⋯這世界沒你所想的那麼好，也沒你所想的那麼差。至少，還有我和你這樣的人嘛。種瓜得瓜，種豆得豆，說不定我們今天所做的事，將來會幫助整個世界改變。」

賈釗露出堅定不移的目光，接著說：

「你一定要相信，這個世界一定會被改變的。」

這番話，賴飛雲一直銘記於心，他不僅視賈釗為值得尊敬的上司，更將他當成情同手足的好老大。

在中國，不容置疑的是貪污腐敗、勾朋結黨的官員很多，但當中仍不乏一小撮苦幹務實的人。正如一個廉潔的國度也會有貪腐的官員，即使在「無官不貪」的政府裡，亦會有賈釗這種方正不阿、真正為人民奉獻一生的好官。

有時候，賴飛雲甚至覺得，這種有理念的好人，值得他用粉身碎骨的代價來保護。

明月夜。

彎月像死神的鐮刀。

往餐館的途中，賈釗呼出一個煙圈，仰望夜空，頭上竟是久久未見的晴空，模糊裡遙遙看見一道在半空中墜落的星光。

「明天，應該是好天氣。」

他感慨萬千。

十。

正如賈釗預告的一樣，翌日天朗氣清。

風和日麗，賴飛雲要去的地方是刑場。

由於尚有要務在身，賈釗要稍遲一點才從警局總部出發，但他始終放心不下，便委派賴飛雲隨大隊同行，並指定他坐上押送死囚的囚車。

賴飛雲一想，便明白了賈釗的心思：「賈大哥是擔心會有意外嗎？所以才讓我上車盯緊整個過程。」

押送死囚的車隊之中，前方開路的是兩輛摩托車，四輛大車緊隨其後，夾在中間的就是關押死囚的囚車。

賴飛雲未曾到過死刑的現場參觀，不知程序和規矩，但當局出動二十多個警員來護送，這種情況還真是罕見。他也是第一次乘上這種車身加置裝甲厚板的警車，後車廂坐著幾個包含干將在內的死囚，兩重門鎖，開門的鑰匙一條在車隊領導身上，另一條就在刑場的負責人身上，換而言之，必須抵達目的地才能開鎖，裡面的囚犯註定是插翼難逃。

國家規定，槍斃的彈藥費由死囚自付。但干將身無分文，又沒有家屬，賈釗親自監督這場死刑，更自掏腰包替干將付款，算是仁至義盡。

「我開車這麼多年，還沒見過這麼大陣仗的。後面關著的是甚麼大人物呀？賈釗這人真是的，葫蘆裡不知賣甚麼藥……」

不管駕駛席上的大叔如何搭話扯談，賴飛雲依然不理不睬的，顯得十分冷漠。一來他是真的不愛在不熟稔的人面前説話，二來覺得亂説話會分散注意力，對於賈釗給他的任務，他絲毫不敢鬆懈，無時無刻都在打起十二分精神。

窗外一片綠意盎然，灰色的高速公路旁鋪著草皮，栽滿了樹。

車隊沿著內環輔路前進，大道直馳，轉眼便駛上了立交橋。由於不是繁忙時段，那立交橋上車輛不多，就是一條僻靜的迂迴匝道，彎彎的通向半空，跨越了下面的交叉車道。

轟隆！

一剎那，山動地撼，有如爆破般的巨大聲響傳來，驟然好像看見了火舌，之後是風暴似的塵土飛揚，四周都在搖晃，猶如地震山崩一樣，就是不知前方發生了甚麼事。

突遭變故，車輛全部煞停。

大伙兒都走出來了，目睹眼前的狀況，大都傻了眼。

橋被炸掉了。

就像斷崖一樣，只剩一堆支離破碎的鋼筋，離橋三十米的地面上，塌下一大堆頹垣破礫，有如隕石空降一般的災難場面，也不知壓毀了多少正在下面駛過的車輛。

塌橋嗎？

又是偷工減料惹的禍？

正當眾人驚惶失措，還在思索為何發生這種事之際，一個念頭已電也似的在賴飛雲的腦海中閃過——

劫囚車！

賴飛雲嗅到一陣硝藥味，便猜到是有人在橋樑上設置了炸藥，並且算準時機引爆，使他們的車隊不得不停下來。

突然間，有同僚譁然驚呼了出來，斜斜指著對面的分隔車道，約莫四十米外的橋邊，那裡竟然站著一個兩米高的大漢。

不遠處是豎滿路障的地盤，他似乎就是從那邊走出來的。那大漢不只身形魁梧，而且可能有裸露的癖好，在颯颯寒風四竄的天橋車道上，竟然不穿上衣，袒露出結實壯碩的肌肉，彪腹狼腰，一條龍紋身尾上頭下 ，由右肩旋繞到右腹側後，煞是令人望而生畏。

「蒙恬！」

在場的警員之中，有人看過通緝犯檔案的照片，認出那龍紋身的男人，竟然就是全國殺手榜上排名第五的蒙恬。

本來來了一個通緝犯，隔著一大段距離，也未至於令所有警員進入全神戒備的狀態，但詭異無比的就是蒙恬身旁的東西——那是一面至少兩米長闊的巨大鋼板。

蒙恬倏然藏身於鋼板之後，那特厚鋼板的後面應該有握環，在人力推使之下，那鋼板便貼著地面向著囚車這邊衝過來，殺氣騰騰的，竟像蠻牛一般。警員均未見過如此奇特的進攻手法，不管三七二十一，就向著那鋼板開槍，而蒙恬繼續聳著頭在一片槍林彈雨中前衝，丁鈴噹啷都是子彈連續射擊在厚鋼上的聲音。

不論如何亂槍掃射，礙於角度問題，全部子彈都被蒙恬前推的巨大鋼板擋住，眾員一時之間竟是無可奈何。

賴飛雲將劍鞘平舉胸前，然後拔劍出鞘。

眼見敵人逐漸逼近，賴飛雲果斷持劍上前，朝敵直奔，竟是想借蒙恬視線受阻的弱點，跨過那鋼板來突施奇襲。説時遲那時快，賴飛雲斜斜前躍，單手攀住板頂，身手俐落地翻躍到鋼板後面，並且往下突刺一劍。

蒙恬歪身閃躲及時，賴飛雲的木劍只能打中他的側背，但這個蒙恬也真是條硬漢，受了那麼一下重擊，竟也不吭一聲，仍然是納口納臉的表情。賴飛雲正要再補上一劍，蒙恬已掄起了那鋼板，擋住了賴飛雲的攻勢。

之後，無論賴飛雲如何走動，那巨大鋼板始終阻隔在兩人之間，蒙恬更加轉守為攻，大開大闔用那鋼板撞向賴飛雲。

如此偌大一塊重達幾百斤的鋼板，在蒙恬手中竟然就像一面盾牌般輕盈，而且攻擊範圍極廣，要躲過也不是容易辦到的事。

正當蒙恬以為將賴飛雲逼到避無可避，再舉起鋼板，奇怪的事發生了，好端端的一個人卻不見了。蒙恬壓根兒沒想過，這個莫名其妙出現的持劍少年，竟會身懷人體磁場的特能，黏附在自己雙手上那鋼板的另一面上，擺動的幅度再大都甩不掉他。

蒙恬腦筋不靈，將鋼板平平朝天舉起，仍然不見賴飛雲的蹤影，未知自己如何著了對方的道兒。

眼見機不可失，賴飛雲突然躍起，借助下墜之力，看準方位，猛地向鋼板垂直轟下一拳。

磁力巨震！

異極相吸，同極相斥，此乃磁力的原理，賴飛雲那一拳打在鋼板上。雖然鋼板的原料是合成金屬，但以鐵的成分佔多，那拳帶上了超強磁場的排斥力，威力便以幾何級數倍升，拳勁衝力再加上地心吸力，就有如泰山壓頂，絕非人力所能承托。

蒙恬自知已到極限，不得不撒手，狼狽地在地上翻滾，躲開一劫。

鋼板轟隆一聲落在地面，塵土四揚。

賴飛雲暫時擊退了敵人，正奇怪怎麼沒有同僚幫忙，一回首，竟發現穿著制服的警員躺的躺，死的死，尚能站著的已沒幾個。

來敵原來不只一個——

在囚車旁邊站著的，是一男一女。

原來敵人暗施雙面夾擊之計，警員遭遇突襲，全盤注意力放在蒙恬的身上，由此便著了敵人的道兒。

從另一邊偷襲的一男一女，也不知用了甚麼手法，一眨眼間幹掉大半數以上的警員，而且有恃無恐地觀看賴飛雲與蒙恬之間的比鬥。

那男的竟穿著齊整的西裝襯衫，胸口敞開，吊帶棕褲，一頭豎起的短髮，左眼戴著眼罩，長得倒像有幾分秀氣的中年海盜。

他只用一隻右眼盯著賴飛雲，拉了拉眼罩，忍不住吐出一句：「咦！那小子居然是用木劍呢，真是有趣得很。」

賴飛雲再觀察四周，發覺並無其他敵人，心裡不禁納罕：「只是兩男一女就敢來劫囚車？這種膽色也太囂張了吧！」

與此同時，賴飛雲掛在耳朵上的無線耳機也響起來了。原來賴飛雲從來沒有手機，理由就是將這東西放在褲袋，很不舒服，有礙行動，所以賈釗給了他一個凝聚了軍方通訊科技的迷你耳機，像鉤子一樣勾在耳上，不會影響賴飛雲聽力之餘，每當賈釗有要事與他聯絡時，那耳機便會自動傳出賈釗的聲音。

賈釗不在現場，但他透過立交橋上的隱密式監視鏡頭，縱使身處警察總局之中，亦看清楚了那範圍的實況，然後便對賴飛雲發出提點和指示，堪稱千里之外，運籌帷幄。

這時耳機便傳出了賈釗的話聲：

「小賴，那個戴著眼罩的男人，他就是蒙武，全國殺手榜上排行第四的通緝犯。他擅長製作毒藥和炸藥，那條橋就是被他炸掉的。」

那殺手榜上的資料賴飛雲也看過的，依稀記得蒙武是化學方面的天才，在中國某「清」字開頭的學府擁有博士學位，他發表過的論文，屢獲海外殊榮，至今依然是後輩們爭相複印的範文……如此一個有可能代表國家獲得諾貝爾化學獎的學者，竟然去了當殺手，而且在短短幾年間聲名鵲起，這樣的事還真是匪夷所思。

警方早就懷疑蒙恬和蒙武是一夥的，但始終無法證實。這兩個殺手榜上的名人，想不到就在今天同時一一碰上，賴飛雲也不知該感到榮幸還是不幸……

「而蒙武身邊的女人，應該就是莫邪，也是『九歌』的人。我們關於莫邪的資料太少了，只知道死在她手上的人，全都是被抹脖子的……她應該是用利器的。」

莫邪為夫投爐煉劍的傳説，賴飛雲是聽過的，莫邪在古時就是干將的妻子，她會用這個假名，顯然和囚車裡的干將有甚麼關連。

那個叫莫邪的女人倒有幾分姿色，用挑逗的目光打量著賴飛雲，忽道：「他也用劍的？長得很帥呢！真想和他玩一玩。」

蒙武卻顯得異常冷靜，沉著地說：「先辦正事要緊吧。」

賴飛雲這時也留意到莫邪左手握住的劍鞘。

只見莫邪從劍鞘中拔出土色一般的鐵劍，那劍被高高舉起，在寒空之中亮錚錚的，劍脊密密麻麻的布滿了古字，而鋒刃看起來竟是鈍的，並不像是甚麼削鐵如泥的利器。

莫邪走近囚車，只是輕輕一砍，那劍毫無力勁的砸在囚車的車身上。

然後，瞬即，不可思議的事發生了——

那囚車的鋼甲如紙黏土一般碎開！

若是一般的人，早就嚇得魂飛魄散了，但賴飛雲早前見識過泰阿劍的威力，如今再瞧見莫邪那劍的奇妙力量，縱然驚訝，也沒有因此失去方寸。饒是如此，他也無法阻止莫邪，只能眼睜睜地看著她走入囚車之中。

「小心！」

賴飛雲一時分神，但反應也是極快，一個伏地翻滾，躲開了從後偷襲的蒙恬。原來蒙恬想從後面環抱賴飛雲，怎料慢了一步，而瞧他滿身壯碩的肌肉，就知道是個搏鬥高手，要是被他抓住了，下場就一定是不堪設想。

蒙恬向前搶攻，而賴飛雲還沒完全站起，一回身就是一劍。

那一劍由下而上，攻向蒙恬的下巴。

如果是真劍的話，蒙恬擔心會被削掉下巴，就是非躲不可了，但他眼見對方的劍只是木劍，便雙掌合十，架住賴飛雲的劍。木劍的劍鋒並不鋒利，但賴飛雲的劍招勁力奇猛，被那一劍砸中，竟也震得骨骼粉碎似的。

蒙恬實戰經驗豐富，再疼痛也好，也懂得把握時機，同時用雙手緊緊捏住木劍，使盡蠻力想將那劍從中折斷。

可是那劍不僅毫無裂痕，而且連曲也不曲的，確是堅硬無比。

原來賴飛雲所持的劍，乃用鐵樺樹的木精製而成。這種木呈暗紅色，異常珍貴，比橡樹硬三倍，比普通的鋼硬一倍，是世上最硬的木材，在古時常被用作取代金屬。賴飛雲會用木劍，就是因為不忍殺人，但仗著這種超級堅硬的劍，他也常常將匪徒打至重傷。

賴飛雲豁勁將劍從蒙恬的虎口中抽出。

正如薄紙也能割傷皮膚一樣，木劍雖然不夠鋒利，但賴飛雲抽劍的手法極為巧妙，而且速度出奇地快，所以木造的劍刃亦能如利鋒一樣銳不可擋。

蒙恬左右手頓時血花四濺！

他掌上的傷口，必定深得見骨。

賴飛雲再轉身補上飛腳，將蒙恬狠狠踢飛了出去。

擊倒一敵之後，賴飛雲瞪著正從囚車裡出來的莫邪，竟有迎戰之勢。

莫邪微微感到驚愕之際，也不甘示威，挺劍向前，向賴飛雲宣戰道：「小朋友，你是認真的嗎？你用那把爛木劍，就想對付我的工布劍？」

古有三劍，集天地之精氣煉治淬火而成——

一曰龍淵，二曰泰阿，三曰工布。

莫邪手中的神劍，竟然就是傳説中的工布劍！

莫邪與賴飛雲還未真正出手對劍，站在囚車旁的蒙武已經看不下去，只想速戰速決，便將手槍的槍口對準賴飛雲，喊道：「小子，你完蛋了！」

「砰砰砰」三聲，蒙武連續射出三槍，沒想到那三槍竟然全部打歪，射到不知往哪裡去了。蒙武對自己的槍法滿有自信，完全想不通為何會發生這樣的事。

此時，穿著囚衣的干將也由囚車下來了，一雙怒目瞪著賴飛雲，向著蒙武，又向著莫邪道：「那小子身上有一股看不見的磁場，用金屬子彈好像無法傷到他的……要殺他，只有埋身肉搏。小心，他的劍術很高明，別要栽在他的手上。」

蒙武聞言，感到驚訝非常，怔怔地盯著賴飛雲，緩緩地說：

「小子，你是異能人？你叫甚麼名字？你死了的話，我真想將你的屍體拿去研究呢。」

這番問話著實奇怪，但更奇怪的是賴飛雲居然回答：

「賴飛雲，字劍魂！」

如此自報姓名，本來是相當滑稽的一件事，但賴飛雲說得氣魄逼人，眾人也就笑不出來。

古人愛改字號，以此突出一個人的特質和人生態度。

賴飛雲的授業恩師是個世外高人，因書畫文史等國學廣為人知，但世人皆不知他劍藝天下無雙的事。「劍魂」這個字號，就是他替賴飛雲取的，指明此子是個「為劍而生的男人」。

莫邪滿眼殺氣，提著工布劍，向賴飛雲搶攻。

別看莫邪是一介女流，原來也是劍術高手，而且招招狠辣，全攻向賴飛雲身上最陰險的地方，即便是國家隊級數的劍擊選手與她比劍，恐怕也沒幾個能擋得下她的殺著。

但她的劍招在賴飛雲眼中只是雕蟲小技，他真正顧忌的是工布劍的威力。

賴飛雲處處閃躲，始終避開正面交鋒，但瞧著莫邪的出招方式，也漸漸猜得著她的意圖：「她這麼出招，就是想黏到我的劍上又或者我的身上！」於是心念一動，就明白了工布劍那碎首裂軀的破壞力，要透過觸碰才能發揮。

賴飛雲守多攻少，被逼到了立交橋的邊陲，只見莫邪揮劍橫劈，他臨危之中，便踏在橋邊的石磴上，像踩軟索的特技人般連奔三步，只要有一步踏空了，從橋上掉下的話，必然就會肝腦塗地。

莫邪那一劍砍空了，砸中了燈柱，那燈柱在剎那間就像焚毀的樹梢般化為碎塊，然後有一陣帶鐵鏽味的銀色灰燼隨風飄揚。

鐵劍會被賴飛雲身上的磁氣震開，無法深深砍入他的皮膚之中，但倘若被工布劍碰上了身軀，不消多說也必定是凶多吉少。

迴身落地之後，賴飛雲馬上展開反擊，手中的木劍使將開來，招式變化多端，一時行雲流水，一時劍走龍蛇，暗藏書法之道。刺砍斬劈，恰如點豎撇捺，快招像狂草，虛招似行書，竟逼得莫邪喘不過氣，根本不能還招。

兩人不經不覺，鬥到了斷橋那邊。

就在賴飛雲差點刺中莫邪手腕，令她要撤劍之際，瞥眼間，驚見屢仆屢起的蒙恬又出現了，這傢伙正抬著一輛警用摩托車，摔臂向著自己拋過來。

賴飛雲倉皇趴下，躲開了從頭頂上掠過的摩托車，而當他翻身站起來之際，卻驚覺莫邪的劍已近在眉睫，後方就是斷橋，要麼是跌死，要麼就是被戳中。

莫邪大喊一聲：「去死！」

眼見躲無可躲，對方的劍尖已在胸前不到五寸的地方，賴飛雲卻看準了空隙，霍地反擊，從幾乎萬萬扭轉不了的劣勢之中，向對方的胸口刺出了一劍。

全身的力量，盡在那一劍的劍尖之上。

賴飛雲的師父深諳技藝是殊途同歸，書法愈強，劍術也愈強，反之亦然。書法中，最基礎的要素是「點」，簡單的一點，也可以有不同的方向、輕重和長短，而賴飛雲現時所使的一套劍法統稱為「永字八劍」，沿自一本叫《筆陣圖》的秘笈。在所有筆法中，就以「點」為最快，賴飛雲的師父當年為了教他，就帶他到天下最多險峰的華山，面臨絕崖斷壁，感受一下巖石從高峰急墜下去的速度感，從而掌握如何刺出筆力萬鈞的一劍。

那一招的名字是「筆陣第一劍」。

亦是賴飛雲的師父融會畢生絕學，創出來的快劍。

明明是莫邪出手快上一大截，但賴飛雲那劍後發先至，挾著石破天驚之勢，不偏不倚，以迅雷不及掩耳的極速，直刺向莫邪的胸口。

著！

莫邪中招之後，整個人往後彈開，若然賴飛雲用的並非木劍，她肯定就已經即時斃命了。

而她刺出的劍，連碰也碰不到他。

賴飛雲毫髮無損，他亦有十足把握，莫邪一時之間沒法再站起來。

事發現場，三個來敵只剩下蒙武一個，縱使加上剛出來的干將，賴飛雲預料很快就可以收拾殘局。

卻在此時，賴飛雲的耳機發出話聲：

「小賴！緊急命令！有個相當危險的人物向著你那邊逼近。別管蒙武他們！在車隊後方那黑色寶馬轎車的後座，有個極度重要的政治人物，你快過去保護這個人！」

賴飛雲聽出賈釗的聲音相當嚴厲，一點也不像說笑，便知事態嚴重，刻不容緩，唯有拋下蒙武和蒙恬等人，跑向那輛黑色的寶馬轎車。

那車的司機愣眼巴睜，一副驚魂未定的表情。

轎車裡，後座上，只有一個人。

而她竟是個年僅十四歲左右的少女。

車中的少女看來只有十四歲左右，但長得瀲灩動人，氣質清綺，垂肩的長髮如涓涓碧泉，膚色白得像初啟芙蓉，卻穿著一襲黑得透亮的麻紗布裙。

她臉帶微笑，一雙鳳目骨碌碌地望著車窗外的賴飛雲，相比之下，轎車司機卻神色慌張，連下巴都在顫抖，真是丟盡了所有男人的面子。

賈釗的聲音又透過耳機傳來：

「你看到她嗎？我要你保護的人，她是一個長頭髮的少女。我剛剛收到可靠的情報，有人要買凶殺她，你要盡快帶她逃離現場！她對國家來說極度重要，是個被重點保護的人物，要是她少了一根頭髮，我和你也擔當不起的……」

雖然這樣的事很難教人相信，但賈釗的指示就是最高命令，賴飛雲必須照做無誤。賴飛雲正站在駕駛席旁邊的車門，一把將司機扯了出來，就霸佔了駕駛席，然後換檔踏油門，車子倒退再掉頭，便離開了現場，疾風似的往回頭路的方向去了。

那少女見他上車，雙眼發亮起來，挨前道：

「你是來救我的嗎？剛剛我看見你打倒那些壞人，你真是很酷呢！」

賴飛雲從沒考過駕駛執照，而他的駕駛執照是賈釗送的，就是去年收到的生日禮物。但賴飛雲未到合法駕駛年齡，就常替賈釗開車，加上他這方面很有天分，即使在道路上狂飆，左穿右插，他也駕輕就熟，而且妄顧速度限制，幾乎全程都是踏盡油門。

那少女眼見他不答話，沒有就此住嘴，自說自話，在後面吵個不停：

「你開車的技術很棒呢！我最喜歡風馳電掣的感覺了，你可以再開快一點嗎？咦，你耳朵上戴著的是甚麼通訊器嗎？很小巧喔。」

正如她觀察的一樣，賈釗一直透過耳機發出指示：

「千萬別帶她回警局。對方知道我們的行程，我懷疑局裡有奸細。小賴，你幫我貼身保護她，將她帶到安全的地方就好了，然後等我與你聯絡……」

賴飛雲左耳還是賈釗的餘音，右耳就出現那少女的聲音：「咦！跟你通話的是賈釗大哥嗎？我可以和他談幾句嗎？」

「別讓她……」

賈釗的話音未畢，那少女已硬生生搶走了賴飛雲的耳機。

賴飛雲雙手正握著駕駛盤，還沒反應過來，後座那少女已將耳機拿捏在掌中，根本是看也沒看，乾脆就扔出了窗外。

「妳……」

目睹這一幕，賴飛雲愣怔了好一會兒，吞一下口水，才張嘴道：「妳到底在幹嘛？」

那少女一雙妙目凝望過來，也不知是真糊塗，還是假真心，撅了撅嘴兒，就向賴飛雲低頭認錯：「對不起。我是不小心的。我這人就是有點神經病。不過，賈大哥找不到你，這樣一來，我和你就是自由了，可以盡情去玩……我語無倫次了。你別瞪著我好嗎？我怕怕喔……」

賴飛雲有點生氣，實在想不透這個古裡古怪的少女，怎會是「國家極度重視和重點保護」的人物，逼使賈釗寧可放過囚犯，也要保障她的人身安全，不可讓她置身於險境之中。

車子在行駛，少女無事可幹，便繼續和他閒扯：

「你長得這麼帥，動作又瀟灑，唸書時一定有很多女生迷你吧？你看來就像個花心漢，我的想法沒錯的話，你一定玩弄過很多女人，傷透過無數少女的心吧？」

沒來由的遭人誣賴，賴飛雲按捺不住，回嘴道：

「我才沒有！我一次戀愛也沒談過呢。」

少女聽了之後，露出訝異之色，捂著小嘴道：

「你說的是真的嗎？十九歲也還沒有談過戀愛？一個帥哥正常活著，到這年紀也不談戀愛，你一定是個自戀狂，要不然……那你一定是性無能？你好可憐呀。哈哈。」

如此一個妙齡少女，竟講出這番又突兀又歹毒的話，賴飛雲歪著脖子看著她，心中只冒起一個聲音——

怪胎！

但此時耳機丟了，賴飛雲無法聯絡上賈釗，心中相當憂慮。

正自想法子解決當前的難題，那少女又再來打岔：

「很無聊啊。你怎麼都不跟我說話嘍？」

賴飛雲就算有閒工夫，也不想理會她，一副心神全放在駕駛上，入了市道，車速也漸漸減慢了。

「你真是不禮貌呢，咱們見面了這麼久，也不問問我的名字。難道要由我來開口嗎？」

賴飛雲心想她說得也是道理，暗中也想打探她的來歷，雖然萬個不甘願，也只好用客氣的語氣，問道：「請問……妳叫甚麼名字？」

少女卻道：「嘻嘻。你愈想知道，我就愈不想告訴你。」

賴飛雲本來就怕與陌生人獨處，生平也從來只有女生取悅他，現在遇到這麼欠揍的傢伙，心中自是充滿了怒火……但賈釗有令要確保她絲毫無損，賴飛雲只好啞忍，正想就此作罷，少女竟連珠炮發般說下去：

「但我知道你的名字。你叫賴飛雲，今年十九歲，師父是著名的XXX，一直跟著賈大哥辦事。警局裡的人都知道他一直當你是他的親信，他甚至將你視同親弟弟。」

賴飛雲納罕不已，實在猜不透她是從何得知他的資料，正想問個明白，又怕被她作弄，心裡只好認定是賈釗告訴她的。

少女不顧儀態，由後座爬到了前座，坐在副駕駛席上。只見賴飛雲漫無目的地開車，又盡量避開容易塞車的公路，少女忍不住便問：

「我們要去甚麼地方？」

「我也不知道。總之我的首要任務是確保妳的安全。」

「那可不可以去我想去的地方？」

「妳想去哪？」

「西單購物中心！我要逛街！」

少女非常雀躍地説。賴飛雲現在習慣了，只是皺了皺眉，根本就不打算答應她的無理要求，心想只要一直留在車上，到時候將她完好無缺交到賈釗手中，今次的任務就是大功告成。

沒想到，她沒有就此罷休，臉上竟是副決意赴死的表情，將車門掀開了一半，半個身子探出車外，在狂風中要脅道：「我要開車門，跳車自盡了啦……」

賴飛雲不料有此一著，沒有對付這種人的經歷，又擔心她瘋起來，真的做出傻事。他咬著牙，情急之下，只好硬著頭皮先答應她，説會載她到那購物中心，她才乖乖的關上車門，回復原來的坐姿。

那少女指著車裡的汽車衛星導航面板，嬌嗔道：

「好丫！你敢騙我的話，我就要你吃不完兜著走！」

賴飛雲執行過無數任務，還是第一次感到這麼頭痛，暗暗怪責賈釗沒好帶挈，給了他一個難搞的傢伙。

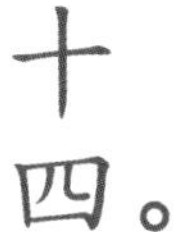

十四。

不久前還在生死懸於一線的激戰之中，這時卻要和一個絕頂古怪的少女逛商場，氣氛前後轉折之大，就像一部小説上一頁明明是武俠小説腔，翻到下一頁就變成愛情小説的格調。

賴飛雲將車隨便停好，便背負木劍，與那少女走向購物中心的正門。他一向我行我素，並不在意旁人的目光，當時正值西方萬聖節前夕，縱使衣著奇特和揹著劍，只要融入商場內部不倫不類的節日裝潢之中，途人見了也不覺過分礙眼。

少女喜不自勝，興奮之情盡露臉上，雙眼目光閃閃霍霍，瞧瞧這，望望那，目不暇接，眉花眼笑，竟無片刻安靜——她內心的喜悦連旁人都能感受得到。

「原來這就是商場啊……」

聽到少女的讚歎，賴飛雲暗暗覺得好笑，就是他這種極少逛街的怪僻獨男，來到這種地方，也不會像個未見過世面的鄉巴佬。

「甚麼原來這就是商場？難道妳之前都沒逛過街嗎？」

這番無心之言由他口中溜出來，竟教少女垂下頭，感慨萬千，忽又淘氣道：「對啊！我由小到大都被軟禁，從未被批准走出屋子半步，所以這是我這輩子第一次逛街呢。我現在才曉得，商場是這樣的一個地方，比我想像中大得多、漂亮多了……對了，我將這個『第一次』獻給你了，所以你該感到榮幸吧？」

聽了這番話，賴飛雲不由得微微一怔，非常同情她的遭遇。他知道政府會軟禁政治重犯，這已是眾所周知的秘密，但這種手段始終有底線，針對那些人的家屬，頂多只會嚴密監視而不會關押。

但倘若眼前這少女所言屬實，她是由誕生的一刻開始就被禁錮，足足十四年……這樣的例子前所未聞，賴飛雲同情她之餘，霎時又想到：「官方既然做到這個地步，她的身世一定極為特殊。」

少女的瞳孔裡，呈現一個亮晶晶的世界。

當她是個小女孩，就對外面的世界充滿好奇，偶爾也有外出的機會，但都是為了幫人做事，從一幢樓房到另一幢樓房，全程坐在車內，受人嚴密監管。每當車子經過這些地方，小女孩的眼睛盯著窗外的景物，千奇百怪，花團錦簇，將臉頰貼在車窗上，內心深處都是走出去的渴望。但明明只是隔著一面玻璃，外面的東西卻像在另一個世界，她永遠無法觸摸；到她長大後，透過電腦螢幕來認識這世界，經常嚷著要出去玩，但平日對她千依百順的管家和下人，竟都沒法讓她外出，就是不管如何撒嬌，大門永遠緊鎖。

所以難得發生意外，她自然不會放過機會，以死相逼，都要賴飛雲帶她來逛街。當車窗和電腦螢幕上的東西化為現實，如幻似真，她可真是高興死了，不停扯著他問東問西。

堂堂一個大男人，竟被一個少女牽著鼻子走，賴飛雲極為無奈，心中的鬱悶與時俱增。他會來商場，另一原因就是想找公共電話，但這東西現在愈來愈難找，到找到了的時候，他才想起身上連一塊錢也沒有。

少女正值豆蔻年華，愛美乃是天性，縱使身上沒錢，瞧著琳琅滿目的櫥窗，已教她歡喜萬分。

當兩人走到商場中庭，眼前都是名牌時裝店，少女突然大叫出來，告訴他那一家店賣的是她最喜歡的品牌，她身上穿的黑裙就是那牌子的。

賴飛雲發覺她懂得的牌子蠻多，想到一事，便問：

「如果妳不逛街，妳的衣服是誰幫妳買的？」

「嗨？你不知道甚麼是『淘寶』嗎？一上網，都可以買到想要的東西啊！你不會從來未用過吧？」

少女睜大眼看過來，竟有瞧不起他的意味。

而賴飛雲的確未試過在網上購物，自覺比這少女更加與時代脱節之時，突見她目光亮了一亮，看來又要提出莫名奇妙的疑問。

「對了，我正想問你呢，那些人買東西時，為甚麼要將一張張紙放到檯面上？那些紙在哪裡可以拿得到？」

賴飛雲初時不理解她的意思，向她所指的方向望去，驀然驚覺她所説的一張張紙，竟然就是五顏六色的人民幣紙鈔，人們交易，自然就要付錢來結帳。

她未見過錢！

打從賴飛雲出自娘胎的一刻，這是他聽過最駭異的奇聞。

「妳……妳不知道甚麼是錢？即使妳在網上買東西，也總會有價錢吧？」

「哦。我不曉得呢。都是他們給我一張卡，我喜歡買甚麼就買甚麼，連上網站，將東西按入購物車，輸入一組號碼，東西就會送過來。我從來不用理會價錢。」

那是信用卡吧……而且還是無簽賬限額的信用卡……國家真是沒有虧待她呢……賴飛雲自思自想，呆瞪瞪看著她，已經答不上話。

「其實呢，我知道錢是甚麼，但就沒有見過實物……那些紙是叫鈔票吧？沒有錢，就甚麼都不能買？這世界真是不方便。」

少女捂著肚子，原來是餓了。

兩人走了半天，縱然可以不買東西，但不吃不喝就很難了。更何況賴飛雲體力消耗量大，大半天還沒有進食，早已飢腸轆轆。

少女露出快要大哭的表情，唸咒一樣，邊走邊嚷：

「哪裡有錢、哪裡有錢、哪裡有錢……」

賴飛雲輕輕歎息，心說她再唸上千遍百遍，錢也不會從天上掉下來的。

這時候，兩人漫無目的地閒逛，右側就是一排儲物櫃。

她的腳步不由自主地停了下來，倏然間目光有異，然後眼瞪瞪的望向一側，指著其中一格儲物櫃，忽道：「這一格裡有個嬰孩。」

嬰孩？賴飛雲難以置信。

還沒來得及問清楚，她已站到儲物櫃的控制面板前，將手按在數字鍵盤上，一邊唸唸有詞，一邊輸入一堆數字。

那是新式的全自動儲物櫃，大格小格，兩種尺寸，存包時只要投入輔幣，先選無人使用的儲物格，放妥東西，關上櫃門，然後面板就會自動吐出密碼紙；只要在面板的鍵盤上同時輸入櫃門編號和準確的密碼，指定編號的櫃門便會打開。

就在她輸入數字之後，面板上顯示解鎖的訊息，奇就奇在她根本沒有存包，這一點賴飛雲確信不會有錯。

下一瞬間，編號十四號的櫃門，咯軋一聲打開了。

果然如她之前預告的一樣——

儲物櫃裡有一個嬰孩。

十五。

賴飛雲和少女現時身處警衛室。

兩名警衛正將發現棄嬰的事通知警方。將初生嬰兒棄置在儲物櫃裡，這種事時有所聞，但他們還是第一次碰到，所以特別緊張。

賴飛雲怔怔地看著少女，而她正在一邊撫著熟睡的嬰兒，一邊回答警衛的提問。

「是一對男女將嬰兒放進去的。他和她的年紀……應該和我差不多，我猜是初中生吧？兩小時之前，大概就是他們將嬰兒放進去的時間。」

聽了少女這番說詞，警衛立刻翻查閉路電視的錄影，結果就和她所說的一模一樣……有如她當時置身現場，親眼目睹一切。

「妳認識他們嗎？」

「哪會認識啊！那麼混帳的人，怎可能是我的朋友？」

警衛員又問了幾個問題，少女都是連聲說不知道，更不耐煩地說：「我又不是神仙！怎知道那麼多事？時間寶貴，我要走了！」一說完，就匆匆扯著賴飛雲出去，不讓對方有繼續磨蹭下去的餘地。

從警衛室出來之後，兩人又回到商場裡，繼續逛街，但處境與先前已大不相同了，因為他們身上有錢。

原來在發現棄嬰之時，他們也瞧見了放在布籃旁的一疊錢。大概嬰兒的生父生母知道每晚會有人檢查儲物櫃，便在傍晚過來，將嬰孩丟棄在裡面，又為了讓良心好過一些，便付一點酬金給發現嬰孩的好心人。

這番話是少女告訴賴飛雲的，感覺上不是猜想，而是真的知情。少女想也不想，就將那疊錢據為己有，大概有八百塊，已夠他們解決燃眉之急。

賴飛雲急欲探知真相，便向少女問道：

「妳到底是怎麼知道有嬰孩的？」

「你真的很想知道嗎？」

一不小心，賴飛雲點了點頭。

「哦……這樣喔。怎麼辦好呢？你愈想知道，我就愈不想告訴你呢。」

少女又故意在關鍵處賣關子，氣得賴飛雲極為惱火。賴飛雲遇敵無數，總是能夠沉著應付，但這一次碰上這個瘋瘋癲癲的少女，整天心情都大起大落的，對她完全無計可施，真的只有認栽的份兒。

但她接著解釋：「其實是賈大哥叫我千萬別告訴任何人。不過呢，你今天好好陪我，我高興起來，一定忍不住跟你說的。」

賴飛雲是一副牛脾氣，也就沒有追問下去。現在身上有錢，就可以去吃東西，賴飛雲自覺應盡地主之誼，便提議帶她去吃他認為最美味的北京烤鴨。一聞言，少女就錯愕地看著他，連聲嚷道：「烤鴨？你是老頭子嗎？鴨子那麼醜，我才不要吃牠們！好噁心！」結果賴飛雲就依她的喜好，選了一家吃意大利麵的西餐廳，看見室內氣派華麗，也不知夠不夠錢結帳。

少女歡天喜地，搶著走過去，要坐景觀最好的窗邊位子。服務員小姐說那位子已留座，少女就問：「甚麼是留座？」那服務員愣了一會，才解釋說有留座牌的桌子，都要預留給之後進來的客人。少女理所當然地說：「那我幫妳將牌子放在別的桌子上，我是不是就可以坐這裡？」

用膳的時候，她明明是吃意大利麵的，卻問服務員有沒有筷子；瞧見人家桌上有好吃的甜品，又大聲問服務員那是甚麼東西，好像全然不懂人情世故。

賴飛雲既好氣又好笑，就陪她胡鬧下去，懶得再理會別人的目光。但原來旁人常常偷望他倆，並不是純粹因為他倆行為怪異，倒是因為他和她是俊男美女，這種相貌登對的璧人在現實裡的確難得一見。

之後，兩人經過書局，少女嚷著要進去。

賴飛雲隨她走來走去，但決不讓她離開視線範圍。他感到無聊，忽然看到一堆書法類的書和字帖，便順手拿了來看。少女湊過來，問他在看甚麼書，他就說是一本字帖集，書裡鐵畫銀鉤，都是出自名家的手筆。

賴飛雲對讀書不感興趣，但就是對書法和劍藝著迷。在她面前，他又透露，原來他師父傳他的劍法全部悟自書法，所以又名為「書法劍」。就像別人看著琴譜來練琴一樣，他是看著字帖來練劍的，鑽研之後，就可以將書法化為一道道劍招。

「天下行書第一是王羲之的《蘭亭序》。你看過了《蘭亭序》，豈不是可以吸收王羲之的功力，變得很厲害？」

「甚麼吸收不吸收的，說得我跟怪物一樣……不過，那是不行的，一定要看真跡的複印本才行。因為只有真跡才有書法家的『筆氣』。」

「哦，原來如此。現時流行的《蘭亭序》是臨摹的，所以對你來說是沒用吧？有傳真跡是在唐太宗的昭陵裡，也不知是不是真的，只怕你一輩子也看不到了。」

賴飛雲沒想到她會知道這種事情，暗讚道：

「妳知道的東西蠻多呢。」

「無聊，就會看書。以前我都是到國家圖書館的網站上查目錄，然後就會有人將書拿過來給我。不過，現在有網購就方便多了，我想看的書，都是在噹噹網上訂購的。嘻，INTERNET真是本世紀最偉大的發明！」

接著他和她又聊了一些關於書畫的事，天南地北，竟然談得來。

離開書店的時候，賴飛雲瞧見有電話亭，便打了通電話給賈釗，但始終無法接通。賴飛雲心想這樣也無大礙，他初時是遵照賈釗的命令，才寸步不離陪著她，現在倒是有點出於自願。

一直到商場打烊，竟也不捨得離去，臨走前她那雙眼睛楚楚可憐的，看得連賴飛雲這種鐵漢也心酸起來。

耿耿星河下，美景良辰，燈熄後的磚地如凝脂一樣。商場內部燈飾的殘光，恍如星屑一樣落在她的黑裙上，流光溢彩，令她全身看來閃閃發光。其實她長得極美，豆蔻天姿梨頰微渦，有種出塵脱俗的氣質，一顰一笑，都散發著靈秀之氣。

賴飛雲這種不近女色的男生，竟也看得有點入迷。

「小怨哥，我今天真的很開心。」

原來少女之前看見他滿臉怨氣，一副生人勿近的樣子，就替他亂改了個「小怨哥」的綽號，喊了幾次，覺得這名字很適合他，之後再也改不了口。

「今天是我這輩子最開心的一天。」

「妳説話根本是亂來的。哪有這麼誇張？」

「我這輩子從沒逛過街，從沒試過在外面的館子吃飯，從沒試過跟男生約會……以後，可能再也沒有機會了。所以，我真的很謝謝你。」

賴飛雲聞言，心中一動，半晌不能答話。

「對了……我叫巫潔靈。巫師的巫，潔癖的潔，心有靈犀的靈……希望，過了今天，你不會忘記我吧。」

説罷，她就從剛買的吊帶小斜揹包裡，拿出一本書。

巫潔靈雙手呈上的東西，就是賴飛雲剛剛在書局裡翻過的字帖集。原來她知道賴飛雲喜歡，便暗暗拿去了櫃面付錢，當作他陪了她一整天的謝禮。

賴飛雲瞧著她，心中憐惜起來，忍不住問：

「他們為甚麼要軟禁妳？」

賴飛雲一問完，腦中又冒出另一個疑問：「她沒有親人，年紀又小，在封閉的環境下成長，到底怎麼會和別人結怨，以致有人要買凶殺她？」

巫潔靈毫無隱瞞之意，坦坦白白地說：

「因為我能聽見靈魂的聲音。」

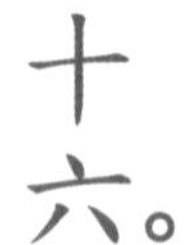

靈魂的聲音？

賴飛雲微覺訝異地凝望著巫潔靈，但由於他本身也擁有人體磁場的異能，所以對她的話並無太大質疑。

未等他問下去，巫潔靈已搶著說：

「除此之外，我也看得見靈魂的形狀……我這麼說，你應該聽不懂吧？」

甚麼又聲音又形狀的，賴飛雲聽得一頭霧水，便對她搖了搖頭，表示真的不明白。

巫潔靈這便徐徐解釋下去：

「世上真的有靈魂，這可不是空口無憑，我可以作證。我也不知道為甚麼，但我與生俱來，就有這種和靈魂溝通的能力，靈魂會告訴我很多事情……我知道你們會叫我這種人做『靈媒』。」

賴飛雲外表是個酷男，其實外冷內熱，是個好奇心旺盛的人，一旦興頭來了，便會滔滔不絕：

「哦！我明白了！國家要軟禁妳，就是因為妳是『靈媒』這一重身分……妳擁有這樣的能力，就可以查探很多秘密和機密情報……也就是說，現在這廣場上除了我和妳，妳還看得見『那些東西』……那妳看見甚麼了？靈魂又是甚麼樣子的？我真的很有興趣知道。」

巫潔靈不由自主地搖頭，又道：

「唔……要向你解釋果然很難呢。靈魂和我們平日看到的東西一樣……但無法觸摸，不是鬼片中那些透明的東西……我也不知道怎麼解釋，總之憑感覺就知道那是靈魂，我分得清楚哪些是靈魂，哪些是實實在在的人。簡單來説，靈魂是沒有實體的。」

賴飛雲迷惑不解，又問：

「那……妳不是剛剛才説過，妳可以『看得見』靈魂的形狀嗎？」

巫潔靈想了一想，才回答道：

「所以我才説很難解釋。靈魂在一般人眼中是不存在的東西，但我就是能感應他們的存在。雖然我知道他們是沒有實體的，但借用我根深柢固的概念，我腦中自然而然會浮現出他們的樣子……譬如説，我的概念中，鴨子是很醜的東西，無論一個人外表有多帥，只要是個壞人，他的靈魂在我腦中就是像鴨子一樣的怪獸。」

「那靈魂……是像空氣一樣的東西吧？」

「唔……真的要形容的話，我覺得靈魂就是一種『電波』吧！」

「電波？」

「對，靈魂是與電波相似的東西吧？只有我這種體質特別的人，才能接收他們發出來的『信號』。哦，我有個很好的例子：收音機的電波無處不在，但只有收音機才能接收到廣播訊息，正常人類是無法憑肉耳聽見收音機的廣播。」

「哦……妳就是一台接收『靈魂訊息』的收音機……」

「別說得這麼難聽！我才不是死物呢，我是個嬌滴滴的可人兒。」

聽到這麼超乎常理的事情，賴飛雲半晌說不出話，直勾勾地瞧著巫潔靈，心想難怪覺得這少女與眾不同。

「還有啊……靈魂分為兩種，一種是活人的靈魂，一種是死人的靈魂。死人的靈魂是死者死亡一刻時的樣子，而活人的靈魂就是我腦中的概念。我會相信賈大哥和你，也是因為看見你倆的靈魂，知道你倆是好人。對於靈魂醜的人，我是絕對不想和他們聊天的。」

「那我的靈魂在妳眼中是甚麼樣子的？」

「嘻。你忘了我的性格嗎？你愈想知道的事情，我愈不想告訴你。真的不好意思嘍……」

賴飛雲活到這個年紀，還是第一次有被女生欺負的感覺……但他只能忍聲吞氣，完全拿她沒辦法，心中這股想揍人又不是真的要揍人的衝動，連他自己也無法理解。

巫潔靈毫不理會他的感受，繼續自說自話：

「對了，你可能不知道呢，靈魂有個特性，就是靈魂不會說謊，只會說真話，我問甚麼他們就一定有問必答。不過，活人的靈魂懂得自我保護，所以我只能向死人的靈魂問話……我用我的方法與它們對話，它們就一定會對我說出真相，但只侷限於它們知道的事情。」

「死人的靈魂……其實就是幽靈吧？」

「嗯，溫爺爺胡伯伯……總之就是一些大人物找我，通常就是拜託我幫忙，要我幫他們問出一些事情。」

聽到這裡，賴飛雲忽然想通了一些事，禁不住驚歎：「哦！難怪！賈大哥找妳，就是想從干將身上套出『九歌』的秘密……對了，就算干將死也不肯招供，在他死了之後，妳就可以向他的靈魂問話……原來如此！」

賴飛雲思路敏捷，很快又想到巫潔靈會知道他的背景，就是因為她向死在意外現場的警員幽魂問話；而她在商場發現儲物櫃裡的棄嬰，想必是那一帶有幽魂目睹整件事，便向她傳話，叫她去救那嬰孩……而幽魂目擊者不知道的事，她也就不會知道了。

他把這番猜想說了出來，巫潔靈爽快點了點頭，笑容可掬：「全對！可惜當時時間來不及，我沒問你的糗事，真是好可惜呢。」

賴飛雲和巫潔靈，除了外貌匹配，性格上根本是搭不上邊的兩種人，但彼此第一次見面，已當對方是知己般扯談，這當真是天下一等一的怪事。

特別的人，就會被特別的人吸引，也許人與人之間確有這種看不見的磁場——

這就是中國人所說的「緣分」。

物以類聚，乃是因為「磁極相吸」。

話不投機，卻是因為「磁極相斥」。

在這樣的晚上，賴飛雲同情巫潔靈的遭遇之餘，也不捨得就此和她永遠分別。要是將她送回賈大哥那邊，她就此又回到那種被軟禁的日子，哪怕時間短促，他也想她去一些好玩的地方，給她多留下一些美好的回憶。

賴飛雲靈機一動，便提議帶她過去北京後海那邊，順便見識一下南鑼鼓巷裡的酒吧。

巫潔靈聽了，目光流轉，心存感激地說：

「小怨哥……你對我這麼好，我很感動啊。」

看到她這麼直率地表達出自己的情感，他也感到怪不好意思的。

賴飛雲這便帶她過去取車，但有點迷路，繞了一些路，才找對了方向。賴飛雲一邊轉著拇指上的車匙，一邊觀察環境，瞧見一條跨過大馬路的行人天橋，便認出停車的位置就在天橋的另一邊。

在燈光濛濛的夜色之中，兩人拾級走上了行人天橋。

四處卻瀰漫著極不尋常的氣氛。

天橋的另一端站著一個三十多歲的青年。

一看到他，賴飛雲和巫潔靈全身震慄，那是一種怪異到極點的感覺。

那就像是——

惡魔之手正向著他倆張開。

十七。

橋尾，眼前那人，額頭正中有顆很明顯的觀音痣。

他有一雙美目，唇上帶笑，一點也不像個凶殘酷虐的大魔頭。

最詭異的是，他一身奇裝異服，長髮黑袖烏衣，敞胸紅領朱肩，腰帶飾以博古紋，一點也不像現代人的衣著，反而有點像東瀛的男裝和服。

王虢！

賴飛雲腦中浮現這個名字。

額有觀音痣，殺人前必定穿著古服，這兩點都是「全國殺手排行榜第一殺手」的特徵。再加上對方氣勢逼人，賴飛雲四肢百骸都彷彿被無數蟲子螫咬一樣，根本不用多疑，也可以判定眼前之人就是王虢。

橋下的車河奔流不息，時間卻儼然靜止了一樣。

月色恍若是紅的，黑夜變得倍加漆黑。

天與地，肅殺無比。

王虢立定不動，而他雙眼牢牢瞪著的人，無疑就是賴飛雲和巫潔靈。

至於這個全國第一的超級殺手因何出現，賴飛雲立刻就想到買凶殺人的事，他一定是衝著巫潔靈而來，難怪當時賈釗緊張成那個樣子。

王虓終於開口，聲音傳得很遠，面向巫潔靈說：

「不好意思，請問妳是巫潔靈小姐嗎？我叫王虓，略有薄名，職業是殺手。坦白說，有人委託我來殺妳，希望妳不會見怪吧？如果妳在死前有甚麼疑問，我都會盡量回答的，可以殺妳是我的光榮。」

巫潔靈竟似全身麻木一樣，瞳孔收縮，彷彿在盯著王虓背後的東西，然後嘴巴微張，吶吶吐出一句話：

「惡……惡魔……」

「妳看到了甚麼？」

賴飛雲禁不住問，同時想到她能看見活人靈魂的奇能，可想而知她一定瞧見了極為可怕的東西。

但只見巫潔靈抖個不停，幾乎就要哭出來的模樣，與先前機靈活潑、行事大膽的她判若兩人。賴飛雲聽了王虓那番文質彬彬的話，也是毛骨悚然，但當他瞧見巫潔靈這副樣子，就忍不住代她挺身而出，拔劍護在她身前，怒目瞪著王虓。

王虓目光一亮，嘖嘖稱奇：

「劍？你是她的保鑣吧？你用的武器很有趣，我很久也沒見過像你這麼有膽色的人了。不過，你要是阻礙我做事，我會連你也一併殺掉的……並且將你撕成碎塊，明天早上餵給野狗當早餐。」

王虓說話瘋瘋癲癲，行為乖戾，卻有說不出的恐怖。

賴飛雲不由自主地退後了半步。

他也向巫潔靈示意，叫她後退幾步。

「她只是個弱質女流……你為甚麼要殺她？殺手這一行也有規矩，連女人都殺，你不覺得自己可恥嗎？」

面對賴飛雲這番喝問，王虢面無愧色地揚起了嘴角，含笑道：

「首先，我要澄清，殺手這一行沒有性別歧視，職業殺手接了案子，別說是女人，連小孩都要痛下殺手，這才算是敬業樂業。在死亡面前，人人都是平等的。」

賴飛雲沒想過對方的答話如此突兀，一時之間，竟不知如何反駁。再加上他不是嘴巴厲害的人，心中發毛，這時說起話來，竟然結結巴巴：

「殺人……殺人總要有理由吧？她……她一直過著封閉隱居的生活，從沒得罪過任何人，為甚麼無緣無故就要被你殺死？」

王虢聞言，義正詞嚴地回答：

「我殺人很有原則的。從不會殺錯一個人。」

「原則？甚麼原則？」

賴飛雲面露不屑之色，對王虢所說的話厭惡至極，便指著背後的巫潔靈，大聲斥問：「你告訴我吧！她是個大好人，一生沒做過壞事，你有甚麼非殺她不可的理由？」

王虢輕聲歎息，然後又開始講道理：

「壞人該殺。好人更加該殺。眾生皆苦，這世界爛透了，可以早一點死去的話，又豈會不是一件美事？我也好想早一點死，但上天賦予我殺人的天分，我不想浪費掉，便只好替天行道了。」

歪理！

賴飛雲早就聽過不少關於王虢的傳言，但當晚初次見面，才知道他竟是個滿口歪理的混蛋，將一堆荒謬至極的道理說得振振有詞，令人異常噁心。

王虢伸出了雙手，掌心朝上，展露出兩隻黑手套。

殺氣如籠罩一切的陰霾，鋪天蓋地而來，一重又一重，整個世界就像枯萎了一樣，肅殺得令人心寒，恐懼感噬膚，無孔不入，萬箭穿心。

賴飛雲未摸清楚對方的底蘊，又懾於對方的氣勢，記得賈釗的叮囑，知道巫潔靈的性命事關重大，便自覺不應輕舉妄動。儘管有違本性，他竟然也向敵人示弱，主動提出停戰的條件：

「這少女是國家的重要人物。你殺人都是為了錢吧？不如這樣吧，我可以代你向國家交涉，你的委託人給你多少錢，我就幫你要求雙倍，這筆錢國家一定付得起的。」

想不到王虢卻搖了搖頭，顰眉蹙額，一副被誤解了的神情。

「只是為錢而工作的話，這樣做人很痛苦的。」

正當賴飛雲和巫潔靈愣住之際，王虢又說下去：

「我這個人，不是單單為錢而工作。我是真的很享受殺人的樂趣。而且，你已經惹起了我的興趣，我今晚是非殺你不可的了。更何況，錢我多的是，現在追求的是快樂和知名度……不妨告訴你，我現在的客戶大多數是外國人，我是個跨國殺手了。」

真囂張！

賴飛雲雙眼發直地望著王虢，絕無想過世上竟有如此怪譎的殺手。

「唉，年輕人即是年輕人，果然無知得很。我跟你說哪，在我們的國家，最重要的就是錢，有了錢就可以為所欲為，連操縱天氣都做得到。而且人人並非平等的，人命各有不同的價格，你身邊那少女的命相當值錢，這次我殺人收到的酬金是歷來最高的，只怕是國家也負擔不起的……嘿，只要是有錢的話，惡魔也會被尊重的。」

「你放屁！」

賴飛雲握緊了劍柄，用劍尖指著王虢。

王虢聳了聳肩，冷冷說道：

「你以為只有你認識政府的高官嗎？我也認識不少。嘿，無論在世上任何一地，能大富大貴，攀到高位置的成功人士，你以為是好人多還是壞人多？中國歷朝最成功的統治者，哪個不是心狠手辣、殺人如麻的？做壞事，耍手段，才可以成功，這才是永恆不變的真理。」

連賴飛雲也不得不承認，王虢所說的是整個社會的現況，可見王虢平日不是只顧殺人，其實也是個關心時事的殺手。

王虢笑了一笑，接著說：

「你不會奇怪嗎？一直以來，我為甚麼可以肆無忌憚地殺人？嘿，你自己想想，我收費這麼貴，請得起我的都是些甚麼人？」

賴飛雲暗暗也奇怪，王虢再厲害，到底也是血肉之軀，哪有可能逍遙法外二十年？

「莫非……」

王虢含笑不言。

他的微笑就是最好的回答。

權力，就是包庇，才是真正的金鐘罩，比任何防彈衣都更要管用。

王虢說這話時，竟是理直氣壯、大義凜然，理屈詞窮的人居然是賴飛雲，現場的氣氛真是詭異到了極點。

凌厲的風一掠而過。

剎那間，王虢已來到了面前——

快得超乎常理！

頃刻間，王虓的右手快要觸及賴飛雲的脖子。

只差一點，上半身最脆弱的脖子就會被扼成粉碎。

但賴飛雲反應迅捷，而且眼明手快，閃電也似的舉劍上挑，又銳又準的刺中王虓的手腕。王虓伸出的右手偏向一邊，賴飛雲又乘勢側躲，所以王虓那一抓完全落空。

一招未完，王虓的下一招已接踵而至，左手如舞爪一般的凌空劃過來，出手之間快得幾乎沒有時間上的間隙。

純粹因為僥倖，賴飛雲正要後躍來拉開距離，才恰好躲過了王虓的突襲，真是險到一個間不容髮的地步。

縱是如此，賴飛雲感到肩頭疼痛，一瞥眼，才知自己的左肩已經掛彩，衣衫由鎖骨至胳膊被割出了長長的一口子。

「咦！」

王虓似乎也有一絲驚訝，自己的殺著竟被連續躲過。而事實上根據往例，在世上能閃避他攻擊的人絕無僅有，在他手下能夠存活的「獵物」更是一個也沒有。

只見王虓所戴的手套，指尖上有特製的微細刀片，在他躡影追風的出手之下，便鋒利得有如獅子的利爪，輕輕劃過，已可輕易將人的脖子一斷為二，簡直是殺人於無影。

那是一雙惡魔之手。

王虢再攻。

賴飛雲刻意保持距離，又全心全意死守，竟然可以連番避開王虢的極速快攻——

但每次都躲得很險，也不是完全避開，他的身上衣衫綻開，又添兩條斜斜的血痕，可見王虢之快，實在是超越了人體的極限。

力大無窮，行動如豹。

賴飛雲身懷異能，所以馬上也想到，王虢必然也是個天賦異稟的異能者，否則單憑赤手空拳可以傲立江湖十多年，怎麼說也太過誇張了。

要不是巫潔靈在場，賴飛雲早就逃跑了，現在打不過又逃不得，真是進退兩難。

賴飛雲自知再守下去必死無疑，觀察天橋上的環境，心生一計，閃躲的同時，一個箭步俯身跨出，搶到了垃圾箱的旁邊。他是左手握劍的，這時右臂發揮磁力，便牢牢黏住了垃圾箱，轉身一舉起，咯噹一聲，正好擋住了迎面而來的王虢。

賴飛雲就像衝鋒陷陣的騎兵，將垃圾箱當作盾牌，黏在臂上，然後再乘隙向王虢刺出了一劍……雖然垃圾桶裡的垃圾非常臭，但為了保命，他也顧不了那麼多。

一陣風的來，一陣風的去，王虢倏然退到了後面，定眼瞧著賴飛雲正在施展的特技，忍不住衝口而出：

「咦！你也是擁有『古血統』的人？」

王虓嗅一嗅手套上的血，面色驟變，突然自語：

「而且是『天使血統』……這樣的話，絕對留不得！」

他的話匪夷所思，旁人絕對無法聽得懂。

就在王虓一恍神之際，賴飛雲大喝一聲，向他連攻了三劍，分別是「陸斷犀象」、「百鈞弩發」和「崩浪雷奔」，全是他所學劍法中最精妙的殺著。

但都被王虓一一躲過了。

千錘百鍊的劍法如此輕易被破，賴飛雲心中一凜，想也不用多想，便知道自己決非眼前這魔頭的對手。

縱使自知勝算極微，他也打算賭命一搏，賠上自己的命也要保護巫潔靈的安全。

賴飛雲透過接觸，可使鐵製的垃圾箱磁化，逆行磁場，再使勁甩手一擲，右臂上的垃圾箱便如炮彈般側向轟出，沿著橋欄平飛向王虓。天橋狹長，橫向空間不多，如此一來，王虓一定會躲到左邊。

果然如賴飛雲所料，王虓向左邊閃身。

賴飛雲不顧一切，抱著同歸於盡的打法，上身全無防備，跨躍而起，由上而下，使盡全力向王虓劈出了凌厲的一劍。

王虓一掌就接住了賴飛雲的劍。

賴飛雲虎口作痛，感覺就像劈在嚴岩之上，幾乎就要拿捏不住整柄木劍。

然後——

木屑紛飛！

鐵樺木是最堅硬的木，比普通鋼鐵還要堅硬，但在王虢強大的力量之下，竟然好像脆餅一般的折斷，轉瞬之間被揑成無數碎塊。

在漫天木屑的密雨之中，賴飛雲雖然身處險境，但一著地馬上隨機應變，提著半截斷劍，霹靂似的直砸向敵人的脛骨。

那是人體腳部最脆弱的地方之一，王虢中招之後，竟也站立不穩，身子微微下沉。

難得有了那半秒的空檔，賴飛雲沒有錯過時機，仆地後滾到巫潔靈的腳邊。

賴飛雲抱住巫潔靈，躍下了天橋，在半空翻身，背向下墜，天空頓時旋轉到了正面。與此同時，一輛大貨車穿過橋底出現。原來賴飛雲就是看準這時機，再在背脊快要碰到車頂的一刻，隔空散發出人體磁場，雖然僅是懸浮了一瞬間，已卸去了所有直墜的衝力。

兩人便似戴著降落傘一般的墜落在貨車頂上。

風吹得正急。

而王虢在天橋上的身影亦變得愈來愈小，到最後隱沒在深不見底的黑夜裡。

十九。

晚間的風很大，夜更的貨車司機也喜歡與風追逐，但這也正合賴飛雲的心意，盡快愈逃愈遠。

首都北京的夜也是寧靜的，一壺月光傾瀉下來，再加上鬼火似的路燈搖搖欲墜，本來煙濛霧晦的幽夜，就由深黑變成了姹紫的色調。

車頂上風大，加上車速甚快，巫潔靈害怕從車上掉下去，便死命地捉緊賴飛雲的臂彎，某程度上就是躺在他的懷裡。而賴飛雲毫不在乎男女之嫌，也緊緊摟住她，由於他可以用磁力黏住車頂板，所以兩人其實坐得很穩。

賴飛雲望著手中的一截斷劍，默默想道：「真是僥倖！要不是恰好有一輛大貨車經過，相信我和她早已經身首異處……那個王虓名副其實，真是個怪物！」

雖然死裡逃生，但賴飛雲和巫潔靈都知道，他倆尚未真正脫險。

王虓為保「百分之百的殺人成功率」，一定還會追上來的。

「後海那邊的店關門了嗎？我們還去不去？」

聽到這番話，賴飛雲愕然地瞧著巫潔靈。這種生死時刻，她竟然還有心情掛念玩的事情，而且半點也不像說笑……他對她真是不得不服了。

賴飛雲白了她一眼，低聲問：

「妳真的不怕死啊？」

巫潔靈淺笑道：

「當你看得見靈魂的話，就會相信死後有另一個世界，你就不會覺得死亡可怕……人生在世時，也不敢做出任何壞事呢。」

此話只教賴飛雲微微一怔，難以相信這番深具哲理的話，竟會出自一個十四歲少女之口。

現今世道，人人都不相信神佛，也不相信因果報應，所以才會縱情現在，作惡作端，只求逸樂一時，以為朝夕富貴就是一切，哪管死後是下地獄還是去極樂世界？所以巫潔靈這番隨意説出來的話，反而發人深省。

「不過，雖然我有這樣的想法……看見自己珍惜的人去世，我還是會覺得很難受……」

巫潔靈露出憂傷的眼神，賴飛雲這才發覺，原來她也有多愁善感的一面。

驀然間，他想起她遇見王虢時的神情，便問：

「是了，妳看見王虢的靈魂了嗎？為甚麼妳當時那麼害怕？」

巫潔靈這時才知道那人叫王虢，一想到他，不禁打了個冷戰，瑟縮道：

「我當時真的很害怕……我見過不少壞人，但我從未見過那麼血腥的靈魂……他簡直是一個比惡魔更加惡魔的惡魔。」

「妳看見甚麼了？」

「一座山。一座很大很大的山，比當時他身後的房子還要高的巨山。而山上堆滿了屍體……也可以說，那是一座由屍體堆積而成的山，血流成河……我甚至可以聽見那些慘死的怨魂的哀鳴，真是很可怕……」

巫潔靈如此描述出來，令人不寒而慄。

就在此時，身下的貨車逐漸減速，慢慢駛入一條僻靜的車道，四周黑漆漆的，只有兩盞車頭燈在前面照出光芒。

然後貨車駛入一座貨倉，到了目的地。

從現場環境來看，這裡屬於一所木造家具公司的廠房範圍。可能因為時值深夜，工人都下班了，貨車裡的司機下車離開之後，倉庫裡就空無一人，照明燈熄滅之後，室內就只剩下幾行黃澄澄的月溪。

賴飛雲抱住巫潔靈，沿著貨櫃的側板滑下地面。

暫時來看，他們算是安全了，這種僻靜的地方正好當避難所，讓他們好好過上一夜，等到天亮再想辦法求救。

賴飛雲向巫潔靈道：「賈大哥這麼厲害，一定有辦法找到我倆的。」

巫潔靈聽了，笑著點了點頭。

一下車，賴飛雲在倉庫裡走了一圈，找了塊大布給她披上。然後又搬了張形狀奇怪的白色時尚椅過來，叫她好好坐著歇息。但巫潔靈沒有乖乖坐下來，卻道：「我要去尿尿。」說得面不紅耳不赤。賴飛雲只得呆呆看著她走向廁所那邊，心想只有一個入口，他守在外面就應該不成問題。

倉庫外面，也是冷清清的，就像步入一片灰茫茫的世界裡。

提著半截斷劍，空地上踏影觀天。

月光下，賴飛雲想起童年時在破屋井邊練劍的時光。

他不停尋思與王虢對決時的情況，想來想去都是同一個問題：「要是再跟他對上，我有沒有取勝的辦法？」模擬當時的處境，揮出幾招，賴飛雲深深歎了口氣，又想：「不行！『筆陣第一劍』已是我最快的劍，連這一招也被他破了，其他招式一定不管用！」

原來賴飛雲最後傾盡全力對王虢刺出的一劍，就是「筆陣第一劍」。正常來說，那招快劍別說是閃躲，連伸手擋架也是困難萬分的事——但當時王虢居然可以赤手抓住他刺出去的劍鋒，可見這超級殺手的速度實在遠遠凌駕在他之上。

力量。速度。這兩項要素絕對左右勝敗。賴飛雲看出，王虢所用的招數，大有可能源自古武術，傷人只是其次，重點是殺人，所以全部都是將人置之死地的殺著。正因為王虢擁有壓倒性的力量和速度，便可將那些招數發揮得淋漓盡致。簡單就是最好的，這是某世界巨企的格言，而王虢之強在於化繁為簡，每招都是直截了當，但一招接著一招連續併發使出，卻會生出驚世駭俗級的破壞力。

技藝。這是唯一可以勝過王虢的一點。

但是，舊的招式全不管用，一時三刻又如何自創克敵制勝的新招？

賴飛雲愈想，愈是灰心。

又練了一會，在寒夜裡出了一身汗，但他自覺愈練愈不像樣，便垂劍仰天沉思。

天上的星星閃爍霍霍，彷彿有甚麼要告訴他似的。

毫無頭緒之際，賴飛雲坐在門檻上，往昏暗的室內瞟上一眼，瞥見從巫潔靈小包裡露出一角的字帖集。他想到了甚麼，便過去拿起字帖集，隨便翻翻，看看能否從大師的書法裡尋獲靈感。

翻到某一頁，突然有一幅字帖吸引住他的目光，那些筆跡蘊含有如厲鬼般的波磔點畫，而且因為當中夾雜漢字以外的文字，方圓別緻，怪奇新穎，為他帶來前所未有的視覺衝擊。

那字帖的書法家有個響亮的名字——

日本劍聖——

宮本武藏！

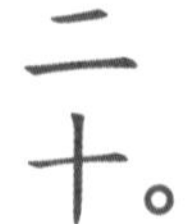

賴飛雲學藝時，老是聽見師父發牢騷，痛罵現時的教育制度背祖忘宗，只重功利而忽略藝術薰陶。師父有一番感歎的話，賴飛雲聽了至少不下十次：「唉！書法明明是中國的國粹，但現在書法寫得好的，都是日本和韓國的孩子。」

日語書寫其實由平假名和漢字組成，而日本人將書法稱之為「書道」。常言道，現在是中國的盛世，但賴飛雲的師父卻說真正璀璨的中華文化都在過去，唐宋兩朝書法名家恆河沙數。師承王羲之，有感於張顛，獨創成一格，而賴飛雲的恩師正是從書法中領悟了劍法，兩道互通，皆因他堅信所有技藝之道殊途同歸，拿筆和持劍一樣，手至心至，登峰造極的境界就是心的意境。

而師父給賴飛雲臨摹練招的字帖碑本，絕大部分是震古鑠今的古人國產佳作，從來就沒有看過日本名家的書法作品。

賴飛雲也是到了今天才知道，鼎鼎大名的宮本武藏竟然也是個書法家。

這時在他眼前出現的字帖集，應該是本冷門的滯銷書，此書的編輯品味也有夠奇特的，亂湊亂拼一通，收錄了宮本武藏遺留在世上的字帖，因緣際會之下，就讓一個相隔四百年後的少年目睹一代劍聖的筆跡風采。

筆氣俏勁多變，常有出其不意的轉折。

墨到盡時未見窮，僻怪險絕，連綿不斷，又生出神機妙智的一筆，然而極為奇怪的是，偶然會出現有違常規的撇捺，力透紙背的筆勢並非完全貫通，感覺就像一心二用的人在寫字一樣。

賴飛雲的劍招來自書法，每當鑽研一份優秀的字帖到了一定火候，就能從中領悟新的劍法，故此又名「書法劍」。

賴飛雲閱畢宮本武藏傳世的字帖一遍，當即忍不住試演一招半式，不料出劍一波三折，招與招之間牽絲糾纏，根本不成章法。要知道懂得書法的人，看的不是整個字，而是整體布局構成的美感，正是字與字互相連接的「行氣」。使劍也是一樣道理，剛就是剛，柔就是柔，或快或慢，都不能攙雜，然而賴飛雲現在嘗試將宮本武藏的筆法化為劍招，招與招之間無法連貫，「行氣」常常斷掉，此情況自他練劍以來從未遭遇過，實在稀奇古怪得很。

練到中途，賴飛雲自覺練不下去，但始終想不透問題何在：「為甚麼會這樣的？」

賴飛雲廢然長歎，回眸一望，卻見巫潔靈正蹲在門檻上看他練劍。賴飛雲剛剛忽略了看護她，於心有愧，便關切地問：「妳是甚麼時候回來的？怎麼去了那麼久？」

巫潔靈一笑道：「我在倉庫裡迷路了，碰到一些鬼，和他們聊了一會，所以現在才回來。」

賴飛雲也不知道怎麼接話，便又將目光放回劍尖之上。她打了個大呵欠，瞧著賴飛雲一臉專注的神情，禁不住問：「你很努力啊！一整天那麼累，到了晚上還在練劍。你這麼拚幹嘛？會升職加薪嗎？你真是個怪人呢。」

明明她自己才是怪裡怪氣，卻罵人家是怪人……賴飛雲也不知好笑還是好氣，但倒也沉得住氣，向她解釋道：

「我答應過的，我要保護妳。」

這番話真是他的心聲，所以說得相當自然。

巫潔靈聽了，一雙水汪汪的眼睛，發亮地凝望著賴飛雲。

「你剛剛那句話太『酷』了！可以對我再說一遍嗎？」

她一副情深款款的樣子，竟教賴飛雲感到尷尬不已，一時不知所措。

結果賴飛雲沒有理睬她，回到倉庫裡，思緒終於回到正事上頭，再由頭到尾細看那份字帖。巫潔靈就是愛纏著他，好奇他在看甚麼，湊近到背後，看了一會，冷不防吐出一句：「宮本武藏？是不是會使『二刀流』那個宮本武藏？」

「二刀流？」

「對啊！我的日子那麼無聊，看過了不少漫畫和日劇，打發時間真不容易……我很喜歡井上叔叔畫的《宮本武藏》呢。哈，我就是喜歡有男子氣概的男人，你加油的話，或者我會愛上你呢。」

賴飛雲心中大喊：「鬼才要妳愛！」轉念又想，或者可從她口中知道多些關於宮本武藏的事，便一本正經地問：「我問妳的是二刀流的事，妳別離題好不好？二刀流到底是甚麼東西？」

巫潔靈對他做了個鬼臉，嗔道：「你對我這麼兇，我才不會告訴你呢！」

賴飛雲受夠了她的氣，也懶得再理會她，聽到二刀流的名稱，當即聯想到是雙刀的意思。日本刀名曰「刀」，但本質與中國的刀不同，直身弧刃，其用法反而承襲劍道。在倉庫裡，賴飛雲找了兩條長度相等的木條，將就一下，打算改用雙劍，來演練宮本武藏的書法帖。

弦月如鉤，賴飛雲走到外面，重新開始試招。

其實他左右手使劍都行，出招初期，漸入佳境，感覺比上次稍為良好，可是如果切實依照字帖上的筆勢去做，筆鋒合交之處，就會互相碰撞，啪嗟一聲，有好幾次差點砸爛木條，結果使來使去都不像樣，怎麼樣也練不成。

賴飛雲默想了一會，還是不得要領，眼見時候已經不早，便回到倉庫睡覺。

貨倉裡恰好有木床，可是只有一張。

只見巫潔靈已在床上睡眼惺忪，半夢半醒。賴飛雲替她蓋好布被，正想離開床邊，在地板上躺睡，她卻忽然扯著他的袖子，輕聲呢喃：

「這裡有很多幽靈啊，從未試過有這麼多幽靈陪我睡覺呢……我很不習慣。」

賴飛雲縱使不怕鬼，也好沒來由的直冒冷汗，彷彿有一陣涼氣滲透到他的背脊裡……

「這裡……為甚麼會有幽魂的？」

「在中國的工廠打工壓力很大吧……三不五時就會有人自殺……」

朦朦朧朧間，巫潔靈說著夢囈一般的話，又用央求的目光看著他。

「陪我。我怕怕。」

賴飛雲歎了口氣，就躺在床上的另一邊，讓她牽著他的衣袖，卻與她的身體隔著一小截距離。

從窗框的鐵欄灑下來的月光，或明或暗映照在這對男女的臉上。

就這樣，兩人當天是第一次見面，當晚就睡在同一張床上，幸好他倆都是心無邪念的人，要不然發生了甚麼有違「三綱五常」的事，男方就要接受國家的審判和制裁，最糟糕的情況就是被送去打靶。

在兩人未察覺的情況下，死亡正逐步向著他倆逼近……

瀟瀟雨，葉嘯入夢，肅謐的夜在水的洗滌下漸變清晰。

不知從何時開始，外面下了一場夜雨。

巫潔靈驀然醒過來，四周是一片不熟悉的環境，灰沉沉的貨物林立，沁肌的濕氣令這個地方變得格外幽冥。

只見床上另一邊的賴飛雲依然熟睡。

她悄無聲息地下床，在透窗而入的月光下摸路前往廁所。她差不多全醒了，用好奇的眼珠探索這個紛紜雜沓的世界，彷彿四肢上的無形枷鎖全沒了，每呼吸一口空氣都是自由清新的。

這一次逃亡的經歷驚險萬分，對她來說必然是一生難忘的回憶，幾乎每分每秒，都有種心臟病發的感覺，但確是非常好玩。

倉庫裡，半夜無人，卻有飄泊的幽魂。

巫潔靈碰見的是一個叫阿玲的年輕女工。之前跟她聊過天，知道她是在廿六歲的時候死的。她長得不算美，但應該也不算醜，至少她的前男友敢在明燈下和她親熱……其實甚麼是親熱，巫潔靈是一知半解的，她平時所用的電腦有一個叫「黃壩」的網頁過濾軟件，根本就不容她接觸到這方面的黃色資訊。

阿玲是跳樓死的，因為這死法最簡單，想死便死，連買繩子等用具的錢也可省下。她說，她也曾擁有過絢麗多彩的青春，但畢業後找工作真的很難，不巧整容又失敗，在被包養條件不足的苦況之下，便只好到這爛工廠打工，攢錢來報答父母養育之恩。一想到自己的青春和人生要在這呆板的工作環境之中枯萎，未來沒希望，她就寧可死掉算了，否則若果遲死一步，公司取消了替員工買的保險，賠償一分錢也分不到，她就是對不起養育了自己二十年的父母。

巫潔靈同情她的遭遇，自殺的靈魂是最可憐的，死後不得超生，只在身亡的地方遊蕩和徘徊，因此有個叫「地縛靈」的別稱。巫潔靈呆在房子裡已覺有夠悶的了，但她可以上網和亂購一切她想要的東西，失去自由也總有法子來消磨時間。

當晚夜闌，巫潔靈再遇見阿玲，卻發現狀況異常。

阿玲和其他幽魂互相都瞧不見對方，卻都瑟縮在離窗較遠那一端的角落，各自無聲無息地顫抖，那種來自魂魄的「恐懼感」就連巫潔靈也感受得到。

巫潔靈未見過這樣的事，感到一陣迷惑和惘然。

「妳是不是也覺得很不自在？」

賴飛雲原來也醒來了，他站在她的身側，先出聲，免得嚇壞了她。賴飛雲這麼一問，顯然連他自己也冒出一股不自然的感覺。

賴飛雲想了一想，就牽著巫潔靈，帶她走上二樓的平台。

此倉庫其實只有一層，但樓頂甚高，就圍繞內牆搭建了一層鋼架平台，而二樓平台有一部分外露到室外，恰如長廊式的陽台，從那裡可以瞧見廠房內庭的光景，而這廠址上合共三幢建築物。

賴、巫兩人躲在平台上，不敢伸出頭，透過小隙窺探地面的動靜。

在滂沱大雨之中，有一個穿著古裝的男人在內庭裡走動，烏髮以至褲腳濕透，有如陰魂不散的鬼魅，晃來晃去，在搜尋甚麼似的。

那個殺氣騰騰的人正是王虢。

恐懼由內心深處泛起，賴飛雲全身如被冰水澆了一下，驚想道：「他是怎麼尋到來這裡的？我倆躲在倉庫裡的事，我根本沒有通報，就連警方也不知道……他居然知道我們的行蹤，這簡直是不可能的。」他與巫潔靈面面相覷，俱是百思不解。

但更令賴飛雲想不透的，是王虢既然已經找到來這裡了，為甚麼不馬上闖入倉庫，而要待在外面晃蕩？以他的速度，要在無處可逃的空間殺人理應是輕而易舉的事。

下面的王虢每走一步，賴飛雲的心就猛然跳了一下，真是一步一驚心。廠房的範圍不大，再依王虢行走的路線看來，他會過來這邊只是遲早的事。

若然他倆無法解開王虢如何得知行蹤的奧秘，恐怕他倆即使躲到天底下，王虢也會有法子尋來，繼續奪命追魂一般的追殺。

巫潔靈也是一樣的心思，在沉默中沉思。

忽聞數下狗吠聲。

那兩隻黑犬發現了外人，就吠了起來，嘶吼一般的叫聲衝破了雨聲。那兩隻狗惹著了王虣，連悲吟聲也來不及發出，瞬即就變成了兩攤軟泥似的東西，血水摻雜著雨水，在濕地上合流出半淡半濁的水墨情調，為寂夜添加了詩意。

夜雨淒迷，有股説不出的恐怖。

巫潔靈心念一動，因為狗而聯想到了甚麼，搖了搖賴飛雲的肩膀一下。等他回過神來，她就對著他順序做了幾個動作，先是指了指樓下的王虣，接著指向自己的鼻子，最後再在賴飛雲與她之間劃來劃去。

賴飛雲並非魯鈍的「牛皮燈籠」，當她指著鼻子，便即恍然大悟：「哦！王虣能找得到我倆，是因為他擁有和狗一般敏鋭的嗅覺！這麼説……如果不是剛好下了一場大雨，清洗了沿途留下的氣味，他又豈會一直不知我倆確實的位置？我倆早就在睡夢中身首異處了……天呀，這次真是走狗運了……」一想到這裡，不免出了半身冷汗。

現在他們的處境岌岌可危，就像在玩一場「死亡捉迷藏」。

看來王虣的五官異於常人，由此推敲，不難想像他也擁有超人一般的聽覺。

賴飛雲和巫潔靈身處二樓，此倉庫本來有幾個出入口，但現在只剩不對著內庭的出口是暢通的，而窗口外面都有防盜欄。倉庫對著內庭的大捲閘緊鎖，縱然可以啟動按鈕打開大閘，但發出的聲音一定會驚動王虢。

幸好現時唯一的出入口在倉庫的另一邊，故此王虢一定要繞過這幢倉庫，才可以進來。

賴飛雲盯著下面門口崗亭那邊的腳踏車，心想唯今之計只有等王虢離開下面的內庭，然後由他抱住巫潔靈沿水管攀到地面，再小心翼翼走到那邊上車，展開一場披星戴月的腳踏車逃亡之旅。

但這個如意算盤根本敲不響。

王虢的行為出人意表，他瞪向賴飛雲所在的倉庫內部一眼，然後邁步走過來，竟視眼前的障礙如無物，打破了玻璃，扯開了防盜欄，穿行無阻地闖了進來。

王虢已在下層。

賴飛雲突然被殺個措手不及，萬萬沒料到王虢兵行怪著，竟會不按常理闖入這倉庫裡。但細心一想，又覺王虢果然是個老練的專業殺手，盡量避免自己的視野出現盲點，走最短的路線，用最直截了當的手段，向自己的獵物撒下天羅地網。

殺人成功率百分之百的殺手，並非浪得虛名。

假如被賴飛雲和巫潔靈逃脫，這神蹟一般的傳奇數字就會破滅，王虢拚命追殺，就是絕對不會讓這種令他名譽掃地的事發生。

「這下如何是好？」

賴飛雲心中斗然亮起了這個聲音。

倉庫只有一個出口，位於王虢身處的下層，而且是在最遠的另一端。倘若要從階梯這邊下樓，再避開王虢奔到出口，這樣的事絕對是難過登天；賴飛雲也有想過，循眼下內庭這方向逃走，可是內庭有照明，較倉庫內部光亮得多，只要王虢的目光透過樓下那排窗口看出去，他倆的行蹤無所遁形，接著必死無疑。

不幸中的更不幸，就是賴飛雲必須借助外牆的鐵管，才能帶巫潔靈降落地面，一下去就是窗戶的位置……周圍除了那鐵管之外，已再無其他看起來含鐵的東西。

倉庫裡有賴飛雲和巫潔靈的氣息，假如王虢真的是靠嗅覺來追捕目標，那他一定很快就會尋過來這邊，所以現在正是分秒必爭的時刻，走錯一著就要葬身在工廠裡面，很不浪漫……

一個決定足以定奪生死，賴飛雲委決難下。

這樣不行，那樣又不行，前無逃路，後有追兵……賴飛雲暗自衡量利害之後，雖然明白機會渺茫，也只好賭王虢看不見他倆，朝內庭衝出外面。

「慢著！」

巫潔靈沒有說話，但她的眼色之中彷彿流露出這個意思。就在賴飛雲要揹起她的一刻，她反而倏地扯住他的臂膀，水汪汪的雙眼認真地凝望著他，再指向外面鐵管的頂端，重複了兩遍，比了個手勢，竟是叫賴飛雲帶她攀到上面。

難道上方會有路嗎？

賴飛雲無暇多想，就依她所言去做，揹著她之後，冒雨爬向上方，直達樓頂。

樓頂上面根本無路可逃，連躲藏的地方都沒有。

上來頂層不久，就聽到一陣破門而出的響聲，凜慄嚇人，不消多說，想必是王虢用了很粗暴的手法來闖門。賴飛雲和巫潔靈連氣也不敢多喘一口，心臟膨脹得幾乎要撐破肋骨似的，那明明只有十多秒的時間，卻彷彿有等候一個女人化妝那麼長。

王虢沒有上來。

細聽他的腳步聲，好像離開了二樓平台，下去底層，往另一個方向去了。

在大雨下，賴飛雲和巫潔靈你眼看著我眼，雖然還是不敢吐氣説話，卻在心裡釋懷笑了出來。全靠巫潔靈一番提醒，賴飛雲才想到還有「留在原地」這個選擇。

正因為倉庫的入口只有一個，王虢搜遍整個倉庫也找不到兩人，便會以為他倆早就從那個門口離開此地。因為一場大雨，掩藏了他倆身體留下的氣味，就算王虢的行為和言辭再乖戾也好，也須按常人的邏輯來思考，在不知道兩人躲在上面的情況下，理所當然就會馬上往另一邊追出外面，風流雨散，他根本不知賴、巫兩人是不是真的逃向那邊。

天降甘霖——

也許就是為了幫助好人吧？

儘管賴飛雲覺得這想法很傻，他也很希望這個想法是真的。

可是，雨好像快要停下的樣子，長此躲在這裡也不是辦法，王虢一發現不對勁，早晚就會回到這廠房裡。

將近破曉，另一幢大樓亮燈。

不久，捲閘自動掀開，一輛裝滿貨物的卡車駛出，照常理推斷，應該就是開往市區的早班車。

賴飛雲和巫潔靈之間有了默契，對望了一眼，就一起下去潛伏，再偷偷上了那車。

大雨之後，天空放晴。

總算逃出了鬼門關。

賴飛雲和巫潔靈藏身在車後貨物堆的夾縫之間，由於這並非有密斗的載貨車，視野一片開敞，可以一一觀察路上四周的景況。

賴飛雲一直盯緊從後方而來的車輛，確定不見王虓追上來，漸漸才放下心頭大石。

他心想：「時隔愈久，再加上車速這麼快，我倆的氣味早就散去，他的鼻子再靈也找不到我倆了。」另一方面，他不停在思索有甚麼方法可以聯絡上賈釗。

巫潔靈小歇片刻，這時醒過來了，明明瞧出賴飛雲正在沉思，卻故意插話來打岔他的思緒：

「小怨哥，你愁眉苦臉的樣子，我看得心痛呢。你總共救過我三次，是我的救命恩人，就算你打不過王虓，我也不會因此看不起你的。」

哪壺不開提哪壺，她原本是想安慰他，卻想不到出現反效果。對好勝的男人來說，一個女人若然說他比不上其他男人，而這又是事實的話，簡直就是徹底摧毀了他的尊嚴。

賴飛雲聽了，面色一沉，只是悶不作聲，樣子有點嚇人。

「小怨哥，你生氣了嗎？真小器……你的氣量原來這麼小，難得你是我第一個大有好感的男人，再這樣下去，你在我心裡的分數就會變零蛋……」

「妳閉嘴好不好？」

賴飛雲真的惱火起來，嚇了巫潔靈一跳。

她撅著嘴，頭側向一邊，真的不說話了，甚至眼角好像有點淚光。

賴飛雲暗暗愧疚起來，亦自覺罵她不對，但又擱不下面子道歉……沉默了一會，他就開始逗她說話：

「不過，真的想不到呢，中國第一的超級殺手竟是個大怪人，嘴裡滿是歪理……」

「歪理？哪有？我覺得他說的話很有道理。」

賴飛雲怔怔地看著巫潔靈，摸不透眼前這少女，也不知她是在跟他鬥氣，還是真的認同王虢那些顛倒是非黑白的怪道理。

一如先前所料，車子果然駛向北京市中心。

由外圍至內環，北京的道路網絡呈環形格局，所以市內的高速路網被稱為「環路」，最外面是六環，二環以內則是一般橫平豎直的街道。權力核心就在首都的正中間，古乃紫禁城，今為中南海，大有昔日各方國民向天子朝拜的意味。

巫潔靈一直留意風景，一駛入鬧市，只見高聳的樓房漸次擠逼，偶然出現舊時代或劃時代的珍樓怪廈，老人商販，早出的人紛紛湧現，公車轎車貨車，呼嘯疾馳的車輛愈來愈多，都是一片歌舞昇平的盛世景象。

「咦！我認得這裡！這地方之前我坐車時曾經經過。」

巫潔靈突然驚呼了出來，又接著道：

「對了，我昨晚看你對宮本武藏寫的字很感興趣。我沒記錯的話，國家圖書館就在附近。我在那邊有認識的人，那邊的書很多，我想借的都可以找得到。你要不要去走一趟？」

賴飛雲沒想到她竟會關心他的事情，心裡對她有些改觀，突然靈機一動，想到可以聯絡上賈釗的方法，便決定和她過去。

趁著貨車在紅燈前停下，賴飛雲便牽著巫潔靈下車。

由於未到圖書館的開門時間，兩人的肚子又咕嚕作響，聞到包子香，便到巷口邊的店裡吃早餐。

吃飽後，再起程。

繞過環碧繞翠的徑路，在白雲縹緲的天空下，彷彿來到一個鳥語花香的桃源，聳立眼前的巨大建築物就是國立圖書館。

巫潔靈一進去，就向服務櫃檯的人打招呼，説要找一個人。櫃檯的小姐聽到那個人的名字，面色微微一變，但在巫潔靈再三催促之下，還是硬著頭皮通傳一聲，報上巫潔靈的名字。

不多久，就有個衣著得體的男人走出來，年紀應該不小，但頭髮沒有稀疏。他一瞧見巫潔露，目光陡地大亮，然後笑呵呵打招呼，和她輕輕抱了一下。

「幸好妳沒事啊！妳昨天失蹤了，劉先生很焦急，由中午開始打了幾通電話來，叫我一有消息就要通知他來接妳回家。」

那男人姓詹，溫文爾雅，說話風度非凡，一看就知是不簡單的人物，在館內的地位崇高。當他報上頭銜之後，賴飛雲才知道自己所料不差，但想不到這種連博士生都要聽他講課的厲害角色，竟然曾經是巫潔靈的補習導師，她有緣向名師學習，難怪可以博學多才。

至於那個劉先生是甚麼人，賴飛雲問個明白，才知道是巫潔靈的管家。

賴飛雲向詹先生道出來意，解釋了一些情況，然後請求道：「詹先生，我知道國家有一套電腦加密通訊系統，只給高官或特別授權的人使用。我的猜想沒錯的話，你的電腦裡也有這套系統，如果方便的話，你可以借我用嗎？」

詹先生點了點頭，也相信這個與巫潔靈同來的少年，便領著他們進去自己的辦公室，讓賴飛雲用他的電腦，發了一封密函給賈釗，通知他過來國家圖書館這邊會合。

反正在等待期間無事可幹，賴飛雲便和巫潔靈去找宮本武藏的書法帖集。

圖書館設備先進，尋書的過程比想像中容易，當賴飛雲捧著四本書回來時，真的很想大呼一聲：「感謝黨！感謝國家！」

賴、巫兩人就在詹先生的辦公室裡坐著。

看了一會，賴飛雲依然毫無頭緒，想不通如何可以將一代劍聖的書法演化為劍法。巫潔靈在他身邊團團亂轉，他叫她去找兩條差不多的長條，她便帶了兩個廁所泵回來，還要逼他用這麼怪的「武器」示範劍招。

半晌後，辦公室的門被人從外面掀開了。

開門的人是詹先生，他身後跟著一個身穿棕色外套的中年男人。

「劉大哥！」

巫潔靈對他露出開朗的笑容。

原來他就是管家劉先生。

賴飛雲主動過去和那男人握手。

就在握手的一剎那，賴飛雲使出極快的擒拿手法，反手一扳，制住對方的關節，將那男人推到牆邊，再以嚴聲問道：

「你到底是甚麼人？」

在場的巫潔靈與詹先生目瞪口呆，完全不明白賴飛雲的所作所為，無法理解他因何要對初次見面的劉先生出手。

劉先生貌似文弱青年，身穿棕色棉外套，線紋襯衣內襯無袖夾克，怎麼看都不像一個為非作歹的壞傢伙。

在賴飛雲從後箝制之下，他面露吃痛的表情，卻沒有回答問題的意思。

賴飛雲向詹先生道：「詹先生，你確定他是昨天中午打電話給你，說一有巫潔靈的消息就要通知他……這沒有錯吧？」

詹先生用力點頭，答道：「嗯。沒錯。」

賴飛雲道：「那樣的話，當中大有古怪呢……我的上司賈釗是個考慮周詳的人，人生宗旨是『大事化小，小事化無』，出了意外，一定封鎖消息，非必要時也不會驚動他人。再者，賈大哥信任我，他當時委託我照顧巫潔靈，計畫與我會合，試問又豈會將此事鬧大，將她失蹤的消息告知警方以外的人？總而言之，他實在值得懷疑。」

那劉先生依然隻字不答，既不承認也不否認。

賴飛雲忽又對巫潔靈道：「妳行蹤暴露的事，很大可能就是他洩密的。」

巫潔靈入世未深，難以相信世間會有背主賣友的事，用一雙悲傷的眼睛看著劉先生。劉先生不作任何辯解，卻垂著頭，不敢直視她。

巫潔靈靜靜看了一會，始終想不明白，便向眾人問道：「不可能呀……我看得見劉大哥的靈魂，他並不像壞人啊……」

詹先生似乎也知道她的奇能，便問：「他的靈魂像甚麼？」

巫潔靈嘀咕道：「我看到的……是一個古人。」

古人？賴飛雲與詹先生俱感困惑。

就連巫潔靈也不知怎麼解釋下去，詹先生想了一想，便接話道：「也不一定的！妳忘了嗎？之前妳曾看過一個宗教狂熱分子的靈魂，他堅信自己所做的事是對的，只要他從來沒殺過人，沒幹過罪大惡極的事，他的靈魂看起來也和正常人無異的。」

反正靈魂學就是難以理解的領域，大家也不再就此討論下去。

便在此時，劉先生口袋裡的行動手機響起來了。

賴飛雲雙手緊扣著劉先生，便拜託詹先生幫個忙，將手機取出，接聽後再設法查探對方的來歷。

來電號碼是個匿名號，沒顯示出來。

「喂？小劉？今晚的飯局你能來嗎？」

本來只是平平無奇的一句話，一般人聽了也不會覺得有甚麼蹺蹊，但賴飛雲猛然一震，認得這聲音自己之前聽過——竟然就是那個劫囚車犯蒙武的聲音！

電話另一端的人察覺有異，匆匆就掛線了。

賴飛雲勒緊劉先生的關節，在他耳後大喝：

「九歌！你和九歌有甚麼關係？」

劉先生「哼」了一聲之後，突然冷冷吐出一句：

「王虓知道這位置了。難道你們不怕他嗎？」

賴飛雲和巫潔靈聞言，頓時面色大變。不論對方所言是虛是實，他倆的行蹤已經敗露，此時形勢可謂十分危急。

雖然早就擔心過這一點，但賴飛雲實在難以想像，九歌的人手段如此高明，處心積慮，竟是針對一個靈媒少女而來。

賴飛雲深覺此地不宜久留，就向詹先生道：「你有沒有車？可以借車一用嗎？」

詹先生道：「我的車有點舊……對了，劉先生是開跑車來的，你可以用他的車。」

賴飛雲相信詹先生是可信之人，事態緊急，急急用辦公桌上的文具寫了張紙條，交到詹先生的手中。

只見那紙條上寫著：

「今晚八时，在痔疮见。」

顯然「痔瘡」是一個地點，但詹先生見字只感到詫異，想來想去，也想不到北京哪裡會有一個叫「痔瘡」的怪地方，聽起來更不像是任何街巷或者大廈的名字。詹先生心想：「這可能是他與上司之間的暗號，我也不必深究。」於是，在賴飛雲離房之後，他利用官方的內部加密通訊系統，幫他傳了這個訊息給賈釗。

這時候，賴飛雲正押著劉先生出去，後來嫌他走得慢吞吞的，便打暈了他，將他橫揹在肩上，與巫潔靈一起急奔向前。

兩人來到外面停車的地方，根據詹先生的指示，劉先生的車就是蔭下那鮮紅色的雙人座跑車。那種車，就是不懂汽車的人，也會知道是無數男人夢寐以求的名貴跑車。賴飛雲想不到這個外表像富家子的傢伙真的這麼有錢，可是跑車只有雙人座，便只好委屈一下這個車主，將他放在緊緊鎖上的車尾箱裡。

踏下油門，衝出大路。

早上明明是大晴天，現在卻變了天，天氣晦暗，白天黑得像午夜一樣，就像暴風雨要來的前夕。

「交通擠塞」是北京的特色之一，有人說從東邊到西邊見一個朋友，預算三個小時的車程絕無半點誇張。

賴飛雲縱使駕駛超級跑車，也是好車毫無用武之地，飆了一陣子，又要煞停，令人好不氣餒。

巫潔靈之前拾到的錢都花得一乾二淨了，現在手上有劉先生的錢包，便笑呵呵的說要去吃大餐。

結果，賴飛雲帶她去了一家保安嚴密的「奢華情侶酒店」吃飯，他會知道這地方，也是因為之前曾經來過調查案件。

車尾箱那劉先生也醒過來了，賴飛雲從他身上問不出甚麼，便用膠帶封住他的嘴巴，再綁住他的雙手雙腳，然後一記手刀打暈了他。賴飛雲打算將此人交給警方處理，說到底還是那邊盤問疑犯的設備較為齊全。

賴飛雲有想過直接將巫潔靈送到總局，但礙於她的身分特殊，極大可能涉及國家機密，又擔心敵人在總局附近會有埋伏……所以他還是打消了這主意，由賈釗來安排好了。

等到差不多的時候，兩人才上車，再度乘車上路。

賴飛雲為了逃避敵人的追蹤，又為了給賈釗足夠的時間策畫，於是開車兜來轉去，繞了好大的一圈，才真正朝與賈釗約定的地點出發。

兩人的目的地，竟是一幢像「大褲衩」的龐大建築物。巫潔靈在照片上看過，曉得它就是新建成的中央電視台總部大樓。

但大樓旁仍是一片工地。賴飛雲將車子駛向工地的入口，地盤裡的人似乎早就知道會有紅色的跑車到來，竟然沒有多問，就讓車子駛入。賴飛雲也就確信賈釗已成功解讀了他的「暗號」。

車子停在一旁，巫潔靈跟著下車，來到一片空地上。

「為甚麼賈釗看了你紙條上的字，會知道要在這裡約見？」

賴飛雲沒有立刻回答她的問題。

他一直仰望傍晚的天空。

烏雲下，出現一架直升機。

八時正，真是來得分秒不差。

軍用直升機裡的人是賴飛雲認識的警方同僚，亦是賈釗的親信。

原來賈釗派了直升機來接送兩人，場面浩大，旁觀者不明就裡，肯定就會以為是電視台正在拍戲。

就在兩人以為快要脫險的時候，一件不明物體襲向了直升機的螺旋槳。

直升機的螺旋槳被破壞，掉了下來。

離地四十米的高空上，那直升機猶如一頭被射中的龐然巨鳥般急墜而落，在撞落地面的一刹那，整個如一團火球般轟然爆炸，燒得四周的工地通紅一片。

賴飛雲早就帶巫潔靈逃到一邊，並叫她伏在地上，再用自己的身體來掩護她。

火焰滔天，紅光流竄，其實焚燒的範圍並不是很廣，但已經相當觸目驚心，那直升機裡的人毫無疑問是死定了，葬身於火海之中，省掉了一大筆火化入殮的錢。

剛剛砸中直升機的東西，竟是工地裡的大瓦。

能夠從地面將那重逾百斤的大瓦擲上去的，賴飛雲只想到一個人——說得清楚一點，他是個力大無窮的怪物。

在入夜的黑簾烘托之下，火光異常鮮艷，如鮮紅色的血一樣。

而在紅紅一片火光之旁，有個身穿古裝黑衣的男人走了出來。

「你們知道我殺人時，為甚麼一定要穿著古服？這是因為，對我來說，殺人是莊嚴而又神聖的儀式……」

他對著賴、巫兩人，露出一個詭異而又曖昧的微笑。

「假如上帝在我面前出現，阻止我殺人，我也會將祂捏死的。我只相信力量，因為力量就是一切。」

那男人笑時面帶威嚴，說著一些似是而非的歪理。

他明明是笑容可人，卻令人覺得恐懼無比。

賴飛雲不可能認不出那人，男人額上的觀音痣是顯眼的特徵。

全中國排名第一的殺手——王虩。

聽著王虩說話時，賴飛雲和巫潔靈根本不敢動彈。

王虩又出現了，而且渾身散發出吞噬天地般的殺氣。

賴飛雲馬上吩咐巫潔靈跑回車裡，他也知道對著王虩毫無勝算可言，但求拖得一時是一時，說不定賈釗可以調派坦克車和戰鬥機過來，到時候王虩再強也敵不過一支機動部隊。

賴飛雲抱著以死一搏的決心，正面衝向王虩。

他手上唯一的武器，就是那斷了一段的鐵樺木劍。此劍是師父贈予之物，他一直不捨得丟掉，現在用它來應戰，總好過手無寸鐵。

王虩喉頭裡發出「哦」的一聲，倒也十分佩服對手的勇氣，但下手決不容情，一下獅躍般蹬前而起，雙指直取賴飛雲的雙目。

賴飛雲伸出左臂招架，與此同時，揮劍直插王虩的下腹。

到底是王虩快上一籌，他拔蹴而起，回身以飛腿踹向賴飛雲的胸口，半空中飄逸的外衣如禿鷹的長羽，招式華麗至極。

賴飛雲中招之後，往後倒飛，整個人在地上滑行數尺才可停下，背脊和手肘被磨得皮開肉綻，胸口疼痛難當，也不知肋骨有沒有斷掉。

惡魔正一步步的朝賴飛雲那邊邁近。

王虓明明可以更快取命，但他偏偏要慢慢殘虐自己的獵物，以洩勞碌奔波了三十多個小時的心頭之憤。

「劍法，就是用來殺人的。你不想殺人，才用那柄爛木劍吧？哼，你有太多無謂的堅持，所以你是敵不過我的。不過，你很幸福，死在我的手上，向閻羅王報到的時候，你會很有面子。」

賴飛雲忍住痛站了起來，終於明白正面迎戰並非上策，雖則只是交手過幾招，但王虓武術境界登峰造極，又仗著天生神力，跟他徒手搏擊好比以卵擊石，只有死得更慘烈的份兒。

為了拖延時間，賴飛雲只好捨棄尊嚴，全速逃跑，千盼萬盼，就是盼望王虓會追向他，而忽視了巫潔靈正在藏身的跑車。

在空曠的工地上逃竄了一會，賴飛雲乘機跑入了建材堆之中。

王虓果然如他所料一般，追來了。

賴飛雲在一堆磚瓦膠管之中左閃右躲，即使連遇險招，終究逢凶化吉，沒有被王虓那崩崖裂石般的快腿再次踢中。

隨手就有一塊不鏽鋼厚板，本來是用來當路亭的頂蓋，但賴飛雲順手拿來，就故技重施，以板為盾，用來擋住王虢的攻勢。

但他想得太天真了。

王虢的目光比他更加銳利，也更懂得借助地利，他竟然垂下雙手，後踏一大步，聳起肩頭，改以「怒牛撞樹」的方式，直接衝撞賴飛雲擱在身前的鋼板。

原來賴飛雲的背後有一大片玻璃。

砰的一聲！

玻璃即時爆開，碎片橫飛。

賴飛雲側腹和後腰被爆開出來的玻璃片刺中，大傷口兩處，小傷口八處，血流如注，雖然不會立時就有生命危險，但如果還不止血，只怕再過不久就會昏迷暈倒。

怪物！

惡魔！

「在死亡面前，人的力量是多麼的薄弱！」

王虢冷眼向著疲弱的敵手，唸出充滿詩意的句子。

在真正的惡魔面前，賴飛雲只能繼續疲於逃命。

但王虢忽然晃到另一方去了。

原來突然來了一批武警的先鋒部隊，眼前的超現實場面令他們感到震懾無比，以致遲遲不敢動手，到他們真正要動手時，已被王虢殺人不見影的手法，一一被割斷咽喉而致命，死了足足六個。當他們倒下的時候，一個個的咽喉就像泉口，噴出一道道血柱，整片死屍橫躺之地宛如一片血的噴水池。

王虢用指牙撕破人體，就像用刀片割斷一張張紙般容易，他快絕無倫的身法只有賴飛雲能勉強跟得上，一般人又怎能抵擋得住？

不過王虢始終顧忌警方派來的人會愈來愈多，到時候亂彈掃射的話，恐怕難以脱身，為免夜長夢多，還是不要再玩下去了。

他有了這番想法，眼神裡立時掠過紅光，馬上就要追殺賴飛雲。

賴飛雲受傷不輕，武器又不順手，這下面臨大敵竟然有徬徨無助的感覺，猶如被逼到了絕崖一樣。

「小賴！」

突如其來的大喊，就像一柱曙光。

賴飛雲目光一瞥間，只見背後那行車高架橋上，欄邊赫然站著一個身穿灰色長褸的男子，正是警官賈釗。顯然情況危急，路面又擠塞，他才將車停靠一旁，從橋上呼喊賴飛雲。其實聲音傳不到那麼遠，賴飛雲會發現賈釗，可能只是一種心電感應般的力量。

而賈釗手中握著的東西，竟是泰阿劍。

賴飛雲死命地跑向橋底，路面仍是崎嶇不平的工地。他滿腦子只是全速奔跑這回事，同時感到後方有股龐大的壓力步步逼近，即使是不用看也知是王虢正在追上來。

賈釗算準時機，便鬆開雙手，手中的泰阿劍便垂直落向下面。

「接劍！」

只見那劍尚未著地，已被賴飛雲在半空中緊緊握住了劍柄。

伴著拖曳長鳴的一聲，賴飛雲拔劍出鞘，鞘中的泰阿劍在磨擦之中閃出火星。

一旋身，就揮劍。

彷彿有道透明的光弧出現。

無形劍氣——

泰阿斬！

劍氣本來無影無形，但賴飛雲與王虢之間相隔一段距離，突如其來的一股風壓，竟令王虢立感不妙，倏忽間向橫急蹤。

恰好，他逃過了賴飛雲偶然揮出來的劍氣。

但王虢在那空中飄晃的長袖子，竟被切口整齊地割開了一段。

這一下也大大出乎賴飛雲意料之外，他是在危急之中胡亂揮出一劍，無意間能用泰阿劍發出無形劍氣，真是如有神助一樣。

原來賈釗思慮周詳，擔心王虢那種人並非常人能敵，不怕一萬，只怕萬一，就從科研院那邊借走了泰阿劍，心想賴飛雲擅長用劍，又曾見識過此劍的威力，所以也許可以用上泰阿劍的神妙力量也說不定。

賴飛雲沒放過良機，乘勝追擊。

王虢一直以來只攻不守，現在竟然要狼狽躲避劍招，對他來說簡直是生平前所未有的奇恥大辱。

賴飛雲暫時佔了上風，但心裡焦急萬分，想道：「剛剛能發出劍氣只是湊巧！現在無論我怎麼嘗試，也無法再揮出劍氣，泰阿劍的真正用法我始終不曉得……要是被王虢發現了這件事，他對我的顧忌一去，到時我還是敵不過他……」但想來想去，就是未能摸透當中的玄機，而一柄無法發出劍氣的泰阿劍，其實就和尋常的鐵劍無異。

兩人在高架橋下的陰影之中展開生死廝鬥，地盤早已被清場，而路人的目光全都集中在那堆仍在燃燒的直升機殘骸上，所以就算賴飛雲與王虢鬥得再兇險激烈，也只有巫潔靈和賈釗真正關心那邊的情況。

王虢漸漸瞧出了端倪，「哼」了一聲之後，身法有如龍飛鳳舞，反過來向賴飛雲進逼，在電光石火的一刻，他那隻「惡魔之手」已抵住了泰阿劍的劍鍔，只差一步就可以成功奪劍。

賴飛雲一直將泰阿劍握在右手，左手握著的仍然是鐵樺木劍，這時急中生智，根本無暇細想，就使上了從「宮本武藏書法帖」裡學來的劍訣，旋劍向內畫了個半圈，居然一擊得手，狠狠將王虢伸出來的手打開了。

賴飛雲僥倖脫險，心中一動，有如撥開一片雲霧看見了光，就在亂打亂撞之下好像想通了「二刀流」的要訣。

他當即利用雙劍同時迎敵，左手攻勢未完，右手劍招突來，有時一劍守一劍攻，奇招迭出，之前練劍時無法連貫的招式，現在都可以發揮得淋漓盡致，竟逼得王虢後退了三步。

賴飛雲突然開竅：「竟然如此！」

宮本武藏是為劍而生的男人，一生窮究其劍之道，而由他所創的「二刀流」早已失傳，箇中招式何等精妙，世人只能憑空想像。原來賴飛雲之前練來練去都練不對，並不是因為他看不透宮本武藏的書法，而是因為他所用之劍長度皆一樣。殊不知宮本武藏的佩刀是一長一短，有「大刀」和「小刀」之別，一明一暗，或取長補短，或以短護長，如此雙劍合璧，才能施展出攻守兼備的劍術。

恰好多了一把劍，恰好鐵樺木劍斷了一截，賴飛雲才成功使出這樣的劍法，三番四次化險為夷。

王虓愕然瞪著賴飛雲，實在想不到這小伙子怎會忽然間學會使雙劍，劍術又在短短一剎那突飛猛進，現在竟然幾乎可與自己匹敵。

縱然賴飛雲和王虓鬥得勢均力敵，但他有苦自己知，因為他從「宮本武藏書法帖」上所學的劍法有限，等於臨陣磨槍，來來去去都是那幾招，一不小心被王虓瞧出破綻，吃虧的反而是他。

不管賴飛雲的劍招如何凌厲，都總是只差數釐才能砍中王虓。

要是賴飛雲手中的泰阿劍能發出劍氣，早就能砍中王虓了，他又豈會想不到這一點？

賴飛雲心想：「奇怪了……劍柄上不像有機關，也應該與握劍的手法無關，但為甚麼當時會有劍氣，現在卻沒有？我現在揮劍，又和那一劍有哪裡不一樣了？咦……難道是……」

劍與書法，這兩樣東西，在賴飛雲生命裡重疊了，本來是大相逕庭的概念，忽然都一一連在一起。賴飛雲想起，在傳說中，泰阿劍是一把威道之劍，必須用內心之威來逼發出劍氣之威，而在芸芸劍技裡，最豪邁的動作莫過於大力一劍橫揮；賴飛雲又想到，在點橫豎撇捺等基本筆法中，只有「一」這一筆能獨立成字，而中國人向來尊崇「一」這個數字，所以說它是最具「霸氣」之字亦不為過；如此順藤摸瓜，腦際間再閃過與干將決鬥時的記憶，才猛然想到對方所揮出來的劍氣，全都是水平方向的，而且動作幅度都很大。

關鍵就在出劍的手法上。

只有與地面平行揮劍，才能使泰阿劍生出劍氣。

就在下一招交手，賴飛雲左肩被王虣割出一條血痕，而賴飛雲也刺中了對手的右肩。

接著賴飛雲繼續雙劍齊發。

他連連攻出三招，但都被王虣以巧妙的身法避開。

之前的三招只是虛招，真正的一招乃是在右手的泰阿劍上。

在「永字八劍」這套劍法裡，橫砍的一式名為「千里陣雲」，而這招的出劍角度和方向，正好與泰阿劍的用法一致。

只見賴飛雲運劍猶如大筆揮毫，持劍由左至右揮出，整個動作不偏不倚，畫出一道遒勁工整的劍弧。

那一筆，是極具氣勢的「一」字——

千里陣雲！

和之前一樣，只差數釐就可以砍中王虣。

一道劍痕卻自王虣的右胸至左胸湧現。

大量鮮血灑出。

王虢仰天倒地。

賴飛雲打敗了王虢！

二十七。

戰鬥完了。

一劍，成了勝敗的關鍵。

賴飛雲喘著氣半蹲在地，呼出一口口暖氣，到激戰結束後，疼痛感和疲勞感才洶湧而至。到了最後階段，他只是豁命進攻，完全不顧防守，由始至終挨了王虓不少「指牙」，弄得上身血跡斑斑，幸虧都不是致命傷，反而是腰側被玻璃刺中的傷口流血更多。

他也差不多快到極限了，再不止血的話，只怕下個月就要以醫院為家。

瞧著倒在地上的王虓，賴飛雲感到餘悸猶存，不禁想道：「如果不是因為泰阿劍，我根本不可能給他致命一擊，倒在地上的不是他，而是我了……他還是比我強得多，我能取勝真的萬分僥倖。」

又瞧上一眼，只見王虓雙眼圓睜，死不瞑目的模樣，躺屍在泊泊血水凝固而成的血床上。劍痕幾乎深入脊骨，連肋骨一併砍斷，可以斷定王虓已經是個死了的人，再世華佗在此也必定救不活他。

這是賴飛雲第一次真正殺人，心中竟泛起莫名其妙的空虛感，不由得為這樣的事耿耿於懷。

但王虓殺人無數，兩手染滿鮮血，罪大惡極人人得而誅之，有這個下場也算是死得便宜了。

高架橋上的賈釗不見了，他應該正在趕過來工地這邊會合。

賴飛雲一想到自己跟他約定的暗號，忍不住就想笑。近處就是中央電視台本部大樓，賈釗會安排在這裡接人，皆因收到賴飛雲託詹先生轉傳的密訊。至於為甚麼訊息中「痔瘡」所指是這裡，説穿了絕對會令人汗顏：原來這幢大樓曾徵求別名，最後得名「智窗」，「智窗」的讀音和「痔瘡」一樣，就鬧出了這樣的笑話。

賈釗曾對賴飛雲提起這件事，賴飛雲記住了，所以才有了這個主意。賈釗和他的默契彷彿是天生的，他腦袋裡的念頭，不用説出口，賈釗都會猜得著。

賴飛雲過去巫潔靈那邊，中途拾起了劍鞘，將泰阿劍還劍入鞘。

巫潔靈弄了很久，終於打開了跑車的門，出車迎接賴飛雲，對他笑咪咪道：「恭喜你！你很厲害呢！打敗了中國第一的殺手。」

但賴飛雲體力透支，失血過多，一到她面前，就累得跪在地上。巫潔靈想起古裝電視劇裡的劇情，女主角遇上這種場合，就會從身上扯下布塊，來幫男主角止血。她也依樣畫葫蘆，扯爛了心愛的裙子。但她對急救一竅不通，包紮亂來一通。賴飛雲受不了，就叫她住手，由他自己親自動手包紮。

這次跟她一起，三番四次脱險……

賴飛雲偷瞄了她一眼，也有點捨不得這個曾與他共度生死的佳人。

過去兩天經歷的事，就像一個噩夢……

以賈釗和官方的本事，一定有辦法將整件事瞞得密不透風。

只等賈釗來到，一切就會結束了……

「我剛剛真的太輕敵了。」

在那片空曠的寒地上，驀地傳出了詭異的人聲。

那個聲音彷彿發自地獄的深淵——

惡魔站起來了。

賴飛雲和巫潔靈駭然望向那邊，卻見王虓巍然從一片血泊之中緩緩站了起來，而他胸口的大傷口好像消失了一樣，但深紅色血跡漂染了黑衣，好像黑死蝶的斑紋，令他整個人看起來更加陰森詭異。

王虓一邊慢條斯理地整理衣裝，一邊冷眼瞪著賴飛雲，鬼魅般的聲音由遠而至：

「力大無窮，凌駕一般人的速度……這些都不是我真正的能力。可以百分之百完全操縱自己的身體——這才是我真正的能力。」

只見王虓晃了晃頭，伸展了筋骨，然後從容不迫向賴飛雲那邊踱步。

每一下腳步聲，都是一個勾魂奪魄的音符。

「你有看過武俠小說吧？我很愛看武俠小說啊。武俠小說裡的描述雖然全憑空想，但也未必全為扯談。中國人自古就相信有『氣』的存在，只要『內功』練到一個境界，就可以將人體的潛能發揮到最大，變成一個能人所不能的『超人』。」

為甚麼人不可以擁有狗的嗅覺？為甚麼人不可以跟豹跑得一樣快？既然所有生物組成的生命元素都是一樣，為甚麼人類的體能就要有所侷限？

王琥也不知道答案。

他只知道，他與生俱來就是個「超人」。

「我甚至可以控制體內細胞組織重生的速度，催化血小板和一切細胞的化學活動……好聽一點的說，就是『催動體內真氣流動』，我擁有極速自癒的能力。」

一個妖媚的笑容出現在王琥的臉上。

「所以，我是絕對無敵的。」

言畢，他敞開外衣，露出腰帶上繫著的東西。

那是一柄短劍的劍柄。

賴飛雲驚訝地望著它。

「我已經很久沒用過這劍了……也很久沒出現值得我用此劍來血祭的對手。也不妨跟你說，這就是傳說中的龍淵劍。」

龍淵劍！

古三劍之首，最強的龍淵劍。

原來龍淵劍是一把短劍，賴飛雲真是意想不到。

但更意想不到的，就是原來王琥也是用劍的，而且根據先前的經歷，可以肯定這件神兵利器一定蘊藏著不為人知的超自然力量。

最強的超人，再加上最強的劍——

果然如王猇自己所說——

他是絕對無敵的！

賴飛雲總算保住男子氣概，雙腳沒有發抖，但他知道自己有一隻腳已踏進了鬼門關。

王猇側耳傾聽，連看也沒看，就知道右方有一件速度極快的大物接近。

他一伸出手，就按住了撞向自己的汽車，一下皤然巨響，車頭竟然被他的手掌弄陷。儘管他托住了車，但車子衝擊的力度奇猛，其後輪持續滾轉，餘力仍然足以將王猇推向一邊，在地上輾出了深深的土痕，包括車子和王猇雙腳的「轍跡」。

原來是賈釗開車直撞向王猇。

「快逃啊！」

賈釗嘶喊般的聲音從車窗裡傳出。

剎那間，出現了唯一逃走的機會。

賴飛雲一直以來都很服從賈釗的指示，一直以來都是如此。這一次，眼見賈釗遇險，他的心明明很想留下來，但身體卻選擇了逃走。這並不是來自貪生怕死的念頭，而是因為他真的很清楚，王猇真是恐怖得過了火，即使他留了下來，也不可能力挽狂瀾，反而會徒增兩隻冤魂。

他踏盡油門，引擎隆隆，車子飆出。

巫潔靈忍不住回頭瞧上一眼。

只見王虢已從車裡揪出了賈釗，單手扼住他的脖子，將他高舉離地……淚水填滿了少女的眼眶，她已經看不下去了……

那一刻，在看不見的宇宙蒼穹裡，彷彿有一顆恆星因燃燒殆盡而墜落……

重複又重複的路段，綿綿不絕的噩夢。

王琥那詭秘的笑容在腦子裡陰魂不散。

恐懼感也驅之不散。

賴飛雲只記得自己在閉上眼之前，頭腦非常昏沉，不理會方向，也罔顧交通規則，駕著紅色的超級跑車疾馳。

他只是死命地逃，卻想不到要往哪裡逃，不經不覺來到一條堵塞的公路，地方似曾相識，左邊就是晌午和巫潔靈待過的「保安嚴密奢華情侶酒店」，於是想也不想就開車進去。

一把車子泊好，他的視野就變得完全模糊，比一個酩酊大醉的人更加糟糕，下車後蹣跚走了幾步，就再也睜不開眼睛，倒了下去。

失去了意識之後，只感到身子浮浮沉沉。

夢魘間，生與死徘徊……

也不知過了多久，賴飛雲微微張開眼，眼縫裡出現巫潔靈焦急的樣子。

看了看四周，竟發現自己置身於洛可可風格的酒店房間，所睡之床是絲帳式高墊帝王尺寸大床。

「真是擔心死了！醫生説你只是失血過多，沒有傷及重要的內臟，真是奇蹟呢！」

「醫生……醫生是怎麼進來的？酒店的人沒問嗎？」

細問之下，才知道她騙酒店的人說他是黑道大哥，不准對方將他倆藏匿在這裡的事洩漏出去。出乎她的意料，酒店的人似乎都習慣了這種事，見怪不怪，只認錢不認人，當瞧見她拿出來的信用卡，真的一眼開一眼閉，懶得多管閒事。

巫潔靈又說了些話，賴飛雲只聽進去一半。

半夢半醒期間，他吃光了一碗牛肉粥，然後又迷迷糊糊睡了一覺。

當他再醒來時，四周靜悄悄的，雖然是同樣的房間，但主燈關了，只剩下幾盞像螢火蟲一樣的黃燈，再細看，側廳裡有鬼火一樣的紅燈，而浴室裡亮著點點藍燈。

耳邊有陣柔弱的呼吸聲，原來是巫潔靈在他枕邊沉沉睡著了。

這已經是他第二次和她同床共寢，這種事要是傳了出去，根據賴飛雲個人的道德準則，他就要娶她為妻了。

但賴飛雲腦子裡根本容不下這種事，首先冒上腦海的是賈釗的事。

房間頗大，沒有陽台，卻有天窗，開在一個莫名其妙地有雙人座搖籃鞦韆的地方。

房裡主燈全關的時候，可以望見天窗外的星星，茫茫的光芒渲染，那種天空假得就像是星象儀投射出來的一樣。

鏡中的自己，上身纏滿繃帶，有兩個幽幽的眼圈。

只要賴飛雲一閉上眼，就會出現賈釗慘遭碎屍萬段的畫面。

再睜開眼的時候，賴飛雲發覺鏡中多了一個人。原來巫潔靈也悠悠醒轉，夢遊似的來到了他的身邊。

兩人對望片刻，明明心裡想的是同一件事，卻又故意不提，氣氛一時之間變得沉重，四周是綺靡而迷離的燈光，顯得一切都是假的，一切都是虛幻。

「賈大哥救了我倆。」

巫潔靈先開口了。

鬱悶的氣氛頓時有了破口。

賴飛雲說，賈大哥真是個很好的大哥，教懂他很多做人的道理。他知道賈大哥一直賞識他是人才，悉心栽培，給了他很多一般人千載難逢的機會，並語重心長地叮囑：「我期望你將來成為國家的棟樑。你一定要成為國家的棟樑，繼承我的志向。」

雖然全國的壞人要抓也抓不完，但跟著他查案，兩人搭檔，一智一勇，將一些本來逍遙法外的壞人惡人逮捕……行俠扶危，剪惡除奸，大快人心，然後到什剎海那邊的酒吧舉杯慶功，那種喜悅真是一生一世難忘。

巫潔靈說，賈大哥對她很好。

他不是純粹利用她來辦案，不時找她，也會跟她談很多外面世界的事；而且他真的很疼她，每次見面，都會帶來一堆大大小小零食，節日又會給她送禮物，逗得她歡喜萬分，讓她知道世上會有人真的在關心自己；她有次想要某套麥多多的玩具，他也幫她換了回來，真的是個童心未泯的大哥呢；當她養的大狗死掉的時候，是他幫她送去寵物墳場安葬。

聊著聊著，賴飛雲和巫潔靈互相訴説對賈釗的追憶。

説到後來，竟是一同陷入深思……

賴飛雲自小有個雙胞胎姐姐，但她被歹徒害死了。

賈釗聽了此事，摟住他的胳膊，正色道：

「你不嫌我老的話，就讓我當你的大哥吧。」

賴飛雲有時候也暗暗好笑——這個大哥也有一把年紀了，在官場混了這麼多年，深歷世情，居然沒有變成個老奸巨猾的混老頭，當真是「出於汙泥而不染」，還保住一顆赤子之心，做甚麼事都是滿腔熱血，充滿衝勁，伸張正義。

賈釗也曾經貪污，就是收了一個小女孩的氫氣球，然後幫她救回她的哥哥，偵破一個拐帶和販賣幼兒的犯罪集團。

在這混濁的世界裡，像他這樣的人剩餘無幾，堪稱鳳毛麟角。

賴飛雲經過他的房間，瞥向裡面，幾乎都是他埋首工作的畫面。

他也常常自嘲：「哈，像我這種工作狂，這輩子也討不到老婆了。來、來，你這個不近女色的酷男，千萬不要丟下我，要和我相依為命啊！」

賈釗掛在書房裡的字畫，是聞一多的一首詩：

「這是一溝絕望的死水，清風吹不起半點漪淪……也許銅的要綠成翡翠，鐵罐上銹出幾瓣桃花……不如讓給醜惡來開墾，看他造出個甚麼世界。」

中國會有新希望，只要由他這種賢能的人執掌高位，就會為這世界帶來改變，真真正正人人幸福，國泰民安。

「我們要一起改變這個世界。」

賴飛雲對著賈釗笑了。

兩人之間有個無聲的誓言——

就算世上只剩我們兩個笨蛋，我倆都要這麼幹！

「為甚麼這麼好的人要被害死？老天真的瞎了嗎？甚麼邪不能勝正，放屁、放屁！」

賴飛雲不覺已淌下淚水，心中悲慟不已，愈想愈痛心，拳頭捏得格格作響。

「明明是我發過誓，即使粉身碎骨都要保護他……怎麼到頭來是由他來保護我？我真是沒用、真是沒用啊！」

賴飛雲心中充滿了悔恨，既恨王虢，也恨自己，怎麼當時沒有在王虢的脖子上補上一劍，錯過了唯一令他死亡的機會。王虢本身已經那麼強橫，再加上近乎不死之身，身上還佩戴著龍淵劍……如今，這一輩子，只怕真是雪恨無望了。

巫潔靈按住他的肩膀，自覺不懂得如何安慰別人，就索性不說話，卻不知陪伴就是最好的慰藉。靜靜度過了一段時光，結果賴飛雲的情緒也漸漸平伏。

有一番話，一直卡在兩人的喉頭：「可能賈大哥還未死呢。」

他倆每每是還沒有開口，就將話兒吞了下去。彼此心照不宣，只要落在王虢那樣的惡魔手上，就不可能有一絲倖存的希望。

巫潔靈目光突然一亮，想到了一個主意，便問：

「你想和賈大哥說話嗎？」

「跟……跟賈大哥聊天？」

賴飛雲喃喃自語。

他知道巫潔靈的能力，當然明白她口中的聊天，就是要跟賈釗的靈魂通靈。

其實賈釗生死未卜，只要一天未見屍體，他倆心中始終抱著一絲渺茫的希望，殷盼賈釗依然在生。但賴飛雲搖了搖頭，仍覺這樣的事萬萬不可能，反問自己：「如果你是王虓，你會放過賈大哥嗎？他這個殺人不眨眼的大魔頭，會手下留情才怪！」

另一方面，賴飛雲否決了巫潔靈的主意，理由是折返現場太過危險。

巫潔靈垂頭默想了半晌，才遲疑道：

「最後我看見賈大哥的靈魂……有種很強烈的感覺，覺得他的靈魂有很重要的話要告訴我……不過，可能是錯覺呢。我不清楚。」

賴飛雲聽了此言，肚裡躊躇，對原先的立場已有所動搖。他相信巫潔靈的直覺，跟她經歷了這些事，每次依照她的説法去做總是沒錯。寧可信其有，不可信其無，再者他倆現在真是一籌莫展，對將來毫無主意和計畫，不知該當何去何從。

賴飛雲暗道：「賴飛雲、賴雲飛，你甘心當一輩子縮頭烏龜嗎？去就去吧！反正我倆也不可以逃匿一世吧？」

下定決心後，他向巫潔靈道：

「妳真的不怕死？願意跟我一起冒險？」

「好啊！殉情最浪漫了！」

巫潔靈欣然回答，好沒來由的甜絲絲地笑著。

打定了主意之後，賴飛雲和巫潔靈各自梳洗，小歇一會，打電話叫酒店送來餐點，吃飽了之後，就準備動身，叫服務檯的人上來結帳。

這酒店保安極度嚴密，顧客果然要付出代價，帳單上的金額驚人，單計服務小費，已等於賴飛雲一個月的工資。但巫潔靈毫不著緊，原來她拿走管家劉先生的錢包，也擅取了包裡的信用卡來用。

危險駕駛、盜用信用卡……他和她相處期間，幹了不少違法的事……賴飛雲暗自冒出冷汗，有種愧對警局同胞的內疚感。

賴飛雲看到帳單上的日期，才知道自己原來昏迷了兩天三夜。他們進來的時分是夜晚，現在出門，外面是黎明的天色。

賴飛雲以策萬全，早就擬定只會在大雨天出發，偏巧那個早晨冬雨綿綿，酷寒森森，雨滴差點就要變成雪顆了，路面濕滑得好像結了一層薄薄的霜。

在車裡，巫潔靈忽然扯談起來：

「對了，有些關於靈魂的事，你可能不知道呢。」

賴飛雲不太明白，便問：

「譬如呢？」

巫潔靈垂頭想了想，緩聲道：

「我想，那些事，可以稱為『靈魂的法則』……都是我自己發現的。我由四歲開始就常常與幽靈打交道，也有了一些心得。」

「靈魂的法則？」

「對啊！我之前也跟你略略提及過，即使我無法向活人的靈魂問話，死者的靈魂一定說真話……諸如此類。不過還有些是你不知道的。就好像，假如一個人是『自然死亡』，即是老死、病死、意外呀或者被謀殺而死……等等哪，這些都是『自然死亡』。」

巫潔靈頓了一頓，又接著說：

「自然死亡的人，他的幽靈只會在世上逗留七天。」

「七天？」

「對啊。七天之後，不知道甚麼原因，靈魂就會自動自覺消失，總之連我也覺得這種事很奇怪。唔，你們好像是叫『頭七』，是真有其事呢！」

對於靈異界的怪談，賴飛雲本來興趣不大，此時聽她侃侃而談，不由得聚精會神，心想知道了這種事或者對了解人生有幫助。

巫潔靈解釋了「自然死亡」，接著便解釋「非自然死亡」：「還有一種特別的死法，靈魂會在世上逗留超過七天以上……那種死法，就是自殺。每個人都有陽壽，陽壽未盡，一個人若然選擇要了結自己的生命，他死後變了幽靈，仍會在人世徘徊不去，直至熬夠了他的陽壽歲數為止。」

賴飛雲也好像聽過相似的事，自殺者的靈魂會被縛在身亡之處，飽受死時的痛楚，久久不能投胎轉生，所以佛家常常勸喻世人不可輕生，道理正是在此。

巫潔靈又說到，她在那商場裡碰見的亡魂，和在那工廠裡碰見的亡魂，全都是自殺者的靈魂。靈魂的樣子通常就是死者死時的模樣。她惋歎地說，那些幽靈都很年輕，倘若有七、八十歲的命，他們都要再飽受四十年以上的煎熬，方可得到解脫。

賴飛雲這才豁然明白。他之前就曾經想過，假如幽魂不停出現，這世界的另一片空間豈不是擠滿了幽魂？巫潔靈一番言辭，就解答了他存在心裡已久的疑問。

隔了半晌，他沉吟道：「所以……如果賈大哥死了，他的靈魂只會在人世逗留七天……」

巫潔靈微微頷首，就是默認了他的說法。

賴飛雲又好奇起來，忍不住問下去：

「靈魂消失之後……會去甚麼地方？」

「我不知道。」

「妳為甚麼不知道？」

「我問你哪，當我們在生的時候，也不知道死後會魂歸何處吧？我知道的事，只是比普通人多一點，靈魂消失之後會去哪兒，我敢說，連靈魂自己也不知道呢。」

她這番話只教賴飛雲無話可說，生時未知死事，死後也不知死後的事，那世界的一切也無法憑這世界的常識來理解，除非自己真的死了一趟，否則那種事的內情對人類來說終究是一個不解之謎。

賴飛雲歎了口氣，繼續專心駕駛。

如此往央視大樓那邊出發，一路上小心翼翼，地面濕滑，大概半個小時後，抵達了地盤，當時天色陰沉，霉氣瀰漫，周圍的氣氛恰似傍晚。

賴飛雲和巫潔靈都穿著雨衣，往裡面直走，門口的看守人員只花了一點錢就能打發，此外再也沒有人阻撓他倆前進。

只見工地中有片範圍被膠條圍住，燒焦後的殘景歷歷在目，正是直升機墜毀的地點，憑地面的剎車痕跡來推斷，那裡也正好是王虢與賈釗最後糾纏的地方。現在，機體殘骸都被清理得七七八八，死者屍體也被送走了，但在地上隱約可見一些乾涸了的血跡。

賴飛雲在酒店裡看過新聞，知道官方對外宣稱有直升機在央視大樓旁墜毀，死了四名警官，整起事件結果被塑造成偶發性的墜機意外。

來到這裡，賴飛雲陪巫潔靈繞行一會，只見她一雙烏亮的瞳孔閃閃爍爍。他看不見她能看見的東西，只好不出聲，一直不打擾她。

最後，兩人回到原地。

巫潔靈惘然瞧著四周，神色非常困惑，良久才說話：

「奇了……為甚麼不見賈大哥的靈魂？」

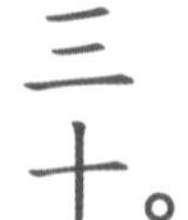

乍聞賈釗的靈魂不見一事，賴飛雲既驚且喜，連珠炮發地問：

「怎會這樣的？看不見賈大哥的靈魂？難道他依然生還？抑或是他的靈魂不知道飄到哪裡去了？」

天陰陰，路沉沉，冷風帶雨，四周是一片「斷腸」的氣氛。

再看巫潔靈疑惑漸褪的眼神，幾可篤定她剛剛不是隨便說說。

她又說：

「這件事……我還不是很清楚。直升機的死者就在這裡，我向他們問問看吧。」

賴飛雲想了一想，便知道她口中的「直升機死者」，就是那三個在墜機意外中慘死的同僚。

巫潔靈雙瞳目光如水般盪漾，彷彿不停閃著異光。

就在一片溢滿了雨水的泥濘上，她徐徐踏前走了幾步。

幽靈的聲音一再傳來——

她看見了甚麼？

又聽到了甚麼？

萬物有靈，無處不在，古來已有鬼魂之說，縱然今時人心開明，或多或少亦相信人在死後就會變成孤魂。

這時，她正用細得旁人幾乎聽不見的聲音，向著一片空茫茫的地方呢喃。

賴飛雲在認識巫潔靈之前，哪會料到自己今天竟會借助靈媒的力量，來與死去的朋友通話？

他心中急不可耐，就等巫潔靈開口。

隔了一會，巫潔靈面如死灰，惻然道：

「賈大哥真的已經死了。」

這番話直教賴飛雲傷心欲絕，曾經抱著的期待幻滅，縱使心裡早就有了準備，到真真正正聽到了事實，哀痛悲憤之情亦難以自制，心情一下子沉到了谷底。

賴飛雲想起與她在車中的對話，記得那些「靈魂的法則」，覺得有矛盾，想來想去也解不通。

他便向巫潔靈問：

「妳不是說過，被謀殺的人也算是『自然死亡』，其靈魂會留在葬身之地七天？怎麼賈大哥的靈魂會不見了的？」

「這樣的情況……我真的從來沒有遇過。這三個幽靈大哥，在現場目睹當時發生的事，我聽他們說，賈大哥的靈魂……竟然是被王猇帶走了，就像被『吸收』了一樣……哦……我看見王猇的靈魂是一座『屍山』，說不定就是這個原因，屍山上堆滿的死屍和人臉，就是死在他手上的亡魂。」

巫潔靈想起自古就有惡魔擄走人類靈魂一說，所以假如王虢是誕生為人的惡魔，會發生這樣的事也並非沒有可能。

被王虢殺死的人，他的靈魂就會被王虢帶走——

得知這樣的事，兩人默默無言，都是神傷黯然。

正是此故，不可以與賈釗的亡魂對談，不知道他最後還有甚麼信息要留給巫、賴兩人。

至於那三個警察同僚的亡魂仍在，依巫潔靈自己推測，一則那種死法只算是意外，二來他們是在爆炸中被燒死的，屍身早就燒焦了，王虢只是擊落直升機，根本沒碰過他仨，所以他仨不算被王虢直接親手殺死。

賴飛雲拜託巫潔靈幫忙，向在場的幽靈問一件事：

「賈大哥是怎麼死的？」

「聽他們說，賈大哥是被王虢扼斷脖子而致命的。死法很簡單。王虢沒有折磨他的屍體。」

賴飛雲看過一些被王虢殺死的受害者的照片，那些人的死狀都是噁心得令人想吐，比起那些死者，賈釗總算是死得好看——也許王虢敬重他是一條好漢，才給他這種優待。

突然間，巫潔靈豎起了耳朵，好像聽見了一些很令人吃驚的話，「咦」的一聲大叫了出來，不一會就向著賴飛雲說：

「咦，他們說……賈警長臨死之前，跟王虢說了很多話。」

賴飛雲怔了一怔。

但他沒法親口追問，只待她說下去：

「在賈大哥被王猇扼住脖子之後，王猇沒有立刻殺死賈大哥，而是臉帶微笑地看著他，語氣卻是十分森嚴：『你壞了我的好事，你知道自己將會死得很慘嗎？』當時，賈大哥不但毫無懼色，還用很憐憫的目光瞪著王猇，說了一句很唐突的話：『我很同情你的遭遇。』……賈大哥說話時的語氣，竟然是很真摯的，就像將王猇當作朋友一樣。」

賴飛雲聽到這等怪異的事，真是不能作聲。

在那種時刻，兩人居然還可以聊天？

巫潔靈一字不漏，轉述從幽靈身上聽到的話：

「因為公事的緣故，我調查過你，甚至到過你在西安的老家，訪談過當年那件血案的唯一倖存者……所以，我很清楚你的過去。在你十五歲第一次殺人之前，你不是個惡魔，你是個有血有肉有感情的人。

「我知道你憎恨這個世界，你的父母死於極大的不幸……當時害你的人，才是真正十惡不赦的惡魔。

「賈大哥對王猇說：『你擁有惡魔的血統，突破了人體的極限……但縱使你是惡魔，你也有感情的。縱使你力拔山兮，也無法改變這個腐敗的世界，所以你就以殺人為樂……放下屠刀，立地成佛，你的父母才會真正安息——就算你是惡魔，他們也沒有放棄過你，不是嗎？』賈大哥這一番話，王猇聽了，他的臉上，竟然露出一種很憂傷的表情……」

說到此處，賴飛雲與巫潔靈均是微微一怔，除了因為想不到賈釗會在死前對王虢講大道理，也因為殺人如麻的王虢所流露出來的情感。

「原來……當時王虢動搖了，他扼住賈大哥的手也鬆開了，看來賈大哥說中了他的心事。結果……他不是因為氣憤才殺死賈大哥的。」

巫潔靈愈說愈奇，也有點質疑自己聽到的傳述，但幽靈說的一定是真話，這一點絕對是不會有錯的。

她又與三個幽靈對談一會，才續道：

「後來他還是殺死了賈大哥……原因是賈大哥發現了王虢一個秘密。」

秘密？

賴飛雲滿腹疑竇。

他忽然想到，賈釗既然知道巫潔靈與亡魂溝通的能力，這些與王虢之間的對話，也許就是要借巫潔靈之口來轉述的，大有可能是給他倆留下的遺言。

忽然間，一抹驚色在巫潔靈的臉上浮現，她不自覺地抿住了嘴巴，似乎是聽到了極為難以置信的事情。

「這……這不可能是真的。」

「妳聽到甚麼了？」

「在賈大哥被王虢殺死之前，他……他最後說的話，實在太過難以置信……」

「賈大哥說了甚麼？」

儘管眼見賴飛雲一副焦急如焚的神情，巫潔靈沒有立刻回答，再三向那三個在場的幽魂確認無誤，才說出來：

「他說——王虓只是你的假名，但我知道你真正的名字。你並不是無敵的——你的名字透露了你唯一的弱點！」

一個人的弱點藏在他的名字裡？

「世上怎會有這等奇事？」

賴飛雲與巫潔靈雖非異口同聲，但心裡都有著同樣的疑問。念頭百轉之間，賴飛雲盯著巫潔靈，期望她說下去。

但她仰起了臉，與他對望片刻，只發出一聲深深的歎息。

「到這裡就完了。這是最後一句話。」

「除了這句話之外，還有沒有其他線索？」

巫潔靈搖了搖頭，說她剛剛也向在場的幽靈問過相同的問題。

「賈大哥似乎還有話要說。但他已經死了。真可惜，要是他再多吐露半句，我們就可以知道王虢的弱點了。」

「不……我們聽到剛剛的對話，並不是他的本意。我猜，賈大哥本來是想『親自』告訴妳王虢的弱點，可是他的靈魂已經不在這裡了……」

不難想像，賈釗當時自知落在王虢手中，鐵定命不久矣。賴飛雲和賈釗共事數載，對他的為人再也清楚不過，既然他知道巫潔靈與死者溝通的異能，便料到賴、巫兩人必然會涉險回來當地，和他的靈魂對話。

而王虢立時殺人滅口，由此可見賈釗肯定就是説中了他的弱點。

只可惜，在他說出那名字之前，王虢就殺掉了他。

在他死後，王虢帶走了他的靈魂，以致巫潔靈無法親自向他的靈魂問話。

賈釗不惜以死相告的遺言中揭露了驚人的線索，賴飛雲愈想下去，愈覺匪夷所思，畢竟名字只是對一個人的稱呼，聞其名而知其弱點，世間豈會有如此不可思議的事？

賴飛雲和巫潔靈所想，均是同一件事：「王虢一日未殺掉我倆，就會繼續窮追不捨……如果賈大哥所言屬實，為了活命，就一定要想法子知道王虢真正的名字，繼而針對他唯一的弱點下手，這樣才會有一絲勝算。」

話雖如此，天闊地遼，又相隔這麼多年，只怕戶籍裡的資料亦被銷毀了，該到哪裡去找一個人真正的名字？

「對了，賈大哥説過，他到過王虢在陝西的老家，見過當年那件血案的倖存者……那件血案是甚麼我不知道，但我們可以循著這方向入手，一路調查下去。」

聽著巫潔靈這番見解，賴飛雲點了點頭，回應道：

「唉！以前都是他查案我辦事，現在沒了賈大哥在旁，可頭痛得很。」

「扣分、扣分！」

賴飛雲不禁納罕，向巫潔靈問道：

「扣分？扣甚麼分？」

「想不到你自認是笨蛋！我原來是跟一個智商這麼低

的男人在一起！賈釗是人，我們也是人，他能查出來的真相，我們也一樣可以查得出吧？如果你不能查出王虢的真名，就不能保護我呢。所以，你在我心裡的形象，一下子就被扣分了！」

賴飛雲忽然生氣起來，忍不住逞強道：「誰要當妳的男人呢？拜託，妳還未成年呢！我對乳臭未乾的少女不感興趣。」

巫潔靈做了個鬼臉，嗔道：「我快滿十五歲了！」之後心情就變得很爛，在泥地上亂踹兩腳，泥濘濺得賴飛雲褲子髒兮兮的。

賴飛雲琢磨了一會，心想當今之計唯有走一步算一步，縱使沒有賈釗那顆卓越的頭腦幫忙偵案，但說不定巫潔靈能幫得上忙，她與靈魂溝通的能力真的非常有用。

他心中有了決策，便向巫潔靈道：

「只好往陝西那邊走一趟了！」

「耶！好呀！」

乍見她這麼高興，賴飛雲不禁懷疑剛剛的話是她編出來的，直至她舉指對天發誓，沒有半字虛言，賴飛雲方始盡信，不再懷疑下去。

此地不宜久留，兩人便迅速上車，離開地盤。

賴飛雲有想過回去住處，看看賈釗有沒有留下甚麼線索。但轉念又想到，調查王虢的案件一定是高度機密，以賈釗的處事作風，一定會將細閱過的檔案扔進碎紙機裡，然後再將碎紙統統放在小火爐裡燒個精光。

再者，賴飛雲覺得，王虓到處找不著他倆，也許就會到那邊埋伏，敵暗我明，還是不要冒這個險為妙。

「呀！劉大哥呀！」

開車開了一會，賴飛雲就聽到巫潔靈大叫，這才猛然想起，自己把那個身分詭秘的劉先生鎖在車尾箱之後，就再也沒有管過他的死活，過去三天不吃不喝，也不知翹辮子了沒有。

停車下車，兩人繞到車後，打開車尾箱的頂蓋，朝裡面盯上一眼，均是驚愕不已。

車尾箱裡——

空空的，人不見了。

「為甚麼……會這樣的？」

巫潔靈愣眼巴睜地問，根本無人能回答她的問題。

兩人思索良久，也是想不出個所以然來，不知那劉先生是如何逃脱，也不知他是在甚麼時候逃脱。賴飛雲擔心會被人追蹤，便決定棄車而逃，價值兩百多萬的跑車就這樣被丟棄在路旁。

攔了計程車，賴飛雲和巫潔靈上車。

當他們掀開計程車的車門，外面就是熙來攘往的大街，而大街的另一邊就是北京火車站。

賴飛雲心想，車站月台開出的列車班次那麼多，駛向各省各地，十萬八千里遠，王虓再有本事，要追查他倆的下落也得要折騰好一段時日。

由於用的是別人的錢，又為了安全起見，兩人買的是最貴的包廂座。

巫潔靈竟是興奮無比，挽著賴飛雲的臂彎，盈盈笑著道：

「我倆裝成情侶，才不會惹人起疑呢！」

又到便利店亂買了一堆東西，包括打火機、手電筒和藥箱等應急用品，聽到廣播聲，便跟著人潮登上火車。

目的地，陝西省西安。

為了生存，就要尋找王虢真正的名字。

這是唯一可以打敗他的方法。

等著兩人的是一趟前途未卜的旅程。

二OO八年・西安

丟棄封閉落後的自行車，

換成從外國進口的高級轎車，

關注面子工程，在精神廢墟上蓋樓，

城市便有了彩妝般的新貌，

中國終於在世人面前抬起頭了。

繁華盛世，全民該貪，人人富貴就會刺激經濟。

甚麼天價豪宅，甚麼寶馬香閨，

昔日長安今何堪？

只要口袋有錢，就連惡魔都會變得尊貴。

世界變得比原始時代更加弱肉強食，

苟延殘喘比死亡更加不幸。

善與惡，黑與白，模糊得毫無分別……

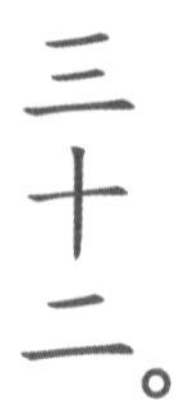

現代化的火車由月台開出，昔日汽笛般的啟程聲不再響起，但火車依舊是離別和團聚的地方。在一片喧囂之中，有愛的小曲，有故人的驪歌，有望夫平安歸來的吟籟，直到燈光消逝，彷彿一切都變做清風。

賴飛雲看見一對母女，就想起自己當年在火車站告別母親，到異鄉追尋理想，在北京月台上迎接他的人就是賈釗。

告別北京，駛向西安。

「如果中國是一棵參天大樹，北京是樹冠，西安就是這棵樹深扎地下的根……」旅遊書上是這麼寫的。

儘管已離開北京，賴飛雲依然步步為營，彷彿從孫悟空那裡借來了金睛火眼，樣子兇兇的，盯著每個在包廂外經過的人。他往周圍也來回巡了兩遍，並且要求巫潔靈寸步不離。巫潔靈也會順道用她的奇能，察看乘客的靈魂，看看有沒有要小心提防的大惡人。

賴飛雲經過這幾天，和她變熟稔了，就會有的沒的閒扯起來：

「妳隨便看著一個人，就能看見他的靈魂嗎？要不要注意他身上的甚麼地方？」

「我一定要看著他們的眼睛，才能看見他們的靈魂……不是有個說法，形容眼睛是靈魂之窗嗎？這是有根據的。」

賴飛雲聽了只是將信將疑，自從被她騙過「靈魂最愛吃的不是香火，而是甜點和巧克力」、「小怨哥後面被一隻長髮女鬼跟著」……等等疑真疑假的胡言之後，他就開始質疑她所說的每句話。

賴飛雲買了個高爾夫球袋，將泰阿劍偷運上火車。那幾本刊載「宮本武藏書法帖」的圖書館藏書，都被放入隨身行囊裡，他一有空就會翻閱，仔細琢磨，有時看得入迷，忽略了巫潔靈，她就會在他身邊吵來吵去。

在約半天的車程裡，賴飛雲大部分時間也不是閒著。

他會選擇坐火車，就是在火車裡容易和五湖四海的人攀談，借此打探消息。

賴飛雲暗中盤算：「王虢是在二十年前出道的，一出道就迅速登上殺手榜的第一位，這件事我應該不會記錯。賈大哥說過，王虢在十五歲時第一次犯案，之後開始當全職殺手，照此推測，那年轟動全城的血案，很大可能是在一九八六至八八年之間發生的。」

「以我所知，當年民風純樸，社會太平，要是發生了那樣的血案，搞不好會上新聞頭版，民眾不會不知情……這車廂裡的乘客，大都是西安人，我們周圍問人，也許可以得到一些有用的情報。」

賴飛雲跟巫潔靈談起此事，她也覺得有道理，便循著這方向，沿著車廂找人問話。

只問到第五個人，他身後有個退休老公安聽了，就主動和賴飛雲搭話。那老公安也真的不賴，談到一九八八年的血案，記憶猶新，竟可說了個大概出來。雖然未必全部無誤，但也對賴飛雲幫忙極大，至少讓他知道：「當年橫屍遍野，十多個人慘死，唯一的倖存者嚇得傻了，聽說一直呆在精神病院裡，也不知死了沒有。」

賴飛雲問到殺人犯的名字，老公安只是搖了搖頭，沉吟道：「我哪會記得！不過當年好像沒抓到犯人，那麼久的事，我真的不記得了。」賴飛雲心想也問得差不多了，答謝一聲，到另外兩個車卡，再問了一些人，便和巫潔靈回去廂座。

墨綠色的山嶺上暮色蒼黃，一列行駛中的火車穿越翠谷，滿載乘客，抵達了西安。

多少個世紀，又多少個年代，西安這座古都在歷史長河中閃耀。

西安，古名長安，位於關中平原，渭水之側。古裝電視劇裡常提及的「關中」，所指的就是周遭一帶。其實中國定都北京，只有短短數百年的歷史，但由西周算起，多達十三個王朝都在西安建都，先後為周、秦、漢、西晉、前趙、後秦以至隋、唐等，總共超過一千一百年。

南屏秦嶺，東近華山，西臨太白，此乃與雅典、開羅、羅馬並列世界四大古都的西安。

舉世知名的兵馬俑亦位於西安市近郊。

今日的西安城垣依舊，雁塔高聳，儘管新式的高樓如雨後春筍，到處都是地產商的樓盤廣告，仍然難以蓋住古城的古風和遺跡的輝煌，外地人在城裡穿梭，聽著古鐘樓悠揚縹緲的鐘聲，偶爾就會有一種時空交錯的感覺。

一出火車站，就看見西安宏偉的城牆。

「哇！太棒了！我要到城牆上租腳踏車！」

巫潔靈第一次遠遊，樂得瘋了，翻著一本由外國旅客送她的旅遊書，左顧右盼，對一切新奇的事物感到興奮……至於依然被王虢追殺的事，早就被她拋諸腦後了。

賴飛雲跟在後面，只是歎了口氣，他已掌握了跟她相處的竅門，只要在小節上滿足她，她在大事上還是會乖乖聽話的。

時值夜間，兩人在火車上睡飽了，不想浪費時間，便開始行動，打算先從市內的精神病院開始逐間查探。

巫潔靈撒嬌，說肚子餓，要吃大餐。

兩人找了間網吧，一邊吃沿街買來的小吃，一邊查資料。沒想到巫潔靈年紀比賴飛雲小，使用電腦查資料，卻比這個哥哥在行得多，不消吃光一個肉夾饃的時間，已查出了當年那倖存者的名字叫「于學良」。

「小怨哥，其實我想到一件事，怕你失望，所以一直不敢說。」

「甚麼事？」

「那于學良住在精神病院裡，一定就是瘋瘋顛顛的。只怕找他問話，也問不出甚麼。」

賴飛雲也想過這件事，但事到如今，只有姑且一試了。可是，仍是不知那于學良住在哪一間精神病院，他倆商量一會，就決定先查訪市內較大的那幾家精神病院。

乘夜來到市內一家精神病院，兩人進內，到服務檯問話。

「哦……于學良……他是這裡的病人。你們是他的甚麼人？」

出乎意料的幸運，賴飛雲從沒想過會這麼順利，第一間就找中了。

他深明與人打交道的手段，從袋子裡拿出一盒剛買的名貴巧克力，露出一個迷人的笑容，就向那小姐道：「我明晚請妳吃晚飯，可以嗎？」又指著背後的巫潔靈，解釋道：「放心，這個是我妹妹。」

那小姐俏臉飛紅之後，變得面有難色，說道：

「于學良他……他昨天死了。」

賴飛雲與巫潔靈對望了一眼，互傳的眼色再也明顯不過：「怎會這麼巧？天助我也！」雖然對死者不敬，但他倆不約而同都覺得于學良死得合時，死得太棒了。

在那小姐面前，賴飛雲即時應變，解釋說他是于學良失散多年的舊友，他會在這時候來求見，乃是因為接獲他的死訊云云……結果賴飛雲成功蒙混過去。

原來精神病院為了跟醫院搶生意，居然自設殮房，想必是人人都曉得進來這裡是九死一生，病院的經營者一不做二不休，結合產業鏈，提供由生前到死後的一條龍服務。不止要賺活人的錢，也要賺死人的錢，連墳地都有炒賣，難怪連外國人都說中國處處是商機。

不過賴飛雲懶得管這種事，沒放過此良機，拜託那小姐帶他過去殮房。但那小姐不敢前往，便將帶路的任務交給病院的警衛。

在往殮房的路上，巫潔靈湊近賴飛雲耳邊，低聲道：「你知道嗎？我懷疑你有愛滋病。」

賴飛雲道：「妳說甚麼？」

巫潔靈嗔道：「我肯定你平時行為不檢！老愛泡妞！你這個拈花惹草、亂七八糟、不三不四的大色狼！」

賴飛雲笑了笑，拿她開玩笑，道：「咦……妳不會是吃醋吧？」結果他挨了她一腿，但不痛不癢的。

他和巫潔靈的膽子也夠大，到了殮房，竟然一點也不害怕。

縱使死者全身被一張大白布掩蓋住，也可看出他斷了雙腿，白布上凸出的地方只有他的頭顱、主軀和兩臂，明顯生前是個可憐的殘障人士。

就在賴飛雲將要伸手揭開白布，想看看死者于學良的長相，巫潔靈卻忽然大叫出來：

「慢著！千萬別碰！」

賴飛雲的手停在半空，轉臉問道：

「怎麼了？」

巫潔靈轉了轉眼珠兒，面色大變道：

「有毒！」

賴飛雲的手差點就要摸上那塊白布，聽到巫潔靈那番話，登時將手縮了回來，回首問道：「有毒？」

巫潔靈點頭，一邊側耳傾聽，一邊說道：「對！于學良的幽靈就在這裡，他跟我說他是被毒死的……對方收買了殮房的人，在他死了之後，再在蓋住他屍身的布上落毒……目的就是為了設置一個陷阱……」

不等巫潔靈再說下去，賴飛雲再也清楚明白不過，這陷阱是針對他倆而設。

誰會在精神病院裡下毒？

難道就是為了要殺人滅口，阻止于學良說出甚麼秘密？

不用實際行動的話，也很難得到想要的答案——

賴飛雲拉開高爾夫球袋的拉鍊，拔出了泰阿劍。

寒芒四射的劍尖，正指向牆角。

「出來！」

賴飛雲怒喝。

在那個大型文件櫃之後，有個烏溜溜的人影。

那人知道無法再躲藏，便硬著頭皮走了出來，只見他穿著襯衫西褲，左眼戴著眼罩，居然就是蒙武。

賴飛雲的劍已抵住了蒙武的脖子。

蒙武沒料到對方的行動如此迅捷，無力反抗之下，只好乖乖就範，盯著巫潔靈道：「小妮子……想不到老大所說是真的，妳真的是個靈媒。世上竟然真的有妳這種人，我真是大開眼界了。」

賴飛雲早就料到此事與「九歌」脫不了干係，如今逮著了蒙武，當然要乘機追問下去：

「你們為何要衝著她而來？還有，你們又怎麼知道我和她會在這裡出現？」

蒙武聳了聳肩，說道：「老實說，你問我也是沒用，我知道的事也不是很多，老大叫我做事，我就依他的主意去做事，就是這麼簡單。至於我為甚麼知道你和她在這裡，我只可以說，是我們老大神機妙算，他就是有方法算到你倆會在這裡出現……」

蒙武略為停了停，才用一錘定音的語氣道：

「所以你倆是逃不了的！」

賴飛雲聽到一整個神秘組織要與自己為敵，難免暗自憂心起來，瞪著蒙武的怒目沒有鬆懈，又問：「王虢也是你們的人嗎？」

蒙武答道：「我們當然想招攬他加入，但他獨來獨往，誰也管不著他，我們也不太敢惹他……他不是我們的人，但我們常常重金禮聘他做事，所以可以這麼說，我們與他之間是『商務合作夥伴』的關係。」

話音甫落，蒙武又冷笑一聲，續道：

「有件事我要跟你們道歉呢……當你們在這個殮房出

現的時候，我就發了個短訊給我的同黨。很快就會有人通知王猇你倆來了西安的事……王猇會來啊！不過，他這傢伙十分麻煩，從來不坐飛機，要慢吞吞的乘火車來。」

聽到這樣的事，賴飛雲不由得悚然一驚。巫潔靈正在後面與于學良的幽靈對話，蒙武那話傳入她的耳中，突然打斷了她的思路，令她也分心關心另一邊發生的事。

賴飛雲和巫潔靈也是坐火車來，便知道車程大約是十二個小時，換句話說，只剩下半天左右的時間來調查王猇的秘密。神秘集團「九歌」又從中作梗，但幸好他們是賴飛雲能敵的正常人，而不是王猇那種級數的「超人」。現在兩人正是身陷險地，必須趕在王猇來到之前，盡快找到這個超級殺手的弱點，然後才會有一線生機。

巫潔靈爭取時間，繼續向于學良的幽魂問話。

與此同時，賴飛雲又想從蒙武身上探口風，但蒙武不是扯三拉四，就是岔開話題。蒙武擺出一張臭臉，虛張聲勢道：「哼，你問了等於是白問。你覺得，我會這麼白癡對敵人講真話嗎？我說的哪些是真，哪些是假，你也不會知道呢。」

賴飛雲突然察覺有異，奇怪蒙武說話不徐不疾，拖泥帶水，當中可能有詐。

「你一直在拖延時間？」

蒙武不再回答，不置可否地笑了笑。

賴飛雲這才感到身體有些不妥，四肢開始變得乏力，有種昏昏欲睡的感覺。他轉首望向後面，驚見巫潔靈已軟軟垂倒在地上。蒙武是擅用炸藥和毒藥的天才，賴飛雲以為只要一直盯緊他，不讓他碰到任何東西，自己就會安然無恙，哪想到他早已在慢慢地散播自己調製出來的毒。

在這情況下中毒，解釋只有一個——

四周，無色無味，卻充滿了看不見的催眠氣體。

蒙武狡詐多端，設計了雙重陷阱，連自己也一併迷暈，然後只要等到他的同黨到來，不費吹灰之力，就可以將賴飛雲和巫潔靈一網成擒。

「嘿……你中計了。『毒』這東西，除了以固體和液體出現，亦可以氣體出……現……的……」

蒙武靠著牆垂了下去。

賴飛雲閉著呼吸，但為時已晚，漸漸感到不支。但他憑著驚人的意志力，過去揹起巫潔靈，一邊用劍支撐身體，一邊開門走了出去。

只要沒走出這所病院，就會落入敵人的手上。

在深得不見盡頭的走道上，四周的景物逐漸扭曲起來。

麻醉的效力太強，賴飛雲自知身體已到了極限，再走了幾步，就連同背上的巫潔靈，向前倒了下去，用膝蓋頂住，但最後還是無法抵禦侵蝕神經的睡意。

合上眼皮之前，他看到了一個朝他而來的男人。

那男人——

他的右眼上，戴著一個黑色的眼罩。

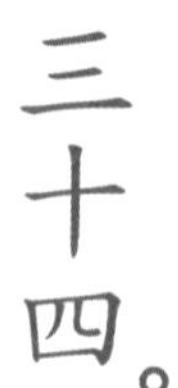

一樣的月光。

十萬里秦川。

古城上空的月亮，別有韻味。

陋巷的籬垣上有糜爛的氣息，死水裡的黴菌結出鐵鏽般的花朵，萬里幽谷淒麓，罌粟花盛開，野狼長嘯，荒塚上的雜草叢生……

而在某片星光普照的土地下，棲息著一顆沉寂的靈魂，埋藏著千古的秘密。

千古一歎——

盡在墓裡。

在絹緞一般的夜幕裡，車的影子在牆上遊走，浮光幻燈交錯，就像皮影戲裡的剪影。

這樣的夜，危機四伏。

賴飛雲是突然驚醒過來的。

當他醒來的時候，感到一陣顛簸，頭腦依然是渾渾噩噩的，睜開眼睛，就看到前方駕駛席上的兩個人。

「你醒來了。」

副駕駛席上的男人的話聲相當低沉，臉上有種說不出的滄桑感，右眼戴著眼罩，就是賴飛雲昏迷前所見的男人。吉普車後座的椅子收起，就成了置身的空間，原本也擺著不少雜物。巫潔靈仍然未醒，正躺在賴飛雲的身旁，不知做了甚麼美夢，嘴角淌出一行口水。

車頭紅光閃字，面板顯示的時間是早上四時半，賴飛雲始知自己昏迷了四個多小時。

一念間，賴飛雲便想到在病院裡昏倒之後，一定就是前座那兩人將自己和巫潔靈抬到這架吉普車的後面。對方沒有綑綁住自己的手腳，也就是沒有加害的意思，某程度上更是自己的救命恩人。

賴飛雲不禁向剛剛說話的男人問道：

「大哥，你們是甚麼人？」

那男人依然沒有回頭，只是對著倒後鏡說話：

「我們是甚麼人？」

說完這一句，他就叮嚀鄰座的男人將車停靠在一旁。

只見那戴眼罩的男人將飲料罐拋出窗外，然後拔槍出來，將那高高拋出的鋁罐射出個窟窿，手法乾淨俐落，因為槍頭安裝了滅聲器，所以沒有發出太大的聲響。

賴飛雲也學過用槍，深明要打中在空中移動的東西並不容易，而要像他那般泰然自若地出手，在開槍前就擺出一副自知必中無疑的神情，那又是一個更高的層次了。

那男人露了這一手，才向賴飛雲道：

「我叫張獒。獒就是藏獒的獒。」

賴飛雲知道，藏獒是藏人養的犬，這種犬體型龐大，堪稱是「狗中的獅子」。他再看清楚張獒的面貌，才發現他其實有張年輕的臉，年紀應該和自己差不多；而主駕駛席上的男人卻老得多了，少說也有四十歲。

「我身邊這位是阿渡，他以前是個賽車手。」

阿渡沉默寡言，沒有回應，自顧自拿下車頭的衛星導航儀，專心查看小電子螢幕上的地圖。先前在狹窄的小巷裡穿梭，車速極快，竟然就像在大馬路上開車一樣，與其他停靠在窄巷裡的車輛僅差數釐而過，可見他的駕駛技術果然十分高超。

賴飛雲注意到了，車頭上有七、八個彈孔，而玻璃上沒有太大的裂紋，想了一想，便知道這架吉普車的車窗都是防彈玻璃。

賴飛雲暫時不問此事，而是先探一探對方的底蘊：

「張大哥，其實我是想問你，你的身分……你為甚麼要救我？」

張獒輕歎一聲，語出驚人道：

「我？我是你的姊夫。」

聽到這一番話，賴飛雲完全無法反應過來，以為是自己聽錯。直至他看見前面的阿渡在暗笑，才知道張獒的話不盡不實，原來只是開玩笑。

張獒本來嚴肅的神色不見了，搖了搖頭，便道：

「要解釋的話，真是一言難盡。總之，我們極需要你和你身邊這位巫小姐的幫忙，而且是急需你倆的幫忙……不然的話，我的同伴就會死。」

聽對方的口吻，好像對賴飛雲和巫潔靈的背景一清二楚。

張獒接下去道：

「我的同伴正被困於一個陵墓裡。」

「陵墓？」

「對⋯⋯這裡附近最大的古墓，就是那一個了⋯⋯」

彷彿觸及甚麼忌諱性的話題，張獒說到這裡就住嘴，不過他的暗示已經相當明顯。近年泛起一股盜墓小說的風潮，小說終歸小說，「盜墓」是國家嚴判的死罪，而且入侵的還是連小說也不能多提的古墓⋯⋯張獒和他的同伴竟然大膽到這個地步，賴飛雲只聽得啞口無言，不知如何接話是好，望向車廂後面，果然疊滿鏟子和照明燈等用具。

阿渡突然推了推張獒的肩膀，又指了指車外。

張獒看了看，只道：

「沒事。那只是貓。」

瞧向外面那片漆黑的環境，賴飛雲根本只看到模糊一團的東西，但張獒竟然可以看得清楚牆頭上的是貓，此人眼力之強，真是超乎常人。

又看了看前窗，賴飛雲發現，玻璃上那些彈孔，凹陷的是從外面射入的，完整穿透的就是由內向外射出的——這是防彈玻璃的特質，可以擋住敵人在外的槍擊，並可以由車裡射出直接穿透玻璃的子彈來反擊。

可見不久之前曾有一輪槍戰。

賴飛雲感到喉乾舌燥，便問張獒借水喝，順便問道：「我們在躲避甚麼人嗎？」

張獒道：「你看出來了。其實，我們現在的處境很危險……由我和阿渡由墓穴出來之後，就一直被敵人追殺到這裡……那傢伙是個瘋子，十分卑鄙和陰險……他是『九歌』的人。『九歌』這神秘組織你應該聽說過吧？」

賴飛雲一怔道：「九歌的人？」

張獒一字一頓，吐出一個名字：

「他叫易牙。」

「易牙？那個殺手？」

「咦。想不到你也知道他。這個混蛋是個狂徒，最擅長暗殺。」

以賴飛雲所知，易牙是今年殺手榜上排名第三的殺手，犯案纍纍，而且處理屍體的手法令人髮指。易牙曾因為愛上一個女人，將這個女人以前的男人殺光，再賣掉死者的內臟，用那筆錢來吃喝玩樂；他又因為和那個女人吵架，一怒之下將她殺死，後來警方發現女屍的時候，屍體是沒有臉皮的——聽說被縫製成足球的一塊皮，每當易牙踢足球的時候，永遠就會記得他的愛人。

真是一波未停，另一波又起，賴飛雲的命運遭逢巨變，短短一個星期之內，好像多了一堆敵人，這一刻暫且風平浪靜，就是不知有沒有命活過明天。

張獒將左手伸進黑色皮褸裡，似乎要拿出甚麼東西，一副欲言又止的樣子。

「這個……」

同一時間，賴飛雲喝完了水，就將整瓶礦泉水還給張獒。

詎料，那一刻發生了意想不到的事。

唰唰兩聲。

突然有兩顆子彈穿透前窗上的彈孔，射進了車內！

那兩顆子彈一左一右，穿透前窗而入。

前窗是防彈玻璃，照理說可抵禦一切外來的槍擊，但對方槍法神準，瞄準的竟是玻璃上已有的彈孔，同時發出兩枚子彈，射向前座那兩人。

敵人是使狙擊槍的能手。

暗殺者・易牙。

除了他，張獒已想不到還有甚麼人，會有跟他級數相同的槍法，又會用這麼刁鑽的手法突然偷襲。

也不知是張獒命大，還是車頭的護身符顯靈，賴飛雲恰好在同一瞬間向張獒遞出水瓶，伸出的手擋在張獒的胸前，竟是其中一顆子彈正正射向的位置，巧得不能再巧。

賴飛雲自身有磁氣護體，這股磁氣名為「超導電極・磁氣逆雲」，自然即瞬而發，因此令子彈的軌跡偏離，歪了一歪，間接救了張獒。否則的話，依那子彈原來的方向看來，就會命中張獒的左胸，就算不是致命，也必然是重傷。

「阿渡？」

張獒逃過一難，馬上就想到阿渡。

阿渡中彈了，上衣滲出鮮血。

但阿渡知道敵人仍在遠方潛伏，定了定神，便咬著牙關，要將車子開到較安全的地方。

駛了一會，路側有一條窄得大車不能進去的小巷，但阿渡目測極準，按鍵令車子兩側的後鏡自動內摺，然後硬闖進巷裡，撞翻了腳踏車，也輾過一堆雜物，總算處於一個敵人難以繼續狙擊的位置。

「那狗養的！這種暗箭傷人的陰險小人，要是讓我逮到他，我一定要在他身上轟開十幾個透明窟窿！」

張獒接過賴飛雲從車後交過來的急救箱，一邊替阿渡止血，一邊大罵。吵聲警醒了巫潔靈，她也在這時悠悠醒轉，睜開眼，看見陌生人，根本不知發生了何事，不由得受到驚嚇，還以為自己仍在夢中。

吉普車的尾門可以打開，張獒和賴飛雲，一個持槍，一個持劍，各自在車頭和巷尾戒備。

張獒再察看阿渡的傷勢，只見他面色愈來愈難看，便叫賴飛雲過來幫忙，助阿渡穿過車頂的天窗攀出，再由張獒來揹著下地。

巷頭擱著一架摩托車，只見張獒過去，幾下動作，不夠三十秒，就啟動了那車的引擎，怎麼看也像個做慣了這種勾當的偷車賊。

張獒用束帶將阿渡和自己捆在一起，回頭對賴飛雲說：「小賴，你不怕子彈，你就是易牙那奸賊的剋星。靠你來引開那傢伙了，我要帶阿渡去醫院。我很快就會再找你的，到時再慢慢向你解釋。 一切小心啊。」

這個來路不明的男人來去匆匆，似乎對賴飛雲的事了然於胸，連他的暱稱也叫得出來。賴飛雲依然有很多話要問張椞，但張椞一坐穩，騎著摩托車向前加速，就帶著阿渡揚塵而去，也沒說好彼此聯絡的方法。

賴飛雲往另一個方向，倒車開出巷子，他的駕駛技術比一般人強，但跟阿渡相比就是差天共地，車側被刮花了好幾處。他心想，都到這地步了，也顧不了那麼多，盡快逃命要緊，看那張椞也不像個斤斤計較的壞人，人家難不成會要他賠錢吧？

暗殺者神出鬼沒，像影子一樣，隱身在暗處，無時無刻都在等候取人性命的機會，惹上這種角色絕對是人生一大的不幸。

賴飛雲一直開車，不敢停下來，頻頻拐左轉右，始終顧忌萬分。他叮嚀巫潔靈緊靠在駕駛席後面，途中向她略為解釋之前發生的事。

「對了，當時妳和于學良的幽靈對話，有問出王號真正的名字嗎？」

知道了王號的真名，就有可能找到他的弱點。

這是賴飛雲當前最急切想知道的事。

「嗯。那于學良以前是王號的同學，兩人曾在同一所初中上課，所以知道王號的本名。不過，我不知怎麼說，那名字其實沒甚麼特別……所以我覺得很奇怪……」

聽到巫潔靈來得及探出王號的名字，賴飛雲總算鬆了口氣，就怕她當時未問完話就暈倒，白費了一番工夫。

「妳說來聽聽。兩顆腦袋，總勝過一顆腦袋，我會幫妳一起想的。」

巫潔靈遲疑片刻，才緩緩吐出一句話：

「王猇的真名叫駱子夫。」

「駱子夫？」

巫潔靈言之鑿鑿道：

「我十分確定。是駱駝的駱，子孫的子，夫就是夫妻的夫……不會有錯的。」

王猇原名是駱子夫。

剔除姓氏，就是「子夫」兩字。

至於「子夫」兩字中暗藏甚麼玄機，賴飛雲就是抓破了頭，也是想不出個所以然來。要是兩個字複雜一點，至少會有多一點琢磨的空間，但偏偏是兩個筆劃不多、線條簡單的漢字。

兩人想了很久，想到腦神經都幾乎要扭作一團了。

賴飛雲轉過頭，殷切地瞧了巫潔靈一眼，期待她會說上幾句話，打破這種令人憋悶的沉默。

巫潔靈同樣是摸不著邊，沒有半點頭緒，更懷疑道：

「賈大哥最後那番話，會不會只是隨便說說？」

「不可能的。賈大哥說一是一，說二是二，他就是這種人。況且，他又不是妳，都到那種關頭了，哪裡還有亂說話的道理？」

賴飛雲可以斷言，這名字裡一定有甚麼秘密，是他倆現時無法參透的。

「妳頭腦比我好，快幫忙想想！王猇很快就會來到西安了……如果想不出來的話，我和妳就只有等死了。」

「子夫不就是子夫嗎？倒過來唸就是『夫子』，夫子就是男人……我想到了！他的弱點莫非就是他的『下面』嗎？」

賴飛雲直勾勾地看著她，沒料到她會說出這麼沒教養的話，但要是實情真是如此，他就要練一招「猴子偷桃」的劍法……但怎麼說也太胡扯了，這番邏輯亂七八糟，既說不通，又言不成理。

賴飛雲搖頭否決，又問：

「喂，子夫兩個字會不會有甚麼典故……」

「我又不是辭典，哪會知道！」

「那……子夫會不會是一個穴位的名稱？」

「你白癡啊。我懂得背人體穴位圖。肯定沒有這樣的穴位。」

賴飛雲深深歎氣，一時之間沒有主意。

巫潔靈突然想起一事，拍了他一下，接著道：

「賈大哥說過，他曾到訪過王虢在西安的老家。我也問過于學良這件事，他就向我吐露出王虢老家的地址。我們要不要過去看一看？說不定會有所發現呢。」

賴飛雲聽了，誇讚道：

「聰明聰明！妳這次真的太聰明了！」

在茫無頭緒之下，尚有一條線索未斷，賴飛雲覺得一刻也不容耽擱，叫巫潔靈說出那個地址，然後就要開車過去。

巫潔靈的記性極好，一字不誤地唸出一個地址，賴飛雲當即在衛星導航儀的解控面板上輸入，瞧了瞧規劃出來的路線，得知只消十五分鐘的車程，就可以到達那地址。

王虢本來姓駱，駱家的舊居就在一條靜謐的長巷裡。

賴飛雲將車停好之後，小心視察周圍，才叫巫潔靈下車。

摸對了門號，兩人看了看上方，見是一幢三層高的平房，磚瓦破破爛爛的，這種舊區的老房子沒被「強拆」，在當今的中國來説可説是一個奇蹟。

門框有一尺多厚，木門石礎，烙花扉面，上面加了鎖頭。

賴飛雲一拳打在門鎖上，只用半秒就開了門。

他向內推開門扇，就和巫潔靈走進了屋內。

冬夜漫長，到了凌晨五時，天邊依然沒有出現曙光的跡象。

屋內黑沉沉一片，所見之物只有一團模糊的輪廓，就像過度曝光的黑白色照片。

賴飛雲和巫潔靈摸黑入內，找到電掣開關，按了按，沒有半點作用。賴飛雲早就料到有這種情況，從肩上的長袋取出手電筒，打開光源，照出一個直徑約一米的光暈。

光暈逐一照過這一層的事物，可見玄關整齊放置一排鞋子，右牆側擱著兩架自行車，裡面是個小客廳，字畫春聯，籐椅牌桌，還有幾盆只剩枯枝和褐葉的盆栽，四周積滿了灰塵和鋪滿了蜘蛛網。

搜過一遍之後，眼見此層擺設單薄，無甚特別，兩人便走上二樓。

二樓是客廳和書房，三樓是一大一小的寢室。

舊居保存完好，大多是傳統的紅木和柚木家具，瓷器茶具痰盂都是八十年代的花款，同時也有洋式的沙發和冰箱等電器，整體陳設簡樸，與那時代的尋常人家無異。

賴飛雲尋思道：「這屋子是王號的老家，就是他買下的吧？聽賈大哥最後說到，他的養父養母雙亡，他將屋裡的一切保留原貌，就是因為念舊吧？」想到這裡，不禁好奇當年發生了甚麼巨變，不過時間緊迫，必須盡快搜出有助解開王虢名字之謎的線索。

商量之後，賴飛雲和巫潔靈決定從二樓開始調查。

賴飛雲為了令屋裡光亮一點，過去掀開窗簾和開窗。

生鏽的窗櫺前，擱著一張帶蹺腳凳的躺椅，清風徐來的時候，賴飛雲不禁聯想到，曾經有個飽歷世事的中年男人坐在那椅上，在每晚啖飯啜茗之後，口含煙斗，目光穿透縷縷香煙俯瞰古城的街景。

客廳中有個很大的壁櫃，裡面放滿數目驚人的神佛小像，木雕的瓷塑的俱全，還有一個小神壇。

這樣的東西，除了讓巫潔靈知道屋主是個信仰虔誠的人，便再無其他特殊的意義。

兩人來到書房。

書房裡有五斗櫃、發條鐘、木質椅凳……還有一張很大的寫字桌，最引人注目的是寫字桌後的兩座大書架。

看一個人的書架，就可以了解他是個怎樣的人。書架上藏書豐富，而且不少是艱澀難懂的書，國學鉅著有之，通俗讀物有之，當中以考古類和語言學的書佔大多數，甚麼漢語學概論，甚麼說文解字詁林……林林總總，都是一些令人看見會頭痛的書，由此可知屋主是位學究型的先生。

「這裡就是書房……」

巫潔靈有股莫名其妙的感覺，認為這裡一定藏著甚麼東西，可能賈釗就是在這裡找到很重要的線索。

賴飛雲把握時間，暫時離開巫潔靈，分頭行動，逕自到樓上寢室。

他用上在警校裡學來的專業搜證手法，內內外外，翻箱倒篋找了一遍。當他舉起床板，在床架裡找到一箱東西，還以為有所發現，殊不知只是一堆孩童的玩具和連環畫故事書。

賴飛雲回去二樓，竟見巫潔靈正在翻閱一疊簿子。

她向他仰起臉，露出苦惱的表情。

「妳有甚麼發現嗎？」

「還不知道呢。我在書桌最下面的抽屜裡，找到了駱先生的日記簿……駱先生就是王琥的養父，他有不定期寫日記的習慣，這裡就是他的書房。」

巫潔靈舉起了手中的簿子，又道：

「我翻閱了幾本日記，寫的都是一些生活瑣事，沉悶得很。但可以證實一點，王琥原來的名字果然是『駱子夫』沒錯，他的家人都會叫他『阿虎』，這個應該是他的乳名。」

「駱子夫、駱子夫……為甚麼賈大哥單看這名字，就會想到王琥的弱點？實在太不合乎常理了。想不透啊……」

巫潔靈打斷他的思路，說道：

「不過，有一件事非常奇怪。」

賴飛雲向她投出一個好奇的眼神。

巫潔靈舉起其中幾本日記簿，翻給賴飛雲看，只見有好幾頁紙被撕了下來，觀其前文後理，並無特別之處，就是不知那幾頁日記為何不見了。

她向賴飛雲問道：「你跟賈大哥辦過案。我想問一問你，你覺得，這會不會是賈大哥撕走的？」

賴飛雲想了一會，答道：「賈大哥是暗中調查王虢的。以他那種謹慎的性格，擔心打草驚蛇，我覺得他不會胡亂取走屋裡的東西。我跟著他辦案，看見他都是戴著手套，為了做到無人察覺，每取一件東西之前都要我先幫他拍照，然後依照原貌放回原處。」

對話期間，忽然聞到一陣燒焦的氣味。

賴飛雲感到不對勁，邁步到樓下視察，竟發覺樓梯口已被熊熊烈火密封，一樓全層竟是一片通紅。下面沒有易燃品，無緣無故起火，火勢又燒得這麼快，賴飛雲十分肯定是有人蓄意縱火，他倆的舉動正被尚未現身的敵人掌握得一清二楚。

現在情勢危急，賴飛雲向著書房大喊道：

「我們要走了！」

巫潔靈始終不肯離開書房半步，她對自己的直覺深信不疑，覺得那幾頁日記上記載著很重要的事情，滿腦子都是疑問：「到底是誰撕走了日記？那幾頁被撕走的紙已經被丟棄了嗎？不，賈大哥能揭開秘密，如果真是和日記有關係，那幾頁日記一定尚在這間書房裡面！」

書房裡沒有檔案夾這樣的東西，文件都是整齊地疊好的，但她早已仔細檢查過一遍，都沒有找到尺寸和紙質吻合的紙張。

巫潔靈又想，如果是她自己的話，一定會將東西藏在不起眼的地方。

一瞥眼，她的目光掠過了書架。

「沒人會碰的地方……書架上的書！」

驀然有了這樣的想法，她就蹲了在寫字桌後的書架前面。可是兩座書架上的藏書那麼多，樓下濃煙陣陣，火勢快要逼上來了，最多只可留兩分鐘，在這麼短的時間之內，絕對不可能一一搜遍書架上的書。

賴飛雲一時未知她的想法，不斷催促道：

「走吧！妳在幹嘛？再不走，就來不及了，我和妳都會被燒成焦屍的！」

與真相只有一手之隔，雖然萬分可惜，但到了這個關頭，真的已經別無他法，遺憾的是無法將兩座書架上的書全部搬走。

巫潔靈的目光在兩座書架之間遊走。

除了書脊上的書名不同，每本書看起來都好像是一模一樣的，要在眾書之中找到藏著日記頁的一本，倘若時間充裕，尚有這個可能，但現在要做到簡直就如在火海中撈針一樣。

但巫潔靈注意到書架和圖書上的灰塵分布均勻，積上那麼厚的灰塵，非得費上三年兩載不可。

她馬上推想：「當時賈大哥就算時間充裕，他也一定沒有用上逐本逐本書翻開這麼笨的法子。他一定看到了書架上有異常……」

有了這個想法，她再細看書架，找不到想要的東西決不罷休。這時候，賴飛雲急得要過來抱起她，已到了不走不行的地步。

也在此時，她的目光突然一亮。

在書架上倒數第二排的全套《四庫全書》之中，其中一冊的位置放錯了，第廿四冊放了在第廿二冊和廿三冊之間。

巫潔靈從書架上拿下第廿四冊書。

一打開，就有一張宣紙翩然掉到地上。

宣紙上墨跡拓印的形狀，就像是一個劍鞘。

而那些不染墨跡的空白位置，赫然可見兩個古字！

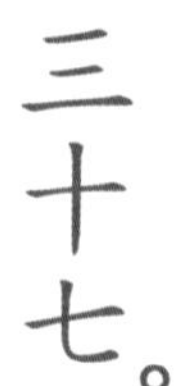

巫潔靈翻開手中的書，書中夾著的就是日記的殘頁。

她只是碰一碰運氣，想不到一試便成，真的讓她找到想找的東西，不由得驚喜萬分。可是還要待她逃過這一場火劫，才能真正感到高興，不然一切都是枉然。

這時候燒焦的氣味愈來愈濃，往樓下的階級已被烈火吞噬。火勢極旺，由起火到燒上二樓不夠三分鐘，尚未驚動好夢正酣的鄰居。

巫潔靈拾起掉在地上的那張宣紙，看也沒看就夾回書中，正想走向賴飛雲，卻忽然聽見他大喊一聲：「別過來！等一等！」

賴飛雲現下最擔心的不僅是火，而是敵人會否在外面埋伏狙擊，只怕她一走近窗邊，就會遭到槍擊。賴飛雲想到一個法子，快去快回，將窗簾布扯了下來，然後過去單手抱起巫潔靈，邁步跑上水泥階級。還好她是體格輕盈的少女，所以他抱著她走動，仍覺來去自如，一點也沒有快要斷臂的感覺。

不能往下面逃，就只好往頂樓跑。

經天台下去地面，是他認為最安全的逃難路徑。

賴飛雲心裡明白，他能想得到的，敵人也一定能想得到，縱火的真正目的，很明顯就是要他倆暴露在外，被逼置身於狙擊槍的射程範圍之內。

賴飛雲心想：「九歌的人都知道了我的磁場特能，要是他們懂得用特殊的子彈射我，我還是一樣會挨轟的。不過我挨一兩槍未必會死，怕就怕中槍的是她……」

所以他用大簾布包住自己和巫潔靈，就是要令對方看不清他和她的身影。就算對方亂槍開來，也未必可以射中致命的部位。

一撞門，就連人帶著簾布衝到天台。

耳邊出現一下槍聲。

但賴飛雲和巫潔靈都沒有中彈。

晃在半空的大布簾一落，賴飛雲全身掩護在巫潔靈前面，捏了個「千里陣雲」的劍訣，手中的泰阿劍蓄勢待發。

憑著剛才的槍聲，他發現了敵人的位置。

敵人就在對面那幢樓房的天台上。

兩幢樓的天台並不是鄰接，只隔著一條約三米的間隙，成年男人可以輕易跳過去。而敵人正藏身在矮圍牆之後，長槍的槍頭在圍牆上方露出，看來很快就會再朝這邊開槍。

賴飛雲將泰阿劍緊握在手中，只待對方身子探出，無形劍氣便會順著斬勢而去。

到底是子彈快？還是他的劍氣較快？

他也沒有十足把握。

將近破曉，四野泛起霧氣。

霧裡凝聚的，卻是兩股對峙的殺氣。

死寂。

依然死寂。

賴飛雲屏神斂息，正奇怪對方怎麼毫無動靜，忽來一陣亂飆的狂風，吹得那冒出來的狙擊槍槍頭歪向一側，隨即砰然應聲而倒。

賴、巫兩人皆感愕然。

只見對面天台上，那扇通往樓下的鐵門慢慢掀開，然後有個身披奇怪「披風」的男人賊頭鼠腦竄了進去，狀況甚為滑稽。雖然周圍晦暗一片，但賴飛雲照樣瞧見那人的背影，他穿著的是用黑色羽毛織成的披風。

傳聞中殺手易牙每次成功殺人之後，都會在案發現場留下一根烏鴉羽毛。

正因如此，賴飛雲心想那人果然就是易牙，至於堂堂大殺手在暗算失敗之後，竟然臨陣逃竄，也實在有夠好笑的。

兩人捏了一把冷汗，總算相安無事。

賴飛雲感歎道：「唉！就怕那傢伙會捲土重來……這種卑鄙小人是最可怕的，明明有實力，卻不會正面和你交鋒，只會耍手段來暗算你。」

巫潔靈道：「難怪他那麼成功。如果他真的和你拚命，結果很可能是兩敗俱傷。但如果他暗算成功，就只有你一個人去死，只要能夠生存，他就是大贏家。」

有時她的話一針見血，卻教人很難接話。

賴飛雲聽了，只感到極度無奈，想到和她尚未真正脫險，便再次用左手抱起她，緊緊摟在懷裡。他的紅唇貼近她的臉頰，稍為趨前就可「一親芳澤」，但賴飛雲是個正人君子，才不會乘人之危，佔這種便宜。

賴飛雲吩咐她好好繞緊雙臂，然後沿牆從天台躍下。他早在樓下就已經做過測試，窗架是鋼鐵製的，只要他一發動人體磁場，便能黏過去。可是兩人的下墜力太大，賴飛雲一黏近窗架，便伸出右手牢牢抓住，以減緩下墜之勢，掉到下面的一層，又再依樣畫葫蘆，如此做了三次，便順利降落地面。

賴飛雲搓乾淨手心上的鐵鏽，正想放下巫潔靈的時候，她卻突然親了他臉頰一下。賴飛雲呆在當地，巫潔靈走在前面，長裙輕紗曼舞，笑靨甜美，臉不紅耳不赤，不當一回事地說：「你救了我這麼多次，我只想到這法子來答謝你。你不會嫌棄我吧？雖然不是『初吻』，但我的吻很值錢的！」

賴飛雲生平未遇過作風如此大膽的女生，竟顯得有點不知所措。此情此夜難為情，幸虧沒有被她發現他耳根燙熱的事，不然就會被她笑上一輩子。

兩人匆匆回到吉普車那裡。

賴飛雲確認安全之後，便叫巫潔靈上車。然後他前前後後巡視了一遍，確保暗處沒有敵人隱身躲藏，才扳開車門上車，坐到駕駛席上。

車匙啟動引擎的時候，全車顫抖了一會。

一幢幢老房子在窗景上變換，賴飛雲緊控油門，急駛過幾個路口，或快或緩，時左時右，駛過了闃然人稀的泥濘路和柏油路。

來到一條僻靜的隧道，便將車子停在一旁。

在隧道裡，便不怕敵人的狙擊槍，敵人要是從前後兩側出現，蹤影亦會無所遁形。

賴飛雲感到如釋重負，這才與巫潔靈拿出書裡的夾頁，一同研究起來。

首先映入眼簾的是那張疑是拓本的宣紙。

在宣紙的墨印裡，清晰可見兩個古字：

儘管巫潔靈根本看不懂，她的直覺告訴她——

這兩個古字裡藏著驚人的秘密！

巫潔靈看不懂那兩個古字，凝目瞧向賴飛雲，但見他一副若有所思的樣子。

一個懂事的女人，眼看男人認真深思，理應不會打擾他。但巫潔靈愈看愈不舒服，覺得他知道一些她不知道的事情，忍不住嚷道：

「喂！你知道這兩個鬼圖案是甚麼意思嗎？」

賴飛雲一直垂頭思索，目光不離紙上那兩個字，過了好一會，才徐徐道：「這兩個字是小篆。」

巫潔靈道：「小篆？甚麼是小篆？」

賴飛雲一怔道：「妳竟然不知甚麼是小篆？」

原來巫潔靈雖然有名師指導，求學的經歷卻是異於常人，平常人到十歲才接觸詩詞歌賦，但她在那個年紀已經可以寫出格律工整的詩。不過她所喜的是雜學，博覽群書，良莠不齊，國學經史與杜撰謬論混為一談，故此她腦袋裝的都是古靈精怪、亂七八糟的學問。

對於不感興趣的知識，她真的會完全不去碰，老師也不會強逼她去學。賴飛雲瞧過她寫出來的字，醜得令他幾乎暴跳，就知道她沒練過字，對書法一竅不通，但她偏偏能道出不少書畫作品的典故，對書法家的生平和軼事瞭若指掌。懂一些又不懂一些，結果罵她孤陋寡聞不是，讚她兼通古今又不是，這種世間稀有的女生還真是不知該當如何評價。

賴飛雲解釋道：「小篆就是秦朝時統一通行的字體，由李斯所創……」

巫潔靈忽來打岔：「哦！李斯！我認識他，他就是秦朝的丞相！他那篇《諫逐客書》很有名呢！秦國能統一天下，將國家管理得井井有條，李斯大叔實在功不可沒呢！」

賴飛雲興致勃勃，說道：「李斯也是個很有名的書法家。妳想一想，他能造出一套世人共用的書寫字體，這樣的曠世奇才在歷史上絕無僅有……」

突然間，他發覺愈扯愈遠，便轉回正題道：「秦始皇統一天下之後，其實也做了一件了不起的好事，這就是統一六國的文字。在小篆出現之前，中國人所用的文字都很繁雜，異體字多得嚇人。有了小篆，全中國人用的才是一模一樣的文字。」

巫潔靈恍然道：「你這麼說，我就明白了。其實你不用長篇大論，你說小篆是秦國統一後所定的文字就夠了，其他的事我比你知道得更詳細呢。車同軌，書同文……我讀過《史記》，你有讀過嗎？《左傳》和《封神演義》都是我小時候的故事書，我對春秋時期中每個人物的故事都是耳熟能詳呢！」

賴飛雲老是被她打亂話柄，皺了皺眉，想挫一挫她的銳氣，便指著宣紙上那兩個古字，語帶不屑道：「那妳知道這兩個是甚麼字嗎？」

巫潔靈賭氣道：「你在欺負我！其實你是在故意裝懂吧？以為我看不懂，你就可以亂說一通，當我是白癡。」

因為學過書法，賴飛雲真的略懂小篆。他不甘心被她揶揄，便打算從頭到尾，清清楚楚向她解說。

他先指著紙上右邊的那個「孫」字，説道：「漢字是象形文字，形義俱全，這一點我不必多説吧？而這個古字，主要由兩個部分組成……」

巫潔靈一點即通，又插嘴道：「我知道！我讀過《六書》！漢字有六種造字原則，雖然形聲字佔大多數，但基本結構仍是以象形為主，用象形字作為主體，演變出成千上萬個漢字。」

她看了那個「孫」字一眼，又道：「讓我猜上一猜……形聲字是在漢朝才大量出現。這兩個古字一左一右，是兩個象形字合在一起，應該就是會意字吧？」

賴飛雲只聽得啞口無言，心想她剛剛提及的事，有些還是超出他的學識。賴飛雲心想：「這樣也好。也許讓她胡言亂語，大家會有啟發，解開這兩個字的奧妙。」他向她微微點頭，回應道：「妳説得沒錯。照我看來，這個字本來是兩個不同的象形字。」

接著他取出紙筆，另外寫上兩個小篆字，正是將原字分拆而成的「子」和「系」。

賴飛雲先指著右邊那部分，道：「這是個字旁，在篆刻中很常見，就是從糸的『系』字，即是嫡系的系。」

言畢，就在「 」旁邊標上「系」。巫潔靈見了，覺得這個象形字像一條將東西串在一起的絲繩，果有連續不斷之意。

解完右邊，就到左邊的部分：「 」。

賴飛雲道：「這是個『子』字，子丑寅卯的子。」

他一邊說，一邊寫出「子」字，與原先寫上的「系」字並排，併成一個「孫」字。寫完之後，便道：「好了！妳看懂了沒？兒孫滿堂，血脈相連，那個用小篆寫成的古字，應該就是個『孫』字。」

巫潔靈呆呆看著，驚奇道：「咦……孫字是這麼寫的嗎？」

賴飛雲這才明白，她原來只學過簡體字，所以對繁體字感到陌生，因為在簡體字裡，孫字是寫作「**孙**」的。

兩人的目光又回到那張宣紙上。

賴飛雲道：「我只能看懂一些簡單的篆刻。另一個字的下半部分，我沒認錯的話，是個『禾』字。」隨即又將「禾」字寫出來，給她看看，又補上一句：「我以前有個姓秦的朋友，他做過一個篆章，好像就是這樣子的。」

無須他伸手指明，巫潔靈也曉得他所說的，乃是那個形狀為「 」的古字。

秦孫。

如果賴飛雲的解讀無誤，譯成現代人讀得懂的文字，那兩個古字正是「秦孫」。

至於「秦孫」兩字有何含義或隱喻，賴飛雲一番揣摩和推敲之後，還是大惑不解，有種如墮五里霧中的感覺。但細心一想，這張有拓印的紙只是無緣無故出現，未必和王琥的秘密有關連，與其深究下去，倒不如全心思考王琥真名之謎。

巫潔靈一樣苦思無果，此時想起日記的事，便說：

「你真笨啊！我們手上還有很重要的線索。駱先生會將這幾頁日記撕下，又藏在那樣的地方，一定就是有古怪。我們快看看吧，說不定字裡行間會有答案！」

賴飛雲睇著眼看她，不忿道：「妳怎麼不早說！」原來他當時沒瞧見書裡的日記殘頁，她一直不告訴他，他就不知道那樣的事。

兩人小心翼翼取出書中夾著的殘頁。

只見紙上的鋼筆字工緻易讀，一筆一畫都很清楚，賴飛雲暗讚駱先生寫得一手好字，讀起來令人心曠神怡。

一頁接一頁。

兩人開始讀起駱先生的日記。

他倆卻沒有發覺，有雙眼睛正在黑暗中窺覷……

三十九。

1985年X月X日

虎兒今年十二歲了。

他開始發育了，聲音變了，每次帶他到朋友家，大家都說他又長高了一點。

我這個當父親的，既欣慰又擔憂。

自從當年那奇人走了之後，已有十二年了，時間真是一晃眼就過去。日月如梭，這個梭就是織布上用來牽線的工具，將日與月的交替比喻成運行極快的梭子，古人的想像力真是豐富。

十二年來，那個人的話一直在我腦中牽絆不去。

甚麼惡魔的後裔，我始終想不明白。

虎兒頑童脾性，偶然也做壞事，都只是一些無傷大雅的惡作劇，他本質善良，我身為人父看得出來。三歲定八十，這是有道理的。我教的，他都乖乖聽話。他走來問我：「爸，我最大的優點是甚麼？」我就對他說：「你最大的優點是善良。」

他顯得有點失望，問我善良也算是優點嗎？

人善人欺天不欺，人惡人怕天不怕。

這是我對他的回答。

他似懂非懂，嘻嘻一笑又跑去玩了，根本不把我的話放在心上，也莫怪他，他這年紀的孩子想的盡是玩的事情。

這麼天真爛漫的孩子，長大後會變成惡魔，我真是死都不願意相信。

畢竟甚麼惡魔後裔只是隨口說說的，但不得不提防有人要來傷害虎兒。幸好這許多年來我和阿妍三緘其口，至今相安無事，就盼望上天會庇佑我家平安一世。

我一直很想消除心中的隱憂，可是關乎虎兒身世的線索，就只有那一把古劍。

我翻閱不少關於鑑賞古董的書，也向大學裡考古系的同志請教過，幾可斷定此劍是春秋戰國時期的古物，價值難以估計。這樣的東西本來是要無條件捐獻給國家的，但現在時機未是合宜，我有必要代虎兒好好保全他的東西。

假如這把劍是虎兒祖傳之寶，他的家族一定顯赫不凡，大有來頭，因為在古時，佩劍就是身分的象徵。

古劍的劍鞘上兩個篆文是甚麼意思，我至今未能參透。

秦，姓氏也，追祖溯宗，虎兒的先祖可能是中國一個姓秦的名人。當然，也不排除，他的身世和秦朝某個大人物的血統有瓜葛。

我翻查過無數典籍，頭上白髮不知多了幾根，也是尋不出個所以然來。

說到惡魔，我倒想到中國的一位暴君，不過這樣的事太過荒謬，而且那暴君的本姓根本不是「秦」，一切只是天馬行空的胡思亂想。

也試過將兩字拆開，逐一鑽研，從字源的角度去猜想，結果一樣徒勞無功。

單是兩個字就叫我有了這許多聯想，漢字真是奧妙精深。

昔者倉頡作書，而天雨粟，鬼夜哭。

傳說漢字是倉頡發明的，從靈龜的龜背得到靈感，就創出了文字。近代考古又的確發現了甲骨文，與傳說吻合，這種事真是玄之又玄。有了文字之後，人類自此靈智大開，有了一套利於記事和傳播知識的系統。另外有趣的是，倉頡造成文字那一天，天地間鬼哭神嚎，就是因為有了文字，民智日開，民德日離，人類變得邪偽狡詐，爭奪殺戮由此而生，所以連鬼也不得不哭了。

明明人跑得比狗還要慢，身形不及大象，力氣也不如猛獸。但人類可以主宰世界，有人說是因為人類有一雙靈巧的手，我們這些學過語言學的人看了那篇文章，只有搖頭歎氣的份兒，只覺寫文章的人詭辯一通，不明事理。

人類貴為萬物之靈，主因是人類有複雜的語言。

言歸正傳，那兩個古字帶來的謎思，線索只得這麼少，就算我再想下去，耗盡一輩子精力也未必有答案的了。

不管虎兒的祖先是甚麼人，他現在就是我的兒子，是姓駱的。就算在血脈上無法斷絕與祖先的連繫，他也可以用與過去全無相干的身分活下去，只等我和阿妍夫妻入土為安，世上便再無人知曉這一件秘事。

我本來是這麼想的，但我最近發現，自己大錯特錯，要做到這樣的事可能遠比想像中困難。

虎兒自小體質特殊，隨著他歲數增長，這特質愈來愈明顯。他做甚麼運動都比別人強，容易上手，半天學會游泳，再過半天就賽過了大人。我跟他比臂力，竟也輸給他。我不否定有人天生神力，但一個小學生能做出這種事，令我不得不又想到他的身世上頭。

年初有個朋友匆匆趕來大學找我，說他目睹虎兒被大貨車撞倒。我們趕過去學校，竟看見虎兒安然無恙地上課，只是身上有些血跡，除此之外完好無缺。我朋友直呼見鬼，因為他當時明明瞧見我兒子頭破血流，半死不活的躺在地上。

我知道，朋友所說的話是真的。

虎兒自小就沒生過病，無論大小損傷，不到半個小時就會自動痊癒。我這個當父親的，又豈會沒察覺兒子異於常人的體質？

前天虎兒闖禍了。

他和同學踢足球的時候，皮球一飛，弄破了別人的窗子，我接到他的電話，就過去幫他賠錢。我向那班小鬼訓斥一番：「你們踢足球，哪會在人家門口踢的？學校不是有足球場嗎？」

虎兒一個同學小聲說話，但我還是聽見了：「我們就是在學校的足球場踢的……」

我當時的表情一定驚愕萬分。

我大概知道位置，學校與那房子相距至少一公里遠，能將皮球踢到那麼遠的地方，這到底是多麼驚人的神力？

回家的時候，虎兒跟著我走，我回頭看他，他垂頭吐了吐舌。他以為我在生氣，其實我悶不作聲，只是因為我心中充滿了憂慮。

經過街口的時候，我們買了炒栗子，就一起愉快地回家。途中我跟他談起他身體的事，他親口答應我，不會在別人面前逞強，張揚自己的神力。

「我明白的！將來我要當中國的超人！」

前陣子我和他看了一齣美國電影，他很崇拜片中那個超人，說要學他一樣，平時隱藏真正身分，只在適當時候才變身成為救人的英雄。我不忍心打消他的興致，因為在現實裡，根本不容許他做出這樣的事，別人發現他的奇能，只會將他看作怪物。

再這樣下去，除非到無人島隱居，不然真的無法瞞下去了。

我日夜憂心，虎兒的事遲早會被人發現……

四十。

1986年X月X日

升上初中之後，虎兒更加懂事了。

但他有時候會有些很奇特的想法，做出一些令人大吃一驚的事，行為往往出人意表，有時就像個脫線的木偶。

難道青春叛逆期的少年人都是這樣子的嗎？

不過聽說他在學校裡人緣挺好，老師都對他讚賞有加。

不經不覺，他個子已長得比我還要高，猶幸他現在失去了那股神力，變得和正常人無異。

我也是在極為偶然的情況之下，發現這個關於他身體的重大秘密。

箇中原理是全然無法解釋的，不過管不得那麼多了，總之我終於知道如何克制虎兒的力量，讓他可以像一個正常人一樣生活，這就已經夠了。

我的隱憂並未完全盡消，到虎兒長大成人的時候，他一定會發現這個秘密。他擁有那股強大的力量，只要用在正途上，說不定可以改變世界；但如果他用來做壞事，後果將不堪設想。

這是他的命，一切就由他自己選擇好了。

我這個當父親的，能做到的就是在旁循循善誘。

而我對他很有信心，因為他是我養大的兒子。

今天和學生上了有趣的一課。語言學是比較冷門的專業，所以主修我這門學科的年輕人，都是滿懷熱誠和對研究語言充滿了濃厚的興趣。

我們談到古埃及文。

這不得不提到非常有名的羅塞塔石碑。

它現在是大英博物館的鎮館之寶，就和無數中國文物的命運一樣，這塊石碑亦是英國從別國掠奪過來的。

在羅塞塔石碑重見天日之前，無數考古和語言學家極盡所能，殫精畢思，都一直無法破譯古埃及文這種神秘文字。羅塞塔石碑意外成為解譯古文的關鍵線索，是因為碑體上有三段銘文，分別是古埃及文、埃及草書和古希臘文，而碑上三種文體記載的都是同一件事情（記憶所及，是埃及一個法老王的詔書）。這塊三語對照的石碑，就是給所有學者開啟一個通往古埃及文明的鑰匙孔。

當語言學家最大的夢想，就是成功破譯一種失傳的文字，而這世上仍然有很多已被發現卻無法完全解讀的古老文字，譬如著名的線型文字A和復活島上的rongo-rongo。倘能解讀一二，發表論文，就能在歷史上留名，但是要做到這樣的成就談何容易！

可想而知，當時各國學者為了爭相成為破譯古埃及文的第一人，競爭的氣氛一定十分熾熱，再加上十九世紀初整個歐洲都捲起一股「埃及熱」，誰能最先譯出碑文，他就會成為整個學術界的「英雄」。可是，事與願違，無論那些權威學者費煞多少心思，抓破了多少顆腦袋，面對那些由鳥蛇杖繩等圖案拼湊而成的古埃及文，他們都是一籌莫展，莫衷一是。

直到年輕的天才學者商博良出現，羅塞塔石碑的神秘面紗才被揭開。商博良的確是個奇才，語言天賦空古絕今，十九歲就已經成為歷史系的教授。這個法國人精通十種以上的別國語言，更特別是他還精通唯一與埃及語有親屬關係的科普特語。一切就像冥冥中自有天意，上天叫他生於人世，彷彿是要他來為人類了解埃及文明而作出偉大的奉獻。

很多人第一眼看見埃及金字塔、墓室和神廟裡的圖案字符，必定以為古埃及文純粹是一種象形文字。這是錯的。向這個錯誤的方向展開研究，一輩子也不會找到答案。只有商博良獨具慧眼，第一個意識到那些圖案都是充滿誤導性的幌子，底蘊卻是一種拼音符號。

原來石碑上的碑文中，有些是字母，有些是音節，也有一些真的是代表一個事物的象形義符。那些字母和音節一一都與古希臘文對應，而古希臘文是人類仍能讀懂的活文字。有了這番高見為基礎，其他學者就用嶄新的角度來研究碑文，最終達成破譯古埃及文的成果，商博良居功至偉。

我的學生都對這個故事深感興趣，下課時間到了都不願走，大家繼續留在講堂裡討論。我把這樣的事記述下來，整理之後，將來可為學生做筆記。

本來下午要和大家講解和漢字同屬象形文字的瑪雅文，但最近我的身子不太好，老覺得胸口憋，喘不過氣來，於是早退，回家休息。之前做了身體檢查，本來今天要去醫院那邊領報告，但實在太不舒服，便打算改天再去，或者託醫院的同志送來我家。

……

擱筆之後，補寫一段：

傍晚散步之後回家，看見玄關有女生的鞋子，又聽到樓上有女聲。

虎兒只不過在唸初中，就帶女同學回家，這種事太胡鬧了，我帶著怒氣上去開門，看看這兩個小傢伙在幹甚麼。

怎料到開門之後，我比虎兒和那女生更加驚訝。

他倆其實規規矩矩的，相信沒有做出甚麼壞事，至於我驚訝的原因，寫出來也好像是甚麼怪談一樣……

那個女生是沒有牙齒的。

她緊緊合上嘴，不敢對我說話，我看她這模樣，就曉得她很怕別人發現她沒牙齒的事。

我感到愕然，甚麼都來不及問，虎兒已匆匆帶著那女生走了，還說今晚可能會在朋友的家中過夜。

他這孩子真是令人擔憂，之前還讚他懂事，我要收回這句話了。

明天我一定要找機會向他問個明白。

1987年 大寒

我被診斷出心臟病這件事，阿妍和虎兒是知道的，但我還沒有明明白白告訴他們，其實我隨時會有生命危險。

年事已高，經歷過風浪，活到這把年紀算不錯的了，生死有命，實在不想身邊的人為我的事操心。

若問我人生有甚麼遺憾，就是無法看著虎兒長大成人。

不知何故，前幾天在家裡找東西，翻見虎兒童年時的東西……小人書、彈彈球、鐵皮蛙、海軍衫、椏杈彈弓……我不禁老淚縱橫，獨愴然而涕下。

虎兒是個很好的孩子。

今個早上，我也差不多快走到大學了，忽然就聽到虎兒在背後喊我的聲音。這個孩子真是的，他呼呼哧哧地騎著自行車追上來，就是要拿我忘了帶的飯盒給我。我問他不擔心上學遲到麼？他就說對自己的腳很有自信，一定來得及趕回去學校，這個學期他可沒有缺過課。

我提著那個飯盒，看著虎兒高大的背影漸漸遠去，心中便有股說不出的感觸。

「就算我不在，你也會代我好好照顧媽媽吧？」

當時我差點衝口而出，對他說出這番話。

這個孩子知道了我的病情，就一定瞞不過他的媽。

就算失去了天生的神力，虎兒的體能也比一般人優越。去年十一月的地區運動會，他神秘兮兮地請我一定要去觀賽。當天他在運動場上的表現，真的一鳴驚人，甚至有點誇張，大勝其他選手。有芳鄰在場，他在我面前誇讚虎兒，說虎兒在這年紀能跑出那種成績，前途無可限量，將來有機會為國家增光。

虎兒贏了比賽，得到一筆小獎金，就說要請我和阿妍上館子。這個傻孩子，笑著說甚麼將來要賺更多的錢，來給爸媽享福。

一整晚，阿妍和我心裡都是樂滋滋的，阿妍說有這個孝順的兒子是我倆的福分，我表面歎氣，心底裡是認同的。

早前初中的體育老師來我家，特地和我談虎兒的事。他說虎兒是萬中無一的人才，他想引薦虎兒到國家隊。虎兒當時也在客廳，聽我們談話。我考慮了一會，堅持自己的立場，要他們再等兩年，等到虎兒初中畢業，到時他滿十六歲，他的命運就由他自己來決定，而這兩年我希望虎兒可以專注在學業方面。那老師勉為其難答應，虎兒也是有點不高興的，但他還是乖乖聽我的。

只有我了解，要是虎兒的力量一旦解放，到時候代表國家參加最高水平的奧運會，虎兒即使未出全力，也一定可以遠遠勝過世界一流的選手，世界紀錄想破就破。

這個決定，我也不知是好事還是壞事，但我真的寄望虎兒能代替我，好好照顧阿妍。

其實我還有一件事瞞著家人，這就是我被大學開除了的事。

上星期收到這個消息，我根本不能相信。這一定不會是我的教學出了事，唯一的解釋是我得罪了人。我這人瞻前顧後，很少與人爭執，常常吃了虧都是吞聲忍氣的，這種事怎會發生在我的身上？我至今依然想不明白。

有同事小聲向我告密，是胖領導下的決定。胖領導姓陳，是黨派過來的人，他沒架子，脾氣也很好，平時和我有說有笑的。我只開過他一個玩笑，除此之外，我根本不記得何曾和他結怨，而且嚴重到一個要解僱我的程度，不給我任何賠償。

我滿腦子一片空白，走去和上級理論，但他們不肯接見我。退休金化為烏有，我當時真的傷心到了極點，胸口一陣窒息，要同事扶我過去醫護室，差點兒心臟病發，魂歸天國。

十分奇怪的是，當我離開大學的時候，胖領導竟然在門口等我，繃著臉瞟了我一眼之後，就塞了一包錢給我。

「有些事，你不要多問。你一定要保密，不然我會陪著死的。」

這中間發生了甚麼事，我想不明白。

我答應了他，想尋根究柢也不行了，而那筆錢不是小數目，無論如何，我們一家日後的生活總算有了著落。

幸好今天要回去大學那邊收拾東西，才沒有被虎兒發現我下崗的事。我在過年後會向阿妍解釋的。噩運接二連三，今年流年不利，但願炮聲一響迎新歲，過年後會有一番新氣象。

今晚要去老關子那裡串門子。

老關子是我的舊同學，早就聽說他的祖籍在陝西，失去聯絡這麼多年，沒想到竟在西安碰面了。其實他本名叫關子吟，他這人愛賣關子，年紀在班裡又是最大的，所以大家都叫他「老關子」。他在學術上的成就比我大得多，現在已是有名望的學者，這邊有大學請他，他便回來教書。

他也住在西安市裡，上次到他家裡作客，偶然一席話，令我有所啟發。我開始思考到語言的本質，再琢磨「秦孫」這兩個字，彷彿有了嶄新的見解。

其實已有了眉目，我感到與真相只有一步之遙，但未經證實，還不知如何表達出來。

今晚老關子請我去他的家作客，我再跟他談談吧。

四十二。

1987年 拜訪關子吟翌日

真相居然是這樣子。

只怕我將我發現的事說出來，別人一定會以為我是個瘋子。

世上未必會有人相信我的話，因為連我自己也在懷疑，可是種種跡象都引導我作出那樣的結論，整件事再難以置信我也得接受。

我相信，那古劍上的名字是虎兒的本名，更可能是虎兒祖宗後嗣代代繼承的名字（就像洋人父子會有相同的姓名，只冠上「jr.」或「sr.」，以茲識別）。

我忽然想到，要是被人發現當中的秘密，虎兒的生命一定會受到威脅。

故此我翻看所有舊日記，看看有沒有不該洩露的事情，一旦發現，就撕下來，連同這篇日記，找個隱蔽的地方，最好是家人和客人不會碰的，小心謹慎藏好。

我曾發過誓，不可向虎兒吐露半句關於他身世的事。雖是如此，我看著撕下來的日記，竟渴望他會發現，從而了解一些他有必要知道的真相。到底要不要將一切我所知道的事寫出來？我仍在猶豫，我若是有一天突然病發，關於虎兒身世的秘密就會跟著我一同埋入墓裡。

這件事，實在難下決定，總之我先將日記藏好，留待日後處置，到時要徹底燒毀也不一定。

最近我心緒不寧，有很多不吉利的念頭，覺得自己大限快到……也許我丟了工作之後，時間多了，人就變得愛胡思亂想。

我還不知道自己可以活多久。

昨晚，我在枕邊看著阿妍，差點要流出眼淚。做夫妻這麼多年，我最愛看她睡覺的樣子，再看上一輩子，我也不會厭倦。

阿妍在睡夢中發現了我的目光，就轉身過來，用手掩住我的眼睛，叫我快睡。

我握緊她的雙手，貼近她耳邊說：「阿妍，來世我倆依然會再做夫妻吧？」她只是喏喏兩聲答應，也不知她有沒有真的聽見。

我又問她：「過年時，要去拍全家福，好不好？」

這次她沒有半點回應，是真的睡熟了。

自從虎兒升上初二之後，我們一家很久沒出去玩了。

我要將阿妍和虎兒的照片貼身帶著，這樣的話，我某一天突然病發，就可以在臨終前瞧上他倆一眼，此生就算活得圓滿了。

十五年了，時間過得很快。

虎兒和我的毛衣都是阿妍織的。

我還記得十五年前，那種天天活在地獄一般的感覺，阿妍是個瘋得半死不活的人，就在絕望到谷底的時候，虎兒在我倆的生命裡出現了。多虧虎兒，阿妍才恢復了心志，我才有了這十五年的幸福。

無論別人怎麼想怎麼說，虎兒是我的寶貝，是我的天使，是上天給我這輩子最好的禮物，是他將幸福帶來我們這一家，拯救了我和阿妍的人生。

我有一個孝順的兒子，有一個賢淑的妻子，相士瞧我耳大鼻大，說我是個有福之人，這果然半點沒錯。

為了讓老婆孩子過上好日子，我努力工作，不敢懈怠，這一生算是過得充實。我真的很希望在我走了之後，阿妍和虎兒可以繼續永遠幸福。

我慶幸自己活在這個時代。

雖然大家都很窮，懶人也很多，但骨子裡壞透了的人不多，在需要時彼此都會守望相助，夜不閉户也不會發生竊案。其實只要不是餓得瘋了，人人活得平等，活得有尊嚴，沒有人會想去為非作歹的。

中國人明明這麼勤儉，腦袋也不見得比外國人差，但為甚麼中國人這麼不幸，有些人辛勞一輩子也是朝不保夕、三餐不繼？

照我看，問題就出在精神層面上。

最基本的是精神，最重要的也是精神。

就算外國人比中國人富裕得多，就算中國現在看起來亂糟糟的，我堅信，只要華夏民族的子孫團結起來，上一代為下一代著想，人民就不怕再被欺侮，國家就會有出路。

國家國家，就是以國為家。

我實在想不明白，當官的為甚麼可以虧空公款，用人民的錢來吃喝玩樂——這豈不是等於當爹的拿家裡值錢的東西去典當，到最後散盡家財，全家人都不會好過嗎？

但我相信，只要隨著國家發展，將正確的價值觀灌輸給下一代，這種不公義的事情就會慢慢消失，貪污舞弊、靠走後門來成功的人會受到懲罰，國泰民安而天下無賊。

只要不做傷天害理的事，人人共同追求幸福，我們的國家就是充滿希望。

改革大潮席捲神州，這是我眼見的事實。

鄧小平同志的改革理念我深表認同，讓一部分人先富起來，然後他們就會照顧其他較窮的人，回饋社會，帶起落後地區的經濟，良性循環，欣欣向榮，新中國就是由大家撐起來的。

我有股很強烈的預感，國家在不久的將來就會富強起來，這種富強是精神上的富強，而不單是物質上的富強。

我見證了正在崛起的中國，也見證了最糟糕的中國，我是衷心祈求國家發展成真正的強國。

只要有這麼一天的到來，就算我已不在人世，看不見將來的繁華盛世，我也會同樣感到安樂，死前死後都會因為自己是中國人而驕傲。

就算在最漆黑的夜空，天上依然有星星，只不過我們看不見而已。

希望在明天。

國家的未來一定美好。

吾願足矣。

巫潔靈讀罷駱先生的日記，有種沉甸甸的感覺，就像有塊大石壓在胸口，半晌說不出話來。

賴飛雲比她早讀完，也是差不多的心情，垂著頭不語，眼神空洞洞的，說道：「駱先生真是個愛國的人。若他泉下有知，看見自己的兒子變成惡貫滿盈、殺人如麻的壞蛋，又看見國家的現況，他一定感到痛心疾首！」

巫潔靈黯然道：「我有點同情虎兒……王虤呢。我記得賈大哥說過，王虤會憎恨這世界，是因為他的父母為人所害，死於極大的不幸……」

賴飛雲沉默片刻，咬一咬牙，說道：「不管如何，他現在已變成個罪大惡極的殺人魔，雙手染滿了鮮血……賈大哥也是被他殺死的。駱先生、賈大哥都不在了……現在，世上知道這些秘密的人，可能只剩下我倆。一定要盡快找到王虤的弱點，阻止他，才不會有更多人受害，這才是真正的救贖。」

此時窗外旭日初升，照得車廂裡亮燦燦的。車子停在隧道口，呈現在前窗玻璃的景致美不勝收，半城山色，滿天彩霞，晨光像金光澄澄的瀝青，鋪在舊牆老柏古道之上，鬱悶的空氣彷彿從夜裡釋放出來一樣。

賴飛雲和巫潔靈凝望著天末，靜思了一會。

這對男女第一次相伴看日出，如果不是正被多方追殺，兩人共享如此美景良辰，真的很容易生出繾綣纏綿的情愫。

兩人各自提出見解，又斟酌了一會，總算是理出一些頭緒。駱先生的日記大多數是殘頁斷章，但從手上的資料可知，王猇真的有弱點，而這弱點果然隱藏在他真正的名字之中。再看劍鞘的拓印，劍的大小模樣，大致就和賴飛雲當時看見王猇腰間的劍相似，慮及前因後果，關乎王猇身世之謎的古劍應該就是龍淵劍。

那古劍上的兩個字——

「秦孫」才是王猇真正的名字。

駱先生會替王猇改名「子夫」，極有可能就是取自這兩個古字，因為「子夫」是其中包含的筆劃，前者是「孫」字的左邊旁，後者拆自「秦」字的上半部。

巫潔靈還發現了一些事，歪過頭，撥了撥頭髮，向賴飛雲道：

「駱先生有寫日記的習慣，都是偶然一篇，不是每天都寫。在我翻過的日記本之中，只有到一九八七年的。而且，我看到的最後一篇日記，是駱先生描寫過年時的感受……再之前的幾頁被撕了下來，就是我和你剛剛讀到的最後幾頁。」

「妳是說……駱先生寫完那篇日記不久，就不在人世了？」

「嗯。依我看，王猇沒有看過那些殘頁，我是他的話，才不會笨得留下那種東西。當年駱先生可能來不及處置日記，就病發了。舊居依照原貌保留，賈大哥上去之後，一定發現了那幾篇日記，但為免打草驚蛇，所以沒取走屋裡的任何東西，將它們放回原位。多虧他這麼做，我們才沒有撲空，找到這些日記，真是僥倖呢。」

「唉。可惜他來不及跟我們說出一切，就已經遇害了……莫名其妙出現兩個古字，要我們動腦子，有夠混帳的，真是頭痛……」

話題又回到關鍵之處——

那兩個古字當中有何玄機？

賴飛雲想過數個可能性，將兩個小篆字寫出來，又轉成行隸草楷幾種字體，看來看去，還是看不出半點端緒。他又試過用拆字法，將字的細部拆開，部首字旁，橫豎撇捺，左一撮右一塊，都是枉費心思，思考鑽入了死胡同。甚至乎別闢蹊徑，將那兩個古字看成兩個人像，細究當中有否穴位的暗示，但結果也是一樣，只怕自己想入了歪路，再這般瞎子摸象地猜想下去也不是好方法。

賴飛雲暗道：「古字古字，會不會和字源有關？甲骨文？」但又想到：「不會的。駱先生家中有那麼多研究漢字的書，《說文解字》也有好幾本，如果實情真是和字源有關，他早就該想到了……」但千緒萬端，罔有遺漏，也不該否定這個可能性。

巫潔靈默默在旁看著，又再重讀日記中某些段落，喃喃道：「到底甚麼是『語言的本質』呢？為甚麼駱先生見了關子吟之後，就能解開王猇身世之謎，知道他的祖宗是甚麼人？」

「這件事，親自問問關子吟就知道了。」

巫潔靈訝然道：「你有方法找到他嗎？」

賴飛雲微微點了點頭，卻遲疑道：「未必可以。不妨一試。反正，我們在這裡鑽牛角尖，挖空心思也不會有答案的。我擔心的是，這個人有一把年紀，也不知是否尚在人世……」

就在賴飛雲思緒飛馳之際，他的脖子前晃過一點異光。

那點光來自一條套在半空的銀絲。

索命的銀絲向他的脖子束緊。

駕駛座的後面，有人影。

在最不可能現身的地方，敵人突然偷襲！

車身四面緊鎖，賴飛雲哪怕有一刻恍神，敵人也不可能在他全無察覺之下潛入車內。

但敵人真的出現了，委身在靠座後面，在倒後鏡裡露出半張臉，竟是個戴著銀口罩的黑衣男人。

那男人成功暗算賴飛雲之後，隨即雙手互繞，拉緊套索，做成一個牢不可破的絞環。

賴飛雲無法呼吸，由於被勒緊在座椅上，就連轉身也做不到。他使勁抓住索圈，但後面的殺手是來討命的，自然不容他有反抗的餘地，結果怎樣用力也無法使頸上的索圈鬆開半分。

再這樣下去，賴飛雲在三十秒之內就會窒息。

面色脹紅，發青，死亡。

座後那男人眼布紅絲，面目猙獰，自以為得手，喉頭裡發出「桀、桀」的怪聲，陰沉的話聲透過口罩而出，傳入賴飛雲的耳中：

「我要殺死你……你死定了……王虢殺不了的人，我也殺得了……我可以取代他第一的地位，他就不敢再小看我……噓噓……」

他是易牙！

賴飛雲仍在苦苦掙扎的當兒，即使猜中對方的身分也是毫無意義，偏偏車廂空間狹隘，即使他將泰阿劍拔了出來，也不可以向後反刺或者揮斬。

再加上全身漸漸乏力，在這互相拚命的關頭，誰也不讓分毫，若然不能向易牙施以足以致命的一擊，這個專業殺手是死也不會鬆手的。

車內，彷彿沒有氧氣，卻溢滿沉重的呼吸聲和死亡的呻吟聲。

巫潔靈嚇得傻眼了，呆了好一會。但她自知不能見死不救，要是賴飛雲死了，下一個就輪到她遇害。巫潔靈在情急之下，亂抓一通，將東西亂扔過去，但根本無濟於事，易牙殺得眼紅，豈會因為一點小疼痛而放過快煮熟的鴨子？

巫潔靈急得快哭了，很想幫賴飛雲，苦於想不出任何方法，翻來摸去也找不到用來救命的東西。單憑一個少女薄弱的力量，其實連開槍拔劍也做不到，試問又如何對付全國排名第三的殺手？

人到了瀕臨死亡的時刻，潛力就會如洪水崩壩般爆發出來。在賴飛雲意識漸變模糊期間，體內磁能恍若一個急流盤湍的漩渦，生出巨大的吸力，使車裡含鐵的雜物紛紛向著他直飛，其中連重鏟和錘子都被懸空吸過來，撞到易牙的身上和頭上。

易牙後腦吃了一記重擊，雖然被硬物砸中，但神志依然清醒，雙手只是微微一鬆，很快又再重新勒緊。

但就是這一下鬆開，讓賴飛雲有機可乘。

倏忽間，賴飛雲虎口套住劍鞘上端，接著發勁向後飛甩，使鞘中的刃身嗤的一聲順勢吐出。

劍刃只吐出二分之一，他就用指頭夾住鋒刃，這一下拿捏簡直是妙到巔峰。

卻見賴飛雲迴臂旋斬，劍柄與劍鞘之間的鋒刃風激電飛，便似斷頭台的鍘刀一樣，迎向易牙的脖子，如果易牙再不閃躲的話，後果一定是人頭落地。

易牙縮頭翻身後滾到車尾，以快得出奇的手法打開吉普車的尾門，然後整個人彈出車外，逃之夭夭，這一連串動作就像柔軟體操，看得巫潔靈目瞪口呆。原來易牙的身材瘦削，穿上緊身衣之後，確有幾分像馬戲團裡的雜技人。

賴飛雲來不及去追，大呼可惜，但好不容易撿回性命，也不該再去計較那麼多。他大口大口吸氣，撫著頸上的紅痕，又看了看周圍，始終不明白易牙是如何暗中侵入的。

他呼吸暢順了，便向巫潔靈問：「妳瞧見他是怎麼進來嗎？」

巫潔靈同樣大惑不解，座椅後的置物間一片狼藉。正自想道：「我也沒看見有人走進車裡，莫非那個壞人懂得隱形不成？」忽然瞧見一物，便嘩然驚呼了出來，嚇了賴飛雲一跳。

巫潔靈指著一個空著的有蓋置物箱，大聲道：「他是躲在那裡的！」

賴飛雲爬到後面，看了那箱子一會，量了一量，那箱子是個正立方體，每邊的長度只等於四隻成年男人的手掌，怎麼可以藏得了人？

賴飛雲道：「箱子真的被掏空了……這本來是有東西的吧？不過這箱子太小了，易牙又不是侏儒，哪有可能躲在裡面？妳不是在開玩笑吧？」

巫潔靈道：「我沒騙你！我在網上看過一段影片，是關於一個橡皮人的表演。他的身體柔軟得可以將自己縮進一個箱子裡。那箱子比這個還要小呢！你不信的話，可以自己上網找影片看看。」

除了這個解釋，賴飛雲也想不到別的，只好接受她的說法。但細心一想，易牙的身材真的又瘦又長，她的說法確實有根有據，如果這人真的可以將自己縮入這麼小的空間，要執行暗殺的任務還真是無往而不利。賴飛雲不久前也曾懷疑，屋頂上那個人是不是易牙，沒想到這個暗殺者詭計多端，竟然製造煙幕，令自己中了他的圈套。

賴飛雲自我反省：「這次太大意了！以後要小心提防！」

整夜都在勞碌，巫潔靈睏得想睡覺，但賴飛雲不准，說一刻未解開古字之謎，他們都不可以高枕無憂。但他耐不住她的央求，答應陪她去吃一頓豐富的早餐。賴飛雲暗暗有了主意，必須打一通長途電話，便盤算道：「到了市中心，我要想辦法弄一台手機回來。」

就在正要開車的時候，耳邊響起了一陣電子鈴聲。

兩人一起尋找聲音的源頭，在車裡搜來搜去，終於由巫潔靈揭開托盤下的暗格，發現了一部屏幕正在發光的手機。

「喂？」

賴飛雲接聽之後，認出聲音是那個叫張棨的男人。

「我朋友阿渡在醫院裡躺著，剛剛過了危險期。你們在哪？你和巫小姐還好吧？沒在我的車裡鬼混吧？」

賴飛雲手上的手機是件爛貨色，揚聲器的聲音大得連巫潔靈也聽得見。巫潔靈聽了張棨的問話，馬上湊近手機，裝哭大喊：「嗚嗚。我被他強暴了啊。」

「嗄！？」

電話另一端的張棨愣怔了一下，賴飛雲匆匆推開她，急忙向張棨澄清。張棨不熟識巫潔靈的個性，真的不知他對賴飛雲的解釋相信了幾成，只是帶笑打圓場道：「哈哈哈。我相信你不會對她做出禽獸的行為……」胡鬧了一會，回到正題，張棨說有重要的事，要跟賴飛雲當面談一談，便請他立刻開車過去市中心鐘樓那邊，在約定的館子裡會晤。

賴飛雲依照導航儀的指示駕駛，路上留神警惕。他為剛剛的事生氣，便叮嚀巫潔靈待會兒不得亂說話，否則就會對她不客氣。

巫潔靈露出很驚訝的神情，圓睜雙眼道：「你不覺得我很幽默嗎？」

賴飛雲道：「幽默個屁！」

巫潔靈佯裝受驚，道：「你如果對我不夠好，我就會在別人面前說你強暴過我……這的確是事實呢，你說話很兇，在言語上強暴了我……」

賴飛雲伸出拳頭，明明很想敲她的頭，就是無法下手。巫潔靈用一雙淘氣可愛的眼睛看著他，抿嘴笑著道：「不過，我長得這麼漂亮，國色天香，你跟我睡在同一張床上，也沒對我怎樣，竟然忍耐得住，可見你真的是個正人君子！」言語間，說到「國色天香」和「同一張床上」兩點，語氣特別加強。

兩人曾睡在一起，雖然當時處境是逼不得已，但畢竟是確有其事，賴飛雲唯恐她真的會將這種事說出去，氣得七竅生煙又拿她沒辦法，便狠狠地瞪了她幾眼，車裡一時間散發著無比沉重的怨氣。

這對怨男痴女抵達了目的地，附近一帶是遊客區，簷樓雅築沿著車水馬龍的大道叢立。

停好了車，登階上樓，賴、巫兩人跟著負責帶位的旗袍小姐，一進貴賓廳就看見了張獒。

這個狼派打扮的大哥，一個人佔一張大圓桌，一邊狼吞虎嚥，一邊叫人坐下。

巫潔靈翻開餐牌，目光大亮，看著一道道將餃子捏成花鳥魚蟲形狀的點心，食指大動，肉香餡醬香餡果香餡素香餡……幾乎全部花款都叫齊，壓根兒不理會是否吃得光。

張獒喝了一大口茶，想起巫潔靈還未認識自己，便向著她道：「巫小姐，幸會。我叫張獒，獒就是藏獒的獒。」

巫潔靈道：「藏獒？你有養過藏獒嗎？我以前養的狗就是藏獒啊！」

賴飛雲聞言，心下一凜，想道：「這種狗大得跟獅子一樣，哪有女子會養這種狗！她真是奇奇怪怪的。」再想深一層，就想到國家高幹每做一件事都是經過精心策畫，安排那種大犬當她的寵物，就是想保護年幼的她。

又聽巫潔靈道：「我的初吻就是給了我的狗啊。」

這一句話令賴飛雲如夢方醒，早前聽到她說初吻已經獻出，他已暗暗覺得奇怪，原來實情就是這樣……但這麼說來，她「真正」的初吻豈不……賴飛雲搖頭想道：「又不是嘴對嘴，有甚麼好大驚小怪的？」他長年混在一堆男人裡面，不近女色，底子裡還是個純情的少男。

蒸籠上桌，巫潔靈只顧動筷吃東西。

賴飛雲簡述了老宅遇險和與易牙正面交鋒的事，只聽得張獒瞠目結舌，萬萬想不到在他不在場的期間，竟發生了那麼多事；而當聽到「王虢」這名字，張獒差點從椅上往後倒跌，面色大變，疾呼一聲：

「王虢！你們惹上了王虢？」

張獒沒戴眼罩的單眼睜得大大的，又驚叫道：

「二十年來，他要殺的人，從來沒有一個是可以活著的！」

賴飛雲覺得張獒值得信賴，便對他說出此行的目的，乃是尋找王猇唯一的弱點。

張獒一直聽著，皺著眉不語，顯然是心煩之至。他露出一個沉鬱的苦笑之後，就伸手摸進夾克的口袋，拿出一個東西，輕輕地放在桌面。

賴飛雲記得之前張獒有東西給他看，還以為是甚麼，想不到那是——

一部俗稱「愛瘋」的智能觸屏手機。

賴飛雲呆住了，覺得這東西與張獒很不搭配。

巫潔靈見了，卻道：「真巧！我也是用『愛瘋』呢！不過我沒電話卡，只能用它來玩小遊戲。」

眾人之中只有賴飛雲不懂用高科技產品，令他感到自慚形穢。

張獒用指尖在手機屏幕上翻頁，向大家展示一張照片，照片中人是個正在彈鋼琴的少女，臉部輪廓竟與賴飛雲有幾分相似。

張獒道：「這是你的姊姊。」

賴飛雲聽了，感到難以置信，因為這照片中的少女大有名氣，原來是中國鋼琴界明日之星蕭紅！至於自小失蹤的姊姊為何和張獒這種人有關係，箇中緣故一定曲折離奇，並非他自己能猜得透的了。

張獒拿出一塊黑色玉佩，賴飛雲認得是姊姊小時候的東西。

「她是我姊姊？我姊姊還在生嗎？」

「嗯。這故事太長了，等我帶你去見她，你到時自己問她。我和她都屬於一個叫『刀片』的組織，而我就是組織裡的『神槍手』。總之你要明白，她現在被困於陵墓裡，你再不去救她的話，她就活不長了……」

張獒這人不喜歡多話，懶得長篇大論，打算遲一點才慢慢解釋，便轉變話題：「如果王猇真的有弱點的話，我們一定要盡快找出來。『九歌』的人委託他做事，他一定不會放過你倆，要是在陵墓裡碰到他，逃無可逃，大家都一定死定了……」

「喔！快看電視那邊！」

巫潔靈突然指著房裡的大電視，叫了出來。電視台正在播放早點新聞，畫面中出現的就是數小時前到訪過的駱家老房子。

一場大火，整幢房子燒成一片廢墟，屋裡的東西只要是會著火的，盡皆化為灰燼，災情亦波及鄰壁，險些鬧出人命。

賴飛雲看著電視，暗暗歎了口氣，曾想過折返那邊尋找其他線索，這主意現在已經行不通了。

忽然間，張獒放在桌上的「愛瘋」手機響起，顯示出一組陌生的電話號碼。

張獒想了一想，覺得奇怪，因為電話卡是新買的，自己不曾把號碼給人。他覺得可能是打錯的，沒有接聽，鈴聲很快便停了。

一回頭，張獒叫人過來結帳。

賴飛雲想起一事，向張棨問道：

「我一直想問你。你是怎麼找到我的？」

「我？我由火車站那邊遇見你，跟蹤你到精神病院那邊。我確定你沒有被別的人盯上，我才現身。至於我為甚麼知道你會乘上那班次的火車，是因為……」

突然間，手機屏幕亮了一亮，出現收到短訊的提示音。

那短訊的發訊者號碼是阿渡的。

但署名是「王猇」。

王虢借阿渡的手機傳來短訊。

稍為想一想，便知中間發生了甚麼事。

張褩與賴飛雲閱畢短訊之後，臉上均是陰霾重重。巫潔靈湊近過來，眼看兩人毫無反應，逕自拿起手機來看。

手機屏幕上顯示：

「天寒地冷，這種天氣，正是殺人的好時機。我邇來喜讀古文，總是羨古惜今，往往驚歎，古人嗜殺，真正懂得殺人的絕詣，在死前將仇人折磨一番，酷刑駭法，剝皮削骨，痛快淋漓，為殺人這種事增添無窮妙趣。言歸正傳，你朋友在我手上，勞煩轉告巫潔靈小姐，如她親自送死，我定當恭候大駕。今晚八時如不見人，我一旦手癢，忍不住就會殺死無辜的人。王虢親啟。」

無怪乎老行尊歎惜一代不如一代，新一代的殺手都沒唸過甚麼書，連恐嚇信都寫不好，又如何贏得別人的尊重？看了王虢文采斐然的一則短訊，相信很多殺手都會自愧弗如。

張褩找的，已是宣稱「將客人私隱視為一級機密，保證連閻羅王也查不到」的醫院，沒想到又是「假大空」的浮誇廣告語，只要有人出得起錢，醫院就會出賣住院者的私隱。

但張嫯轉念一想：「小賴說過，王猇的嗅覺可媲美獵犬，我和阿渡曾揹過小賴和巫小姐，身上沾染了氣味，搞不好王猇就是用這法子找到阿渡的……王猇來到西安，我們無時無刻都有危險。」

正自沉思間，卻見巫潔靈按下通話按鈕，電話響出了撥號音，正回撥到那個傳來短訊的號碼。

張嫯和賴飛雲大怔不已，未來得及阻止她，她已衝著說：

「喂，你是王猇嗎？」

也不知王猇有甚麼反應，巫潔靈滿口憤言道：

「我就是巫潔靈。你要的只是我的性命，我就給你，請你別害死其他人！」

賴飛雲一把搶走手機，正想掛線，卻不小心按錯了地方，王猇響亮的聲音便傳遍整個房間：

「除了妳，我還要那個小子的命。我是個公私分明的人。我要妳的命是為了公事，而我和他有私怨，你倆的命我都是要定的了。除此之外，我對其他人的命不感興趣，保證會放人。方便的話，請妳代我跟那小子說……」

賴飛雲心想都到這地步了，不得不說：

「我就在這裡。」

對方沉默了數秒，聲音又再傳出：

「縮頭烏龜終於出來了嗎？」

賴飛雲氣往上衝，怒道：

「你說甚麼？」

王猇冷笑一聲，又在電話另一端說：

「人生苦短，時間寶貴，我不想再互相浪費大家的時間……我建議速戰速決——你敢跟我決鬥嗎？」

賴飛雲大喝道：

「誰怕誰啊！」

「那好吧。今晚八時，西安碑林見。那邊有大庭院，很適合決一生死，也適合當你的葬身之地。那是個不錯的景點，你死前可以去參觀一下，我覺得你會喜歡的。」

王猇在死前還會關心自己要殺的人，這樣的殺手真是天下少有。

賴飛雲應允道：

「好！」

「別要遲到啊。魯迅說過，遲到的人就是在謀殺對方的人生。來西安之前，我故意繞了點路，順道接了你媽媽過來。她就在我身邊，很安全呢。一人做事一人當，為人子女，必須孝順父母吧？白頭人送黑頭人，還是黑頭人送白頭人，你自己來選好了。」

賴飛雲氣得渾身發抖，只吐出一個字：

「你！」

「今晚八時，碑林見。」

說完這一句，王猇就掛線了，看來他已摸透了賴飛雲的性格，很有信心自己的激將法會成功，賴飛雲今晚一定會赴約，與他決一生死。

在這麼糟糕的情況下，賴飛雲魯莽下了決定。他瞪了巫潔靈一眼，本來想責怪她亂接電話的事，但心想要來的遲早會來，正面決戰總好過遭受暗算。王虢的手段雖然不夠磊落，但始終是名正言順向他下戰書，賴飛雲心中明白，要是他逃避了這一次，他就會逃避一輩子。

張獒久久不作聲之後，就向兩人坦言道：

「事到如今，我也不應該隱瞞了。九歌的人會委託王虢追殺巫小姐，要怪就怪我們呢……我們的人和九歌的人在爭奪陵墓裡的一件『寶物』，現在雙方陷入了僵局，我們當中有個重要的成員死了……而他知道一個很關鍵的秘密。我們要找巫小姐幫忙，也是這個緣故。」

震撼的事接二連三，賴飛雲和巫潔靈一同望向張獒。

張獒想起墓中的事，似是餘悸未了，目光一沉道：

「陵墓裡兇險異常，我的一隻眼睛，就是因此失去的……我會找到你和巫小姐，是因為我們隊伍中有個術數師，他算出了你和巫小姐會乘上那班次的火車，就派我過去等你。這些事比小說更離奇，真的不知從何說起……眼前最重要的，是對付王虢。如果王虢真的有弱點，我們無論如何都要找出來，現在我會在這件事上全力協助你。」

賴飛雲愈聽愈奇，但始終不太明白，忽然想起蒙武亦曾說過差不多的話，便在張獒面前提起。

張獒聽了，面露惑然之色，尋思一會，才說：「奇怪了……應該不可能的……以我所知，你戶籍檔案裡的出生日期是假的，對方沒有你和巫小姐準確的出生時辰，不可能透過術數來預知你倆出現的地點……」

忽見服務員拿來帳單，巫潔靈取出信用卡付款。張嫯呆呆瞧著這一幕。巫潔靈也不覺得有何不妥，待那服務員走後，便向張嫯笑道：「這信用卡不是我的，你就讓我付錢好了，反正用的是別人的錢。」張嫯問明白一些事，心中了然，差點就想破口大罵，對兩人解釋一會，賴、巫兩人才醒覺九歌的人能得知他倆的行蹤，原來是因為他倆刷卡之故。

張嫯搖頭歎氣之際，又問賴飛雲：

「你有辦法查到關子吟的地址嗎？」

「借手機給我吧。」

結果賴飛雲只是打出一通電話，聯絡在北京某局裡情報科工作的朋友，提供關子吟姓名、曾任西安某大學教授、大約歲數……等等資料，不消半分鐘，竟然就查出了一個住址，連關子吟的配偶姓甚名誰都可以查得出來。

事實再一次證明，要在中國成功，人際網絡和關係至關重要，即使是擁有三頭六臂的菩薩，也不如深諳交際之道的富豪般神通廣大。

三人回到車中，看了看時鐘，深知時間無多，距離今晚八時，不足十二個小時，是生是死且看可否在此之前揭開王虢的秘密。

張嫯曾經疑心敵方在車上加裝了跟蹤器，但車中有不少物資和裝備，換車又著實費時失利，慎重起見，便跟賴飛雲裡裡外外檢查了一會，確認無事才起行。其實他這一舉純粹是多疑，九歌的人與王虢互通消息，要是明曉他們的行蹤，又豈有不通知王猇之理？

車子行駛期間，三人又討論了一會古字的事。張獒自言自語道：「如果其他人在這裡，他們或許會想得到，因為他們的頭腦都是一等一的聰明……」賴飛雲和巫潔靈均感無奈，心情都是忐忑不安，擔心假如這一趟找不到有用的線索，接下來真是唯有等死了。

這一路無事，轉眼就來到關家大宅。

賴飛雲等人敲門求見。

出來應門的人是個老婦，問了一問，便知她是關夫人。賴飛雲出示了警員證，說了一堆開場白，就要求與關先生見上一面，更強調這是性命攸關的要事。

關夫人卻面有難色，欲言又止：

「他……只怕已答不到你的問題。」

賴飛雲驚聲問道：

「為甚麼？」

關夫人正想回答，屋裡就傳出一陣聲響。關夫人轉身就走，賴飛雲等人不管三七二十一，擅自跟著她進屋，穿過大廳，走進房間，就瞧見了關先生——他是個坐在輪椅上的痴呆老病人。

書室中，對仗楹聯，水墨畫遍壁滿廊，家具飾以團花、籌符及松梅菊竹等鏤刻，內觀是傳統中式宅第，奇趣在於偶然可見的西方天主教木雕擺設，書架上多半是中英日韓等外語翻譯用工具書，相架裡皆是屋主身在外地大學學府裡的留影。

關子吟先生是個學貫中西的學者。

但一切已成過去，垂老的關先生目光呆滯地坐在輪椅上，只認得自己的妻子，對著賴飛雲、巫潔靈和張獒的問候，則是充耳不聞，十問九不應。

關夫人一邊收拾地上的東西，一邊說話：

「你們也看到了吧？我先生他有老人痴呆症，無論你問他甚麼問題，他都答非所問，你要問他好十幾年前的舊事，他根本忘得一乾二淨。」

巫潔靈柔聲暖語，問了幾道問題，關先生只是肌肉僵硬地笑著，對於外界發生的一切，貌似懵然不知，看來他的痴呆症已到了十分嚴重的地步。

賴飛雲有種說不出的失落感，就像碰壁一樣。

張獒無奈地搔了搔頭皮，眼見問不出甚麼，就說要到外面留守，他了解自己長得有點像壞人，不在屋裡反而叫關夫人安心。

賴飛雲道：「怎麼辦？」看著滿屋的藏書和雜物，心想當時駱先生過來只是閒談，日子久遠，留下蛛絲馬跡的機會可謂渺茫得很，不由得又道：「真倒霉！」

巫潔靈不以為然，道：「真幸運才對！」

賴飛雲不解道：「幸運？有甚麼好慶幸的？」

巫潔靈不知忌諱地說：「這屋子曾經有人自殺。」賴飛雲差點就要捂住她的嘴巴，斜瞥一眼，幸虧關夫人有點耳聾，聽不清楚他倆的對話。

據巫潔靈透露，那幽靈二十來歲，死於文革時期。賴飛雲心想：「這大宅這麼有氣派，前屋主是大富之家也不稀奇。這種人在文革期間被批鬥得最慘。」巫潔靈又說，幽靈先生「棲身」在這屋子已有四十年了，就是由文革至今，關先生一家是在一九八六年遷入的；幽靈先生長期逗留在書房裡，因為這裡是他自殺的地方。賴飛雲聞言，看著巫潔靈，想道：「以後買房子，一定要帶她同去，免得買到了凶宅……」

雖然及不上直接向關先生問話，由幽靈轉述也不失為一個可行的辦法，問對了門路，也許可以從中得到解開真相的提示。

在巫潔靈與幽魂對話期間，賴飛雲時而假裝和巫潔靈聊天，時而逗關夫人閒談，瞎編藉口，免她起疑。

賴飛雲奇道：「已經是那麼久的事了，『他』還記得嗎？」話中所指就是那個幽魂。

巫潔靈道：「這一點你不用擔心。如果你明白大腦的運作原理，你就知道記憶是會永遠保留在腦裡的。但我們會忘記事情，你知道為甚麼嗎？」

賴飛雲惑然道：「為甚麼？」

忽然有一個男聲代為回答：「這是因為人腦功能有障礙，我們無法好好喚醒腦中的記憶，所以才會好像『丟失』了記憶。有時候我們忽然得到暗示，想起一個人的名字，就是因為那暗示幫助我們讀取記憶。」張獒不知甚麼時候回來了，在背後一直瞧著，第一次目睹巫潔靈的能力，不禁嘖嘖稱奇。

巫潔靈接著道：「張大哥説得對。我個人認為，人腦中儲存記憶的地方，同樣是藏著我們靈魂的地方。靈魂就像是暫存記憶體一樣，保留著生前的記憶，沒有肉體的限制，所以不會遺忘……唔，靈魂去了天堂地獄，或者投胎轉世之後，記憶才會消失，這之後的事情我只是瞎猜的，真的不曉得。」

話鋒一轉，巫潔靈向賴飛雲和張獒道：

「幽靈先生説，來過這裡拜訪老關子的客人很多。除非我們能提供實實在在的日期，否則他無法回答我想知道的事。」

賴飛雲暗暗感到頭痛，那些日記殘頁他是看過的，牽涉到關先生的兩則日記，標題分別是「**1987年大寒**」和「**1987年拜訪關子吟翌日**」，內文只是略述時值春節前夕，並沒有寫著甚麼日子。

巫潔靈向張獒借手機一用，張獒便將口袋裡的「愛瘋」拿出給她。賴飛雲和張棨在旁看著，只見她熟悉地操作著觸控屏幕，同時解說：「我之前借過你的手機來用，看到一個『萬年曆』的軟件，現在真的幫上大忙了。日記中提及的『大寒』，不是說那天真的很寒冷，而是二十四節氣之一的大寒。」

原來巫潔靈看過駱先生其他日記，留意到他偶爾會用「立春」、「谷雨」、「大暑」、「秋分」……等等節氣來代替日子。

西曆一九八七年的「大寒」，就是一月二十日。

巫潔靈重述幽靈當天目睹的事情。

時光倒流一般，那些已逝的陳年舊事，透過抽象的聲音，彷佛貫穿了過去和現在，在這書室之中重現——

「當晚駱先生來拜訪老關子，老關子出去接見他，帶他走進書房裡。書房裡還有另一個客人，彼此還沒正式打招呼，老關子就說這客人不是中國人，至於他是甚麼國家的人，就要駱先生猜上一猜，謎面是『紅梅子便當』。

「駱先生眉頭一皺，就回答：『這位先生是日本人吧？』老關子聽完之後，哈哈大笑，說：『這個謎語太容易猜了。日本人的國旗是那樣子，我懷疑是因為他們愛吃梅子便當。哈哈。』老關子說話就是瘋瘋顛顛的，愛亂開玩笑，駱先生和那日本客人都習慣了，也不怪他。

「然後三人過去了客廳那邊，他們在那邊說的話，幽靈先生就聽不見了。半個小時後，駱先生跟著老關子回來書室，取皮夾，打算外出。老關子當時說：『哈！你跟我過去一個地方，看一幅中國著名國畫大師的畫，就會有答案了。』駱先生表現得很雀躍，一副茅塞頓開的樣子，果然兩人所談的事就和那兩個古字有關啊……」

說到這裡，巫潔靈突然露出一個怪兀的表情，似笑非笑，像哭非哭。賴飛雲和張獒正想問個究竟，她卻先說話了：「這種人真的太欠揍了！」

賴飛雲怔怔地看著她，忍不住問：「甚麼欠揍！」

巫潔靈攢眉道：「駱先生問老關子要去的是甚麼地方，老關子就回答：『那個地方嘛，我讓你猜一猜：**我每周都會去那地方一次。它的門口應該是向西的，但它卻朝南了。名為金木水火土。**』到底是甚麼混帳地方啊？駱先生猜不出來，索性就不猜了，與那日本人跟著老關子外出……」

甚麼向西又朝南的，賴飛雲聽得一頭霧水，更加難以相信看了一幅某著名國畫大師的畫，就可以解開一切謎團……將一堆亂七八糟的東西扯在一起，簡直是豈有此理。

張獒道：「我最討厭就是這種愛賣關子，說話要繞一大個圈子的人。」

巫潔靈道：「這位幽靈先生說，很多人都曾經這麼罵過老關子。然後老關子就會反問他們：『我算過命，你知道相士說我五行欠甚麼嗎？』很多人都答不出來……」

賴飛雲和張獒無言以對。

巫潔靈接著說：「五行欠『揍』！」

三人一同凝望著輪椅上獃獃呆呆的關先生，想像他從前老頑童的模樣，五味雜陳，百感交集，半晌說不出話來。

四十八。

一個地方。一幅名畫。

王虢的養父駱先生就是到訪那地方，看過關先生帶他去看的畫，於是印證了從兩個古字上衍生的臆測，從中瞭解到王虢的族源與身世。

而揭開了王虢身世之謎，就有可能同時揭發他的弱點。

這一切盤根錯節，這一切撲朔迷離，所有關鍵的線索都出現了，但千端萬緒彷彿打成了一個死結，答案明明近在面前，感覺卻是不著邊際。

賴飛雲、巫潔靈和張嫯三人離開關宅之後，滿腦子都是疑問，便商量找個地方歇息。張嫯駛入鬧市，眼見前方有幢五星級大酒店，未暇多想，乾脆就開車進去。到了服務櫃檯，張嫯出手豪氣，要了頂樓的總統大套房，一人一張大床，又託人送來兩台筆記本電腦。

張嫯叮嚀道：「王虢現在來了西安，他有方法找到阿渡，我怕他也可以靠氣味找到我們。西安市不是很大，九歌的人也在這裡，真是處處危險重重……我們還是不要隨處走動為妙，你倆明白我的意思嗎？」

套房主廳裡，大家盯著電腦螢幕，都是萬分惆悵，三個腦袋加起來，也解不開老關子當年那個謎語。巫潔靈心念一動，就說：「不如直接從『著名國畫大師』這一點著手！現時很多名畫都可以在網上搜圖，或者我們用不著去那地方，就會有所發現。」

賴飛雲不敢抱太大希望，唉聲道：「不計現代，歷代名畫家無數，如果給我們一個月的時間，還有可能找得著，但現在我們只剩下半天不到。」

巫潔靈不忿道：「你這個人真悲觀！」

賴飛雲自知今晚一戰無可避免，與其再花時間尋找王虢的弱點，倒不如再全心備戰，苦思一下取勝的辦法。這套房佔地一整層，可不是一般的大，主廳寬敞得好像空中庭院一樣。他將沙發推到一邊，空出一大片地，左手提木劍，右手持泰阿劍，開始練習腦中記住了的劍招。

張獒與巫潔靈盡力而為，抓住最後的希望，各自在網上搜索資料，在另一邊瞧見賴飛雲專心練劍，也不便過去打擾。

大家奔波了一整晚，睡意濃濃，便輪流進房歇睡。

賴飛雲很快睡熟，醒來的時候，張獒和巫潔靈已不知去向，望向牆上的掛鐘，心情自然而然地緊張起來。

下午二時。

尚剩六個小時。

雖然睡的時間不長，但賴飛雲覺得精神飽滿，又繼續練劍。

總統套房極具氣派，遠眺視野絕佳，站近兩層高的玻璃窗，俯瞰天下，大有神魂飛馳之感。

在五星級酒店的總統套房裡練劍，這樣的事可能是空前絕後，賴飛雲不禁覺得好笑。

他沉思：「還好我是用劍的，可以砍斷王虢的手腳，他的自癒能力再厲害也好，我就是不信他可以接肢……這樣我才有一絲勝算。」一邊想著，左劍畫圈，態如潑墨，右劍便在劍圈中疾刺而出，這一招正是「永字八劍」中的「百鈞弩發」。以他現時的修為，已可結合二刀流的動作，融入自身早已熟練的劍招。

賴飛雲自幼勤功學劍，機緣之下獲一代宗師收為弟子，但空有高超劍藝還不夠，全靠賈釗不斷給他考驗，才有了無數與惡匪交戰的實踐機會。

正是這樣的經驗，加上他的天資確實是世間少有，左手使劍一點也不比右手遜色，所以才能在極短時間之內學會一套二刀流的劍法。連賴飛雲自己也說不出因由，雖然只是透過書法帖來仿傚宮本武藏的劍法，一招一式卻隱隱喚來心靈相通般的感應，就像一個人找到了天造地設的配偶一樣，這套劍法竟似為他量身定做一樣，出招時隨心而發，學起來事半功倍。

不久，巫潔靈和張獒回來了。原來巫潔靈瞎說某個地方會有線索，就騙了張獒陪她外出，歡天喜地亂買了一些東西。賴飛雲看見張獒一臉頭痛的表情，就知道他終於領教了她的麻煩，對這個壞主意多多的少女無可奈何。

張獒趁著賴飛雲休息，便坐了下來，談起他姊姊的事，簡述她自小賣身給盜王亞善和加入義盜組織的經過。

賴飛雲聽了之後，淡淡一笑，臉上並無多少驚訝之色。這反應出乎張獒的意料，賴飛雲想了一想，便解釋道：「我和姊姊是雙胞胎姊弟。我一直就感覺到她依然在生。」儘管擔心姊姊被困墓中的窘境，但大前提是要先擊退王猇，大伙兒才能出發過去救人。泥菩薩自身難保，賴飛雲也不知道自己可否活過今晚。

浴室濕氣瀰漫，巫潔靈洗了個熱水澡出來，換了新買的白色毛衣，一頭涓涓的烏髮垂在胸前，頸繫長鏈，麗質天生，衣香鬢影，香氣彷彿飄來了這邊。兩個男人朝她望上一眼，想不到她這個年紀的少女，竟然也有這麼美艷的一面。

張獒笑道：「巫小姐真是美若天仙！」

巫潔靈笑謝一聲，故意走到賴飛雲身邊，低聲道：「小怨哥，你怎麼不讚美我？」賴飛雲在鼻裡悶哼了一聲，然後尷尬道：「妳的頭髮真美呢。」儘管他只是稱讚她的頭髮，她已感到樂不可支，笑道：「那你想不想要我的頭髮？我的頭髮可以為你帶來好運呢。」一番話說得楚楚動人，頗令旁人信以為真。

賴飛雲懶得回答她的問題，抹了抹汗，便又走向主廳中間，打算再練一遍劍招。

張獒在另一邊整理槍械，向著他的背影說：

「你一定要打敗王猇。活著回來。然後去見你的姊姊。」

賴飛雲點頭。

他握劍的雙手捏得更緊了。

落地玻璃窗外，霞光漸透，橘色的天空像瑪瑙一般鑲嵌在平房之上。

日夕時分，黃沙飛揚。

古城樓的鼓聲梟梟若無，如快要褪色的墨跡。

是蒼天的哀號？還是死神的淒吟？

是戰鼓？還是喪鐘？

決戰的時刻轉瞬即至。

賴飛雲披上紅外衣，揹劍，出戰。

二OO八年・碑林

古有三劍，沐天地精氣而成——

一曰龍淵，二曰泰阿，三曰工布。

稀世名劍出亂世，末世預言焉是吉兆？

縱觀人類歷史，和平並非必然，血戰才是常規。

蒙古鐵騎橫掃千軍，戈甲耀日，旌旗蔽天，

擁有壓倒性的力量，看似不可戰勝。

凶虐強橫的元軍卻被朱元璋所滅，

軍師運籌帷幄，成其千秋霸業。

人不如獅兇猛，不如豹快，亦不能飛，

但主宰天地萬物的是人類。

人類憑著智慧，戰勝了比自己強大的野獸。

最偉大的是智慧，最邪惡的也是智慧……

四十九。

「每周都會去那地方一次。它的門口應該是向西的，但它卻朝南了……名為金木水火土……到底是甚麼鬼地方啊？」

巫潔靈聽著「愛瘋」手機裡的錄音，出神半晌，指頭繞著細長的黑色項鍊，漫不經心地瞧著車窗外的風景。原來她在通靈時說的話，張獒都一一錄下來了。

此時車裡只有她和張獒。

賴飛雲早在黃昏之時已不辭而別。

只留下一張字條：

「我去了。勿來，不然我會分心。」

巫潔靈看著賴飛雲有如絕筆一般的字跡，不禁傷感起來，語帶哽咽道：「我還沒有親口鼓勵他，他就走了……小怨哥太過分了……這張紙不會是他的遺書吧？」

張獒生氣道：「別說這種不吉利的話！」

原來巫潔靈還為賴飛雲準備了十字架和大蒜，還有辟邪用的八卦鏡和獸牌，但賴飛雲沒有領受她的心意，不牽長物，走得瀟灑，獨個兒赴約去了，也不知他有沒有記得帶零錢乘車。

上下班時，道路有點堵塞，吉普車在鬧市中走走停停，如孤魂野鬼。張獒為了掩飾車窗上的彈孔，貼了幾張膠布，就算會惹來閒人的注目，也顧不得那麼多了，反正別人都怕他惡瞪瞪的目光。

張獒問過賴飛雲要不要他的幫忙。賴飛雲斷然說不，還替宿敵說話：「王虓抓了人質回來，其實可以要脅更多，但他只是逼我和他決鬥。他不想再跟我們玩『躲貓貓』，我也不想再躲來躲去，是時候和他做個了斷。」那一刻，張獒啞口無言，彷彿看見宮本武藏的身影與他重疊了，看見他身上閃耀著一種武者獨有的光芒。

張獒憂心忡忡：「我答應了小賴，要是在八時十五分還沒接到他的電話，我就要將巫小姐送到公安廳，由國家的人來保護她……這樣一來，我就無法帶她進陵墓了……所以，求求你，別輸啊……你輸的話，死的人不光是你一個啊……」

車內愈來愈悶熱。

時間是七時四十五分。

張獒和巫潔靈皆知賴飛雲此去是凶多吉少，耗了大半天，尚未揭穿王虓弱點所在，現在只剩一丁點時間，又豈可一下子解開所有的謎團？就算他們忽然想到答案，也來不及通知賴飛雲了。

其實有個疑問，一直壓在巫潔靈的心頭：

「為甚麼會是一幅畫？畫上究竟畫了甚麼？中國畫裡最多的就是山水、花木、鳥獸、美女……不可能是這些東西吧？這實在太令人費解了。」

駱先生那幾頁日記，巫潔靈已經翻得快爛了，心中有股不自然的感覺，就是說不出來。她仍然在思索老關子的啞謎，因為比起兩個古字，這個謎語至少有理可循。雖然張獒和賴飛雲都說不值得再去想那幅畫的事，但她就是有股直覺，只要找到那畫，所有謎題都會豁然而解。

兀自想著，車子駛過了一個路口，映入眼簾的是一個藍底白字的路牌，漆印「五星街」三字。

一個念頭猶如晚空中的燎原之火，照亮了心緒。

「停下！」

巫潔靈突然大喊，令張獒暗暗吃了一驚，趕即將車子違規停在路旁，關切慰問：

「怎麼了？」

「我好像猜到了老關子的謎語！」

只見巫潔靈翻開西安市的地圖，一副若有所思的樣子，手指在地圖上沿著一條五星街移動，目光如明星般閃爍，像是正在尋找甚麼地名。

「金木水火土……這五個字有可能是暗示地名。我早就想過這一點，但搜來搜去，西安市就沒有一條以『五行』開頭的街道。原來我想漏了一點。金木水火土代表五行之外，也代表金星土星水星火星和木星。」

如她所云，古人稱這五行星為五星，即是太白、歲星、辰星、熒惑及鎮星。術數書中記載的「五星連珠」，其實就是五大行星相連並見於一方的天文現象。

張獒看著地圖，問道：「整條街這麼長，我們要怎麼找？」

巫潔靈的指尖倏然在地圖上的一個位置停下，語氣十分堅定，說道：「是這裡了！我明白了！」又翻到地圖後面的名勝景點簡介，讀了幾行字，就向張奘道：「果然和我所想的一樣！老關子帶駱先生去的地方，是『五星街天主堂』！」

五星街天主堂？

張奘相信她所說的話，便在衛星導航儀上搜尋地標，但心中好奇起來，便問：「妳是怎麼想到是教堂的？」

巫潔靈忙不迭道：「在你開車的時候，我一直開啟手機裡的指南針功能，觀察外面，發現古老建築物的門口都開向南面。坐北朝南，南尊北卑，這是中國建築的特點。但我看過一個旅遊節目，知道教堂都是正面朝西，座席的方向則恰恰相反，所以信徒會向著東方祈禱崇拜。西方的教堂來到中國，入鄉隨俗嘛，便要將門口向南。老關子還說每周會去一次，我肯定錯不了！」

這番話說得極快，幾乎毫無中斷，內心的焦急都在臉上浮現。

時間是七時五十一分。

開始倒數。

張奘放好了導航儀，不理會交通狀態，直接讓車子硬闖入鄰線道，開車有夠狠的，對後方車輛的響號置若罔聞。

巫潔靈盤算好了，在張奘耳邊道：「你這個手機借我。一會兒到了目的地，你放我下車，然後你趕過去碑林博物館那邊。如果我有發現，我會用電話跟你聯絡……」

在一片灰燼似的天色之中，有隻烏鴉突然飛來，落在車窗前面，情況怪兀至極，猶若帶來甚麼不祥之兆。

定眼一看，這烏鴉嘴裡銜著冥錢，而牠的足上繫著一件像是小型儀器的筒狀物。

那東西閃著異樣的小亮光，閃動得愈來愈頻密。

張獒立感不妙。

一陣熾熱的烈風蓄勢待發。

然後烏鴉在車子上爆炸！

五十。

古柏參天，鬱鬱蔥蔥。

漫天黑雲之下，朱紅門扉飛簷，歷代石碑豎立前殿。

碑林雖然名曰「博物館」，布局卻儼如廟宇殿堂，它的前部就是由孔廟改建而成。古典園庭連接展館，假山亭閣，棟宇軒窗，碧瓦獸柱，墨香石韻，經文薈萃如溪林，碑石滿院三千方，碑林因而得名。

王羲之的《大唐三藏聖教序碑》、歐陽詢的《皇甫君碑》、唐玄宗李隆基御筆寫成的《孝經》、宋徽宗趙佶自創一格的瘦金體《大觀聖作之碑》……草書有張旭的《肚痛帖》和懷素的《草書千字文》，楷書有顏真卿的《多寶塔碑》和柳公權的《玄秘塔碑》，篆書有李陽冰的書法神品，宋四家蘇黃米蔡的傑作俱全……

一座座黝黑高大的石碑林立，鬼斧神工，各臻其妙，相映成趣。

庭林疏影下，一個揹著長袋的少年在踱步。

賴飛雲提早來到這裡，一一觀摩古人名家的刻字，一個個字竄入了他的眼中，也竄入了他的血液之中，回憶漸漸泛上心頭。

這並不是他第一次遊覽碑林，多年前師父曾帶他來這地方，逐一臨摹碑石墓誌上的刻字，整個暑假都在這裡修行，夙夜不懈，寫字寫得十指都長出厚繭。師父當時還跟他穿林走上華山，爬險道，賞析峰岩上的石刻，在華山上度宿三宵。

賴飛雲自幼缺乏父愛，師父待他有如親兒子一樣。星光浩瀚下，蒼天為被，大地為床，在碑林裡談天說地，天南地北，一老一少直至倦極才睡。

「我們可以目睹歷代書法家的傳世佳作，皆因字跡刻在碑石上，紙的話，早就化灰了。唉，人生七十古來稀，但這些石碑由唐朝保留至今，差不多有一千三百年，歲月悠久漫長，光芒仍然不衰！」

此時重臨舊地，賴飛雲仰望星空，亦不禁想起了賈釗。他記得賈釗愛看科幻小說，而自己則愛看武俠小說，兩人常在書局裡消磨半天。

賈釗的觀點與師父大同小異：

「就只有我們中國人沿用古老的文字，兩千年前的字，兩千後的中國人都讀得懂。漢字是神傳文字，並非無稽之談……古老文明藏著很多秘密和天機，我覺得，如果世界發生甚麼大浩劫的話，救世主一定是中國人。」

賴飛雲曉得，師父和賈釗都對自己的期望極高，師父更說眾多徒弟之中，就以他的天資最高。在師父嚴厲督導之下，中國人千古傳承的書法，全部都變為他的功力，一招一式都是古人精力凝聚的修為。

賴飛雲由第六陳列室回頭走到第一陳列室，中間穿過了幾個庭院，跨步踏著青石小道，眼前門框之後就是整部

《開成石經》，一道道比人還要高的碑碣相接，總共一百一十四方，陣列成蔚為奇觀的石屏，立足其間，猶如置身在石質的書庫。

決戰的時刻快到了。

賴飛雲閉著眼，沉思。

他會赴約，就是相信自己尚有一絲勝算。

賈釗之死，賴飛雲一直感到內疚。

他要打敗王虢，就是為了替死在王虢手上的亡魂報仇雪恨。

歷史上無數實力懸殊的戰役，最後都由弱方取勝，就是不知今晚會否上演相同的戲碼。

賴飛雲沒穿內衣，赤條條的上身就只披著外套。腦中還在冥思，無意之間，雙手放進外套的口袋裡，竟然摸出一件異物。賴飛雲暗暗納罕，取出那物，一看，竟是一個護身符，想了想，就知道是巫潔靈偷偷放進去的。

賴飛雲看了看護身符裡面的東西，莞爾笑了笑，此外還發現了一張小紙條，笨拙的字跡歪歪斜斜地寫著：

「**我最喜歡小怨哥了。**」

也不知算不算是示愛，她這鬼靈精太愛搞怪了，時時令他暈頭轉向、哭笑不得。

這一刻，賴飛雲腦中竟然出現她的臉龐。

他要保護她。

「就算我戰敗，我至少也要斬斷他的一臂，不容他再遺害人間。」

以死來捍衛正義，就是賴飛雲生存之道。

賴飛雲琢磨宮本武藏的書法，亦瞭解到一代劍聖的人生觀。

書法所以被稱為藝術，乃是後人可從一筆一畫之中，感受到創作者的氣魄和魅力——著墨深淺，用筆根還是用筆尖，同一樣的字亦有千千萬萬種寫法，一切都與書寫者的性情、技藝和心境息息相關。

宮本武藏的書法耐人尋味，從中演變出的招式怪絕無雙，暗含兵法之道，真髓在於「出其不意，兵不厭詐」，卻又符合劍術之道，為求一擊必殺，無所不用其極，寧可勝得醜陋，也不雖敗猶榮。賴飛雲學了他的劍法之後，覺得宮本武藏的劍是真正殺人的劍，也是他所學招式中最狠最絕的劍。這位劍聖無師自通，從賭命的決鬥中悟得劍道，自創的絕學名為「二天一流」，內涵正是「世間諸法，一以貫之，互通互轉」，說的是劍法武學，其實也是人生之理。

陰與陽，黑與白，生與死……

萬變不離其宗，太極生出兩儀，亦衍生出萬物。

凜風殘月，一個聲音從黑暗中發出：

「想不到你真的敢來赴約。你是我見過最有勇氣的男人。說起來，我還不知道你的名字，請你報上名來吧！在你死後我會好好記住的。」

月下，銀光如血般灑滿空地。

蔭間，枯枝如殘骸般曳擺。

他來了。

賴飛雲向著黑暗深處，發出咆哮一般的吶喊：

「賴飛雲，字劍魂！」

五十一。

轟隆一聲，猶如鬧市裡的旱天雷。

帶著爆彈而來的烏鴉，亦帶來了一場熾熱的風暴。

玻璃窗化為散霞彈一般的碎片，碎片一旦沾染了鮮血，就變得像紅玫瑰的荊刺。

在生命瞬即流逝的一刻，時間就像凝止了一樣，但儘管只有一秒那麼短，張嫯這種慣了活在槍口上的人，眼見形勢不對，迅即就能作出判斷，使勁踏下油門，撞向前車的車尾，車內的安全氣袋即在爆炸前一剎那膨脹彈出。

幸虧那種微型炸彈的威力有限，只是將吉普車的防彈玻璃炸個稀爛，不過爆炸的位置較近張嫯那邊，幾塊碎片飛向張嫯，劃破了他的臉皮，差點就刺中了眼珠。

張嫯瞥向副駕駛席，慶幸巫潔靈無恙，回想剛剛發生的事，暗道：「烏鴉和炸彈……是易牙和蒙武聯手嗎？把自己養的烏鴉當作殺人道具，真是沒人性到極點！」

前方的七人座轎車沒人，正好當作掩護。

現在每分每秒都被易牙的狙擊槍瞄著，隨便探頭出去的話，身上或者頭上搞不好隨時會多了幾個透明窟窿，豈不是中了他的下懷？張嫯更為顧忌的是，吉普車裡放了不少見不得光的東西，如果再不快點解決這件事，警察介入，他的處境只會更加難堪。

張獒將左側的後鏡向前轉了六十度，借此觀察半空中的情況。

鏡面上，可見又有一隻烏鴉飛來。

易牙趕盡殺絕，這麼快就來第二波攻勢。

張獒知道易牙是引他探頭出來，好讓狙擊槍可以瞄準要害。

轟！轟！

張獒將左手繞出窗外，向天空連轟兩槍。

那兩槍彷彿是亂瞄的，其中一槍打在霓虹燈招牌上，第二槍就射中了烏鴉。原來第一槍是用來測準位置，修正之後，轉瞬又開出了第二槍，兩槍快得幾乎是同一時間射出。張獒將空中的鳥射了下來，單看鏡面的投影就能瞄準，簡直是神乎其技。

張獒自知現在的情況萬分危急，眼觀右方，驚覺右方的座位空空如也，目光沿著開著的車門望出去，卻見巫潔靈擅自下車，神色間竟是義無反顧。

「我自己會去教堂！你快過去小怨哥那邊！」

巫潔靈一下車，便頭也不回地奔跑，只留下一臉愕然的張獒，阻止也阻止不了。

其實她不熟路，走在簷篷下，只是憑著一股勁兒向前衝，瞧見五星街的路牌就轉彎，亂衝亂闖走對了方向，真是天公疼憨人，傻瓜有傻福。

本來一分鐘的車程，大概走五分鐘就會到。

時間是七時五十七分，巫潔靈擔心會來不及，便又加快了腳步。

晚風吹拂，天已經全黑了，路上微光斑駁，行人朦朧的影子一一閃過，有濃妝抹艷的女人、窮忙累透的上班族、騎著鐵馬的中學生、披髮垢面的流浪漢……

巫潔靈看了那流浪漢一眼，就不敢回頭多看，只是低著頭向前走，竭力掩飾心中的驚訝與徬徨。

她發現那流浪漢是蒙武偽裝的。

要不是直接瞧見蒙武的活人靈魂，巫潔靈亦會被蒙武的易容術所騙，其容貌落差之大，好比現代人工美女的超視覺化妝效果，橫看豎看都是截然不同的兩個人。

根據記憶中的地圖，五星街天主堂就在前方不遠。

巫潔靈心想：「這個壞人只知道我能與死者的靈魂溝通，卻不知道我能看見活人靈魂這回事……有沒有擺脱他的法子呢？」不用回頭看，也知道蒙武在後面亦步亦趨地跟蹤她，只等她走到行人較稀少的地方，他就會動手的了。

正自焦慮之際，前方路旁來了一架快要滿載的公車，開往與五星街天主堂相反的方向。

巫潔靈跟著人群擠上車。

她的心跳愈來愈快，握著手挽，走入擠滿人的車廂。男乘客看見她是個小美女，也沒有怪她，甚至主動讓路給她。她目光牢牢盯著車中間的門，又瞧向車頭那邊，蒙武果然不肯放過她，也跟著上車，成為最後一個登車的乘客。

就在車門快要關上的一刻，巫潔靈穿過門的縫隙跳車。

車上絕大部分乘客都看得呆了，但車長沒有發覺，繼續開車。

巫潔靈也不理會掉了的鞋，更不在意內褲會否走光，拔腿就跑，邊跑邊甩掉另一隻腳上的鞋，赤著腳沿著忽明忽暗的行人道前進。

她忍不住回頭一看，只見載著蒙武的公車開了一會就停下來了。

蒙武正在用手槍抵住車長的頭顱。

車內一片騷動，前面的車門便在眾目睽睽下再度打開了。

蒙武若無其事地走下車，一雙眼睛遠遠地瞪過來，而地上拖著的長影子彷彿向著巫潔靈一路延伸。

他要追來了。

巫潔靈識破他的事露餡了，這時候唯一的對策，就是繼續跑。

她心裡猛喊著：「救命！救命！」腳下卻不敢停頓，儘管一個弱質女流跑得並不快，但蒙武也是個缺乏運動的成年人，故此一時之間也未能追上她。

這場追逐戰持續不了多久，就瞧見了一座與別不同的建築物，頂有十字架，門口有天使像，橫書「天主堂」二字，毫無疑問就是五星街天主堂。

巫潔靈含著最後一口氣，便匆匆上了短台階，率先走入教堂裡。

教堂裡兩面皆壁，巫潔靈已經無力再跑，便只好找個地方躲藏起來。

砰的一聲，沉甸甸的門被推開，雖然看不見，但肯定就是蒙武闖了進來。

空曠的教堂內部，迴蕩著蒙武的聲音：

「妳逃不了的！快乖乖出來吧！」

巫潔靈在暗處瑟縮，她真的已無路可逃了。

八時正。

一陣穿越鬧市的烈風吹來，將庭院的落葉捲成了漩渦。

庭院的一角正在髹漆，空氣中有一絲油漆的氣味。

惡魔出現了，正如王虢自己所説，他是個非常守時的人，不早不遲，就在八時正到達碑林。

王虢身穿黑色的古服，袖口和紅腰帶飄逸，頭髮束起，清俊魁梧，有幾分像賴飛雲在圖書插繪中見過的佐佐木小次郎。

佐佐木小次郎就是宮本武藏的宿敵。

不過他是用長刀的，而王虢腰間佩戴的是短劍。

賴飛雲面對的是有生以來最強大的對手，難免會有所緊張和畏懼。王虢人未到，殺氣先到。賴飛雲左手已提著鐵樺木劍，右手按在泰阿劍的劍柄上，凝神以待，大聲喝道：「我的媽媽和朋友呢？」

王虢微笑著的時候，額上的觀音痣就像鬼眼一樣，瞪得賴飛雲心裡極不舒服。

王虢沒有回答，只是拋出一條掛在卡牌上的鑰匙。

賴飛雲怔怔地瞧著那鑰匙，問道：「這是甚麼？」

王虢含笑道：「儲物櫃的鑰匙。他們就在裡面。」

可以將人塞進儲物櫃裡，方法只有一個……

乍聞此言，賴飛雲惱道：「你把我媽媽他們怎麼了？」

王虠知道自己的説話被誤會了，便道：「行內人皆知我一向善待人質，我當然會好好招待你的媽媽和朋友，將他們安頓在頂級美容水療中心……我吩咐過，那邊的人收到這張卡，就會放人。那水療中心是我的投資項目之一，美女秀色可餐，不輸後宮佳麗三千，只招待城中的權貴富豪。可惜你是個快死的人了，我無法盡地主之誼，真是遺憾啊！」

賴飛雲過去拾起那張連著鑰匙的智能磁卡，只見寫著一段字：「拾此卡者，攜卡到敝店地址，薄酬五十元。」卡的另一面就是水療中心的地址和電話，看來王虠所言非虛，不會殺害人質。雖然王虠殺人的手法殘忍，但他言出必行，信用度極高，這樣的人在現今社會確實難得一見。

室內地方狹窄，並不適合大打出手，更何況這裡擺滿歷史文物，王虠和賴飛雲懂得釐清私人恩怨和公民責任，彼此對望的眼神中有種無形的默契，自動自覺走出外面的庭院，來到一片空曠的地方，分庭抗禮，繼續對峙。

黑幕張開，月光照射，庭院裡的兩人一紅一黑。

賴飛雲卸下背上的長袋，如臨大敵，一雙眼不敢從王虠身上移開。

王虠紋絲不動，琥珀似的瞳孔放光，又再挑釁道：「那邊有個洗手間，真是方便呢。我喜歡殺人後洗手的感覺。我是個一等一的好公民，會把現場清理得很乾淨。我腦海中，已出現了你躺屍在血泊中的場面……」

賴飛雲拋開輕飄飄的外套，右手拔出泰阿劍。

那紅色的外套尚未落地，王虠已搶身蹬到賴飛雲面前，一眨眼的工夫，如電閃，如雷鳴，當真是快捷無倫！

王虠的手刀由上而下斜斜劃過，但賴飛雲看得清清楚楚，後跨一步昂首避開。

這是兩人第三度交手，賴飛雲自己也說不出為甚麼，感覺就像心眼突然開竅一樣，摒除雜念，以心觀之，就可以看穿王虠的動作。不過看穿歸看穿，身體能否跟得上就是另一回事了。

這時王虠身體露出破綻，賴飛雲右手反攻一劍，左手的劍同時攻向他不備之處，雙劍各自施為，一招是「陸斷犀象」，一招是「勁弩筋節」，雖然都被王虠一一躲過，但總算是反客為主，與王虠不相上下，沒有輸掉氣勢。

王虠如鬼魅般在賴飛雲身邊轉來轉去，一是不出手，一出手就是快得迅雷不及掩耳，賴飛雲都是在千鈞一髮的一刻才避開。表面上是王虠佔了上風，但他不禁皺眉，知道賴飛雲是真的很有把握，才在最後一刻僅僅避開。

倏來忽往，幾招過後，王虠躍開一段距離，暗自忖度：「看來他並沒有發現我的弱點……」

他最大的顧忌就是這件事，剛剛試探時更故意賣個破綻，但賴飛雲並無針對自己的弱點進攻，當下心頭一寬，這番心計亦只有王虠自己曉得。

賴飛雲盯著王虠腰間的龍淵劍，問道：「你為甚麼不拔劍？」

王虠笑道：「你還不配。」

話是這麼說，王虢清楚賴飛雲劍藝進步不少，不敢再貿然輕敵，便拾起洗手間外面的掃帚，用指牙削去帚頭，竟將掃帚當成長棍來使。

王虢一轉身，就向賴飛雲攻出排出倒海的棍法。

原來經過上次一戰，再加上從九歌那邊得來的情報，王虢已知道了泰阿劍的用法，決鬥前早就想出了對策。泰阿劍雖能發出無形劍氣，但必須依照固定軌跡劃劍才能成招，如此一來就很容易被王虢這樣的高手瞧破。

一旦賴飛雲將劍擱到一邊，王虢就會伸棍攔截他揮劍的動作，劍勢和氣勁受阻，便只是普通的一劈。

王虢天賦驚人，十八般武藝樣樣皆精，這種在武學上的造詣已叫賴飛雲望塵莫及。賴飛雲不僅沒法接近他的身邊，還處處居於挨打，膝蓋和胸口各自中了一棍，痛楚徹骨，沒有骨折已是萬幸了。

一個初出茅廬的劍士挑戰武學大宗師，只有靠拚才會贏。賴飛雲明白這一點，便咬緊牙關全力提劍進攻，到了這一刻，終於心神合一，使出自己真正的劍法。

劍光四溢，筆氣縱橫，雙劍就像兩條盤纏交繞的蛟龍，挾著霸道之勢，一左一右向著敵人夾攻。

本來是單劍一招，現下雙劍各出一招，強弱互補，便將陰陽相輔的優點發揮得淋漓盡致。一元二極，此乃「二天一流」的心法，跟中國人「太極生兩儀」之道如出一轍，更巧合的是賴飛雲體內自帶正負兩極，一切渾然天成，整套劍法就像上天為他而設一樣。賴飛雲愈使，愈感得心應手，由劣勢轉為強勢，逼得王虢毫無還手的餘暇。

只是不見了幾天，賴飛雲的劍法就變得如此變化多端，王虢一邊招架，一邊暗暗叫苦，雖然招式上沒輸，但在兵器上吃虧，手中的木棍亦被削斷，便只好丟掉木棍，重用雙手進攻。

兩人招來招去，愈鬥愈激烈，已再沒有一點喘息的空間，只要其中一方稍有不慎，就會被對方一招斃命。

賴飛雲趁著王虢後蹤一步，劍勢亦恰好來到肩上，心中響起一個聲音：「這正是使出無形劍氣的好時機！」當下全力逆手揮劍。

可是「千里陣雲」此招只使到一半，賴飛雲雙腿就被王虢用指勁射出的石珠打中。王虢袖裡乾坤，竟藏了那樣的暗器，其威力更勝氣槍的子彈，兩顆石珠深入肉裡。

賴飛雲收勢不及，整個人往前微沉，王虢亦挺掌前迎，近身廝殺。

書法家畢生追求「神來之筆」，而這一筆往往是興之所至、率性而為，並非殫心竭力就可以做得出來。即使是被喻為「天下第一行書」的《蘭亭序》，其實只是一篇不經修飾的草稿，可見真正的完美不能刻意追求，只要書法中多次出現妙筆，便已是傳世佳作。

賴飛雲身子一晃之際，在危急之中，心念如電，力貫右臂，自創章法轉劍疾攻下盤，生出一個凌厲的劍圈，劍光的軌跡正與王虢雙腳將到之處重疊。

這種在瞬間起死回生的一劍，正是「神來的一劍」！

王虢唯一拆招的方法就是往上跳。

這是賴飛雲等待已久的良機。

人在半空，勢必著地，賴飛雲算準時機，就要揮出一擊必殺的磅礴劍氣。

終於被逼入絕境了——

在這一刻——

王虢拔劍了！

五十三。

教堂裡，莊嚴肅穆。

外面風聲颼颼然的，吹得窗戶格格作響。

巫潔靈躲在白色的壇台下面，仰臉可見左右兩支洋式長燭台，正堂後牆上的十字架耶穌像居中。

被釘在十字架上的聖人彷彿用垂憐的目光往下看。

巫潔靈信佛教，也信天主教和回教，既然這裡是主耶穌的地頭，當然要雙手合十祈禱，誠心懇求道：「神啊！祢恩澤深厚，祢的大能無邊無際，祢也不想世上從此損失一個美女吧？我又乖又可愛又漂亮又善解人意又愛護寵物，求求祢保佑我……」

但她這番默禱只是緣木求魚，入來時就發現這教堂地方不大，很容易被發現，躲得一時也躲不了一世。除非真的有甚麼奇蹟出現，否則她這手無寸鐵的少女又焉能敵過持槍的惡徒？

蒙武推開圓頂大門，走了進來正堂。

他早就撕下了假髮，平常戴著的眼罩只是道具，因為他練了很久也無法瞇著單眼開槍，所以才戴上那種東西，久而久之，也就變成習慣。

教堂內沉寂無聲，漆黑而朦朧，依稀可見頂上的中國風壁畫。

中間是一條通往祭壇的灰磚甬道。

左右兩邊都是供信徒崇拜時坐的長凳。

蒙武握著手槍，沿著一排排長條木凳搜索，雙眼顧左望右，置物的板几有幾本未收拾好的聖經。他一步步行走，注意的是長凳之間的空隙，還有兩邊的紅柱和影壁，蛇一般的目光在昏暗的空間搜刮巫潔靈的行蹤。

他心中有恃無恐，覺得巫潔靈就躲在這裡，出言引她動搖，便大聲道：

「妳乖乖出來投降的話，我是不會傷害妳的！雖然我長得像壞人，但我從來不會傷害女人。我們只需要妳的能力，來幫我們辦一件事……那小子一定會被王虢殺死的。有我們九歌的人來保護妳，世上就無人可以傷害妳！」

蒙武的腳步聲愈來愈接近祭壇了。

巫潔靈心裡打了個哆嗦，壓根兒不相信蒙武的話。

祭壇後方兩側都有微弱的光線，與內堂相通，只有衝出去才有一線生機。巫潔靈鼓足了勇氣之後，蹲了起來，就離開了壇台，低著身子竄向右側。

蒙武就怕她不出現，這下子看見她在前方出現，心中暗笑一聲，急步就向前追去，一雙眼如影相隨地跟著巫潔靈的身體。

就在快要越過最後一排長凳之際，他卻不知被甚麼東西絆倒，重重地摔向地面，磕掉半個大門牙。

巫潔靈眼見詭計得逞，便竭力俯衝回來，推倒整個壇台。一推之下，壇台應聲倒地，壓在蒙武的身上。

砰……

周遭的一切渺無聲息，那條繫在兩隻椅腳之間的黑色長項鍊仍在晃動。

她一直戴著這條垂到腰際的長項鍊，想不到在今晚救了自己一命。

隔了一會，巫潔靈想看看蒙武是否昏倒，捻腳捻手地走到下面，卻驚見傾倒的壇台下伸出一隻手，要是她遲了半秒才縮腳，就會被蒙武抓住。

「妳走不了的！」

蒙武滿眼金星亂迸，正從地面爬起來，就被一件像蜂螯的東西黏上手臂。

那是裸露在外的接頭電線。

蒙武全身顫抖了一秒，就像在卡通動畫裡看到的一樣，彷彿有股電流連通到周身各處，霎時就昏厥過去。

原來巫潔靈接近蒙武之時，手中拿著一個電暖爐，連住插座的電線亦剛好夠長。

巫潔靈擔心會觸電，立刻就扔掉手中的電暖爐。就像做完了過分的惡作劇，她感到有點心慌意亂，探一探蒙武的鼻息，才鬆了口氣，知道自己沒有電死他。

巫潔靈看著身邊的女幽靈，低聲道：

「謝謝妳。」

一入教堂，她設置了陷阱之後，就向在聖堂裡徘徊的幽靈求救，問問有甚麼可以用作自衛的武器。那幽靈是個老女人，她的喪禮近日在這教堂裡舉辦，生前是這裡的善信，熟悉教堂裡的一切，便告訴巫潔靈壇台下有個會漏電的電暖爐。

巫潔靈已經走投無路，就抱住電暖爐躲在祭壇下面，插上電源，起初也沒想過真的要用上這樣的「武器」，到最後因此自救，真是僥倖到了極點。

巫潔靈捏了一把冷汗，感謝那女幽靈之餘，也感謝造出這件電器的無良製造商，為平價的電器增添了這麼神奇的特殊效用。

「噢！天呀！」

此時內堂有個修女走出來，看見被壇台壓住的蒙武和巫潔靈，一時間大驚失色。

巫潔靈本來想向她說出真相，但心想這些事一言難盡，錯綜複雜得令人難以理解。她想好了說辭，便擺出一張可憐兮兮的臉，向那修女撒謊道：

「這男人是個大色狼！他想侵犯我，結果自己白癡觸電昏倒……真是很可怕呢！」

那修女自身也是女人，當然相信巫潔靈的話，正想回去內堂打電話報警，巫潔靈卻拉住她的手。

巫潔靈眼珠機靈一轉，又瞎編出一個藉口：

「妳認識關子吟先生嗎？我有急事要妳幫忙……關子吟老伯伯快死了！他現在奄奄一息，他念念不忘一幅以前在這裡看過的畫……他很想在臨死之前再看看那幅畫，就託我趕來這裡，幫他取那幅畫。那幅畫是由中國一位國畫大師所畫的，妳知道放在哪兒嗎？」

原來她記得關子吟先生是這裡的常客，所以便借此來求那修女幫忙，一番話說得聲情並茂，不由別人不信。

那修女懵然不懂道：

「畫？」

巫潔靈再三催促，加油添醋地圓謊，自己也覺得自己不當騙子是浪費人才。

那修女忽然想起雜物室裡有一堆畫，便帶了她走進去教堂裡面。

到了內廊，推開黑門，就是一間布滿灰塵的雜物室。

那修女指了指那堆畫的位置，逕自急步離去，盡快找其他人過來。

事隔已久，巫潔靈也不知可否尋得著老關子所說的畫，默唸一句：「天主保佑！」接著就開始逐張察看那堆在歲月裡塵封的畫，只盼其中一張是解謎的關鍵。

一幀又一幀的畫在眼前掠過，有的是中國畫，有的是西洋畫，當中不少都是名畫的仿製品。這教堂內部裝潢本來就是中西合璧，所以掛上中國畫就有古風的風韻，展出西洋畫就有典雅的宗教氣息。

其實巫潔靈心中的希望愈來愈渺茫，在芸芸一堆畫中，根本不知哪幅才是自己要找的畫，擔心就算眼前出現當年給了駱先生莫大啟發的畫，她也未必知道就是那一幅。

但拉出其中一幀畫時，巫潔靈不由自主地停頓了，一雙纖手凝在半空，目光裡散發出不一樣的異采。

「原來……原來是這樣！」

這就是要找的畫了。

找到那幅畫，就會找到答案……她的直覺果然準確。

她知道了王虓的弱點所在！

在鬧市的一個地點，空氣中瀰漫著燒焦的氣息。

這場爆炸已引起途人的矚目，再不撤離就會遭到公安的盤問。可是吉普車裡的裝備和物資不能説丟就丟，張獒借著前面的七人車作為掩護，一方面顧慮敵方會再度襲擊，一方面思索如何逃離現場。

車頭前窗的玻璃完全粉碎，車內人失去最大的保護屏，情況糟糕至極。

狙擊槍最遠的殺傷射程可達二千五百米，約為廿五個足球場首尾相接的長度。狙擊手可以從任何方位及任何角度暗彈傷人，也就是説，被狙擊的目標隨時隨地都籠罩在死亡的陰影之中，有時中彈身亡都不知自己是怎麼遭暗算的。故此，在近代戰爭中，狙擊手都是極為惹人憎恨的角色，一旦被敵人逮著，都會被狠狠折磨至死。

張獒恨透了易牙，心中怒火極盛，連番遭人暗殺，已到了忍無可忍的地步。張獒很想反擊，很想把那傢伙揪出來，但最大問題在於：只要易牙一天未開槍，就無從得知他的藏身地點。

但是，易牙那種級數的殺手，一是不開槍，一開槍就要他斃命。

大馬路上塞車混亂，張獒覺得自己是一隻快被封死的棋子，再不闖出重圍的話，吉普車就會像掉入蜘蛛網一樣，被黏得死死的動不了。

但他腦際間同時泛起一個疑問：「奇了……那傢伙是怎麼知道我的行蹤？」

早在從陵墓出來之後，易牙就好像有辦法探知他們的位置，無論他們去到哪裡，易牙都會預先在附近埋伏。但張獒萬分肯定，他已用最先進的儀器來檢查GPS訊號，確保車子沒有被敵人動過手腳，將衛星位置洩露出去。再說，如果敵方真的有法子準確知道他們的所在地，在酒店裡暗殺他們豈不是更加容易，怎會等到現在才下手？

張獒驀地想到一事，心裡直喊自己笨蛋，然後大聲自語道：「幹！時間來不及了。我要立刻起程。再不趕過去碑林那邊，小賴就是死定了！」

說完這句話，張獒緊握駕駛盤，即將開車。在這條大馬路上，無遮無掩，實在太容易受到狙擊。張獒來狠的，將車子駛上了行人道，在五光十色的招牌與蓋篷下慢駛，見到途人就按了按響號，鬧得雞飛狗跳，結果成功駛到了路口，便右轉入小路。

兩側是屏障般的平房，吉普車彷彿在水漬粼粼的路上留下兩條夜光色的軌轍，續往碑林的方向直闖，眨眼間消失在小路的盡頭。

夜空。

黑雲。

殺人月。

一根烏鴉的羽毛，落自碑林上方的天空。

另一邊廂，敵人移動得更快。

在一幢高聳的樓宇之上，有雙邪惡的眼睛在隱伏。

狙擊槍。托腮架。夜視微光瞄準鏡。

子彈上膛的聲音卡卡刺耳。

但易牙覺得非常動聽。

他全神貫注地俯察著碑林正門外的動靜，他知道張獒很快就會將車子開到那裡。

只等到張獒的頭顱在瞄準鏡的圓圈內出現，易牙就會扣下狙擊槍的扳機，比音速更快的子彈貫穿目標的頭部，血漿迸流的畫面就會填滿整個鏡頭。

那一發子彈的快感太令人期待。

易牙是接近死神級數的奪命狙擊手。

他在等待。喉頭因興奮發出噶噶的怪聲。

在一次槍戰之中，他敗給了一個被稱為「神槍老張」的傳奇神槍手，在近距離被斜彈打碎了下顎致傷，所以才要一直戴著銀口罩做人，當時的屈辱懷恨至今。

——而張獒就是那個神槍老張的兒子。

復仇的火焰在易牙心中燃燒起來。

這會使射出去的子彈更準！命中率百分之百！

陣風吹來。

神經緊繃。

張獒的吉普車在瞄準鏡裡出現了。

殺人的最佳時機即將出現。

正當易牙調整瞄準鏡的放大倍率的時候，卻看見極為出乎意外的事情——

吉普車仍在行駛，但張獒已從車子的天窗探出身子，整個人站了起來，而與他臂與胸膛緊密結合在一起的，竟是一枝槍口仰天的狙擊槍。

反狙擊！

張獒身具超強的眼力，尤其在失去了一隻眼睛之後，這特質在剩下的單眼上更加強化。張獒驅車直入之前，已組裝了一支狙擊槍，憑著天才神槍手的直覺，加上用超強眼力盱衡全景，很快就找到易牙的潛伏點。換了是自己，也會在同樣的地方置槍，所以張獒這次是賭命和易牙幹上了，讓他領教一下由獵殺者變成獵物的感覺。

狙擊戰是最強槍手之間的對決。

假如易牙是黑色的死神，張獒就是白色的死神。

易牙在上，張獒在下，本來是易牙佔了極大的優勢，但張獒為了爭分奪秒，竟然在車子未停定的情況下，就瞄準上方，與對方鬥快開槍。而且他採用的是穩定性極低的立姿，由下向上射擊，更受風的影響，要命中對方簡直是奇蹟一般的難事。

張獒極速對準易牙的面部。

在陣風的間隙中斷然扣下扳機。

槍口到那裡，子彈到那裡。

神槍轟天！

一發子彈劃破天際，然後彷彿出現淒厲的慘叫聲。

在瞄準鏡裡可見，如被一記大槲頭敲中了頭腦，易牙仰後就倒，毫無疑問已經中彈，就是不知死了沒有。

張獒贏了。

回想剛剛的處境，真是險到了絕點，張獒一直門戶大開，若然那一發子彈有絲毫偏差，易牙就會瞬即還火，魂歸天國的人就是張獒了。

張獒倒抽了一口冷氣，目光打轉間，撿起車裡的彈頭，心道：「我果然猜對了！在最初的時候，易牙射進車內的子彈裡，應該有一顆是『竊聽器』吧？也虧他想得出來，會用這種原始的方法，我太過依賴高科技，差點就著了他的道兒。」

原來他故意透露行蹤，就是引易牙在碑林附近埋伏，以其人之道還治其人之身，結果絕地反擊，好不容易終於解決了那個難纏的眼中釘。

車外是庭院深深的碑林入口。

裡面的決鬥發展到甚麼地步，張獒全然不知。

剛從鬼門關走出來，張獒瞧著倒後鏡，抹了抹臉上的血跡，拔出幾片玻璃碎。他擔心起巫潔靈的安危，卻在這時，手機響起一陣穿透夜寂的鈴聲。

一接聽，就聽到巫潔靈在另一端大喊：

「張獒！我知道了王猇的弱點啦！你一定要盡快想辦法通知賴飛雲……」

張獒聽到這個消息，又喜又憂，喜的是她終於解開了謎團，憂的是賴飛雲生死未卜，再者自己不熟悉這裡的環境，偌大一片碑林，到真的找到他的時候，也許他早已經變成了一具死屍……

忽然間，有個照明光圈在張嫯身上晃來晃去。

「你在幹嘛？」

有個提著手電筒的警衛來了，剛剛的槍聲那麼大，也難怪會驚動他，前來看個究竟。

在這節骨眼上，還惹上了警衛，禍不單行……

五十五。

劍光一掠而過。

賴飛雲那一劍的劍氣穿空斷影，無形劍刃揚起土塵，就要取王虓的性命。

就在生死攸關的毫秒之間，王虓拔出了龍淵劍，急蹴而起，手肘向下，看來就像體操裡的屈體騰越動作。

然後，不可思議的事發生了，王虓整個人就像在半空凝住一樣，直至凌厲的無形劍氣乘風而過，他整個身子才微微下沉，霎時以正常的降速墜地。

在樹影幢幢與簷壁重重的古庭裡，被砍出橫橫一條深長劍痕的不是王虓，而是蒼挺俊拔的老樹，無數被切斷的枯籐如飛絮般吹散。

只見王虓單手撐地，打了個側手翻，一個黑影在空中疾捲，接著揮灑自如的翩翩著地。

賴飛雲完全無法看透剛剛發生的事，只知那是龍淵劍的神妙力量。

他迅即提劍向著王虓直衝，目光不離王虓手中那不光不亮的短劍，深深明白對方既然已拔劍，就是要來真的。龍淵劍的劍刃通體黑透，就像用玄鐵打造，在賴飛雲還沒摸清它的底蘊之前，只有攻得王虓無暇施展，才會有一絲活命的可能性。

六種劍法，楷書的嚴，草書的狂，行書的快，隸書的逸，瘦金體的削，篆書的曲折，悉數化為暴風疾雨的招式。賴飛雲使出雙劍，妙就妙在可將不同的劍招組合使出，譬如楷書與篆書一方一圓，草書和行書夠快夠狠，兩招同出合為一招，便成變幻無常的一擊，猶如屢出新招，攻破王虓固若金湯的守壁。

劍風颯颯！

左一劍，右一劍，王虓在劍光之中左躲右閃，血花飛濺，儘管身上被劃破幾道口子，薑到底是老的辣，生死關頭臨危不亂，那些肩膀上的輕傷亦在短時間內痊癒了。

狂風暴雨式的猛攻必有衰竭之時，王虓眼裡看得透徹，只待賴飛雲一輪力氣用盡，就是他傾力反噬之時，向這個只憑一股衝勁揮劍的小子狠下殺手，首級手到拿來。

突然間，王虓覷準的機會到了，一手撥開賴飛雲的木劍，旋身之際再以短劍格住泰阿劍的斜砍，兩把古劍首次正面交鋒。鏗然一聲之後，一把長劍凝空而不能再進寸許，王虓的龍淵劍短小精悍，側刃壓住泰阿劍的鋒刃，竟有「四兩撥千斤」之效，而他剛剛亮出的一手也是深不可測的劍法，絕不比賴飛雲的劍招遜色。

「吾之劍法，名為『龍噬燕返』！」

大多數劍法都是直來直往，皆在剛勁迅捷兩點上克敵制勝，而王虓這一路劍法，招式如龍騰，如虎踞，如燕翻，不停有股源源不絕的綿勁纏著對方，恰似人劍合一，不求快但求絕，逮著對手的破綻尋隙插劍，一招斃命。絕頂身法配上龍捲風式的快劍，遠擋近攻，剛柔並濟，每招都暗藏連續後著，是真正的暗殺劍。賴飛雲若非精通劍道，也決不可能和王虓鬥得難分難解。

劍刃再度相交，王虓向著賴飛雲壓下來，隔著交叉的鋒刃，兩人的臉竟貼得可以望清楚對方的眸子。王虓眸子裡是大汗涔涔的賴飛雲，而賴飛雲眼中是笑意盈盈的王虓，兩人體力上的差距高下立見。

王虓有心和賴飛雲比力氣，傾前再壓下去。賴飛雲差點就要蹲倒，在身子沉下的一瞬間，大喝一聲，舉起左劍，使出一招「枯籐纏樹」的豎劈，劍鋒還沒碰到王虓，它就被王虓突然拋出的紅腰帶纏住。

只見紅腰帶像蟒蛇一般繞住木劍纏了幾圈，王虓竟想奪劍，眼看賴飛雲死命不撤劍，便轉肩托劍，借力使力，捲起賴飛雲，將他連人帶劍摔了出去。

賴飛雲沒料到有此一著，被重重摔倒在地，恐怕被王虓補上一招，恰巧旁側就是矩形排列的小石柱陣，數十條獸刻雕頂的石柱可作屏障，便一滾過去，鑽進方型石柱的間隔裡。

有如狂風掃落葉，王虓的腳力一過，便將幾十條小石柱一一掃倒。賴飛雲身在柱陣中心，石柱紛紛向他倒塌激撞，便如遭受四方八面而來的棒擊，受盡內傷，幾天前縫好的傷口一再破裂，不住流出血水。

王虓踢倒石柱陣之後，跨步後蹬，身子便如黑隼般晃到十丈外。

在一片土崩瓦解的斷柱堆之中，賴飛雲正想忍痛站起來，身子卻重重下沉，四肢百骸的力氣無從施為，勉強只能保持半跪的姿態，背上像有千斤岩壓下來似的，感覺恍如墜進了無底深淵。

龍淵！

王虢舉劍指著這邊，劍尖不離賴飛雲的身上，劍刃的顏色由黑轉紅。

「怎麼樣？這就是龍淵劍的威力。」

賴飛雲痛苦得面容扭曲。

在賴飛雲的半圓之內，彷彿有股沉重無比的氣壓，一切東西都被一股無形的拉力吸向地面。賴飛雲仰頭望著王虢，稍為動一下都變得異常吃力，回想適才王虢避開泰阿斬的情形，心中冒出一個念頭，忍不住脫口而出：

「重力！」

王虢笑對賴飛雲道：

「你眼光不賴，看得出來。龍淵劍就是一把控制重力的劍。雖然我未見過外星人，無法向他們請教，但我一直相信UFO的飛行原理就和這劍差不多。」

可以自由操縱重力，也就可以擺脫地心吸力，反之亦可以擴大固定地點的重力。正如人在無重力狀態下可以躍起幾丈高，人在重力加倍的狀態下便是舉步維艱，甚至動彈不能。

所向無敵。

王虢已立於不敗之地，加上龍淵劍就是如虎添翼，過去不曾有人可以打倒他，將來也無人可以破滅他的不敗傳說。

絕望才是真正的萬丈深淵。

王猇對著無力反抗的賴飛雲說話：

「跟中國的傳統相反，在歐洲，殺頭是王親貴族的特權。很久也沒有人死在我的龍淵劍之下——你可以被我殺頭，這是你的光榮。」

賴飛雲啐了一口，不屑道：

「那我該向你叩頭謝恩嗎？」

賴飛雲握緊了劍柄，卻連站起來都成疑問，哪裡還有反擊的餘力？在千鈞重負般的重力之下，他全身力不從心，仰視著王猇高大的身影，運起「磁氣逆雲」，將泰阿劍投擲出去，結果也是徒然，那劍擲不遠就掉在地上。

賴飛雲靠臂支撐身體，拖著雙腿，向後划行，連劍也撒手了，已到了束手待斃的絕境。

王猇一步一步逼近，如看螻蟻一樣的瞪著賴飛雲，手中的龍淵劍紅光四射，殺意大盛的目光似在說：

「你完蛋了！是時候結束了！」

與此同時，一陣爆破似的嘈聲驅走了沉寂，接著傳來一道低沉的嗓音，場內竟響起了繞樑一般的廣播：

「小 賴——你 聽 得 見 麼 ？」

是張獒的聲音！

五十六。

萬籟俱寂之中，突然出現張獒的聲音，當真嚇人一跳，連王虢也不禁怔了一怔。

原來張獒在外面正煩惱如何尋找賴飛雲，恰巧碑林的警衛來了盤問，這樣的事對張獒來說簡直是求之不得，廢話少說就脅持那警衛，逼他帶自己到辦公室，開通全院的喇叭，讓廣播聲傳遍每個角落。

「小賴，巫潔靈託我向你傳話，她說她已找到了答案——答案就是她放在護身符裡的東西。」

巫潔靈為了保佑賴飛雲取勝，偷偷放了個護身符在他外套的口袋裡。護身符裡除了紙條，還藏了一樣東西——

賴飛雲心中斗然冒起一個聲音：「是頭髮！」

巫潔靈的話那麼婉轉，用心良苦，就是以防王虢察覺自己的弱點暴露，之後就會警惕起來。當時她本著好意送給賴飛雲的東西，純粹只是希望帶來好運，無心插柳柳成蔭，現下竟可用來打暗語，向賴飛雲提示王虢的弱點。

賴飛雲想不透頭髮為何會是弱點，卻對巫潔靈的話深信不疑，更想道：「難怪如此！兩個人決鬥，只想著制住對手的要害，哪會笨得去斬斷對方的頭髮？」

可是，賴飛雲置身在龍淵劍的重力狀態之下，行動異常緩慢，使盡全身之力，也只可站起來和舉起手臂，縱使知道了王虓的弱點，也沒法子做得出甚麼。

王虓朝賴飛雲走一步。

「你燒掉我老家的房子，本來我要將你剁成肉醬，才能洩我心頭之恨……現在我要將你的腦袋斬下來，帶回家血祭……」

其實燒掉房子的是易牙……不知九歌的人說了甚麼，王虓將這筆帳算到賴飛雲的頭上。都到了瀕死的時刻，賴飛雲忍住痛楚站起來，周身關節像生鏽了的螺絲釘，憋著一口氣，根本不會浪費精力去澄清那種誤會。

王虓再朝賴飛雲走一步。

這時兩人相距約四米，突見賴飛雲怪模怪樣地高舉右臂，由下而上向腦後斜斜一拉，就像在半空中牽扯著甚麼似的姿勢。

王虓自以為勝券在握，看不懂賴飛雲的奇怪舉動，正感詫然之際，劍鋒已在他眼前匆然劃過。

御劍！

半空中飛來一劍，沿著大迴環的軌跡凌空揮劈，劍柄上繫著一條不容易看見的鐵芯絲，末端被賴飛雲捏在手中。

原來早在與王虓決鬥之前，賴飛雲深思熟慮，唯恐會被王虓奪劍，又或者慎防泰阿劍脫手，便用鐵芯絲將劍柄與自己的右掌繫在一起，磁力便能透過導體傳到劍上。鐵芯絲極為幼細而柔韌，院內暗沉沉的，又因為他的掌上包著繃帶，所以王虓一點也沒有看得出來，沒想到最後會變成了救命的法寶。

在重力之下，磁力依然發揮作用。

賴飛雲就像放紙鳶一樣操縱著浮起的劍，以自己為圓心，畫出一道空中劍弧。

但這一招也只是湊巧使出，賴飛雲只能順勢掌控著飛劍的去向，斬不到王虢的脖子，就只好自左而右橫削他的眼睛。

王虢雙目突然一黑，只覺劇痛無比，雙眼已被弄瞎，那一劍竟削出一公分深的傷口。王虢自知已遭暗算，擔心那劍會迴旋再斬，逼不得已之下，只好解除施加在賴飛雲身上的重壓，改用龍淵劍來減輕周遭的重力，往上一縱，便似懂得輕功一樣的飄到上空。

半空中的王虢就像厲鬼，賴飛雲在下面瞧著他，心想：「一定要盡快對付他！要是他眼睛癒合，我就失去了這難得的勝機。」

王虢就只能靠耳朵來探知賴飛雲的動靜，聽著下面細碎的腳步聲，大概猜到賴飛雲正繞到另一邊做一些小動作。他曉得賴飛雲有飛擲鐵器的技倆，便將重力一放一收，雙腳一碰到空地，隨即又再躍起，有如太空漫步，打算用這法子來拖延時間。

雖然可以騰空很久，但物理軌跡始終無法違反大自然的定律。但只升到一半，王虢的預感便已成真，忽然感到一陣急風向著自己而來，便迅即解開重力，讓自己降回地面。他顴骨上的血痕已漸漸褪色，由一公分深變成半公分深，再過半分鐘雙眼就會痊癒。

在下面，賴飛雲持劍直奔，衝到王虠的落點。

這是最後搶攻的機會，賴飛雲右手倒握劍柄，由內而外大劍一劈，竟使上蘇軾《寒食帖》中的劍招。

快劍卻只能掠過王虠的胸前，他閉著雙眼，本能反應極快，感受劍風和殺氣，竟也躲得開賴飛雲的劍招。由《寒食帖》化出來的劍法肅殺無比，招招霸道迅猛，卻背離了書法秀逸之道，半點也不優雅，對敵窮追猛打，近乎亂砍，跡近無賴，砍砍削削劈劈疾刺，招式間毫無停頓，一筆疾書到底，勢如山倒地撲向王虠。

寒食絕殺劍！

不是置之死地而後生，也無法將這套劍法的威力發揮得淋漓盡致。賴飛雲所學劍法之中，就以這套劍法的威力最為龐大，但有利必有弊，劍法意境絕處求生，動作豪邁非常，處處都會露出破綻，若非王虠瞎了雙眼，賴飛雲也萬萬不敢在他面前使出這樣的絕招。

在劍光與血花飛濺之間，王虠巧妙地躲開和用劍來擋格，並無呈現半點敗象。

賴飛雲受傷之後，力氣亦大不如前，再著急也好，終究無法向他揮出致命的一擊。

王虠的雙眼開始能看得見模糊的東西。

而他睜開眼之後，第一眼看見的，竟是一團火。

他早就已經嗅到一陣油漆的氣味，但因為全心閃躲，沒來得及細想那樣的事，更沒想到對方所攻之處竟然並非自己的身體。

火劍！

原來賴飛雲剛剛乘著王虢看不見，單手同握雙劍，繞過自己的長袋取了打火機，又跑到置放著油漆桶的牆邊，木劍一插進桶裡就沾滿了油漆。他的腳步沒有一刻停下，全在轉瞬之間完成，點了火，繞了一圈回來就衝向王虢。

賴飛雲一直只用單劍進攻，左手握緊著了火的木劍，忍受住被火燒傷的痛苦，就只等一個順風向著王虢的機會出手，倏來一招高峰墜石般的極速快劍，刺向王虢晃起來的長髮。

王虢的頭髮著火了。

賴飛雲將嘴裡含著的火水噴向王虢。

猛聽得王虢大呼一聲，他的頭上一下子燒起來了。只見王虢狼狽地在地上翻滾，無法止住極猛的火勢，又奔到廁所外面，拿起水桶淋向自己頭上。倉皇之中，也顧不得儀態，他直接將頭塞進水桶裡，這才真的滅了火。堂堂一代超級殺手，現在危坐在地，面目全非，頭髮已燒光了，連眉毛也只燒剩半截。

地上多出一個影子。

賴飛雲的劍已架了在王虢的脖子上。

在夜燈凋零的街道，巫潔靈快步行走，亂過馬路，向幾個陌生人問明了方向，一路走來，灰色的道路像在漸漸褪色一樣，最後終於到達了碑林博物館。

正常女子怕鬼，一定不會獨自夜闖這種行人絕跡的地方。但巫潔靈天不怕地不怕，有時覺得人比鬼更可怕，心裡擔心賴飛雲，一路赤著腳，涉險來到了這個在黑暗裡陰森森的地方。

當巫潔靈溜進了碑林屏門後的庭院，就瞧見了張嫢正在亭外的小石墩上坐著。

張嫢的目光一與她交接，就露出相當黯然的面色，似有甚麼噩耗要轉告她。

巫潔靈一顆心往下沉，神色慌張地問：「小怨哥呢？」

張嫢垂著頭，泣聲道：「死了。」看見巫潔靈失神恍惚的樣子，又道：「抱歉……儘管我跟他說了王虢的弱點，他還是敵不過王虢……他被王虢殺死了。」

死了？正當巫潔靈信以為真，感到萬念俱灰之時，賴飛雲就從洗手間走了出來。因為他剛洗去血跡，全身便濕淋淋的，而且也處理好了受了燒傷的左手，手上纏著密密麻麻的繃帶。

看見巫潔靈淚眼婆娑的樣子，賴飛雲只是一臉愕然，雖然常被她作弄，他卻沒有想過要報復，騙她一事全是張獒的壞主意。

張獒在後面暗笑一聲，還擔心巫潔靈會因此生氣，卻見這少女不顧一切地朝賴飛雲直奔，飛撲到他的懷裡。賴飛雲怕她真的摔倒，便緊緊摟住了她，離地轉了半圈，這一幕可媲美青春偶像劇裡男女主角可歌可泣的相逢，只看得張獒好生羨慕賴飛雲的艷福。假如賴飛雲嘴裡不是有火水的異味，巫潔靈情難自禁，搞不好就會和他親嘴。

張獒微感尷尬地瞧著兩人，不想被當成電燈泡，便假裝咳了一聲，向巫潔靈解釋剛剛發生的事。巫潔靈知道賴飛雲戰勝了王虓，登時拍手稱快，笑靨生花道：「哇！小怨哥你好厲害，果然是我沒有看錯的男人。你打敗了天下第一的殺手，從今以後你就是天下第一的劍客！」

張獒惋歎了一聲，向賴飛雲道：「不過，你放過了王虓，沒有殺他，太可惜了……放虎歸山，你真的不怕後患無窮嗎？」

賴飛雲含笑以對，氣宇軒昂。

「我已經知道了他的弱點。哪怕以後再碰到他，他也一定不是我的對手！」

這番話說得豪邁十足！張獒忍不住豎起了拇指，而巫潔靈眼裡波光流轉，有種心跳加快的感覺，更加喜歡眼前這個小帥哥。

到了最後，賴飛雲堅持了自己的信念，沒有用他的劍來殺人。

原來巫潔靈帶去的手機電源耗盡，與張嫳的通話到一半就中斷了。張嫳正愁著如何找她，她就自己跑來這裡，真是再好不過了。

「為甚麼妳會知道王虢的弱點在頭髮？」

賴飛雲和張嫳均感好奇，便問起這件事。

巫潔靈做了個可愛淘氣的鬼臉，道：「我也要學學老關子，賣一賣關子，讓你們猜一猜！」張嫳和賴飛雲不甘心被她擺布，有默契地對望一眼之後，就對她不理不睬。巫潔靈吃了悶虧，便道：「好啦！你們想知道答案的話，就跟我去一個地方吧。」

出了碑林，眾人乘上吉普車，聽著巫潔靈的指示，往五星街天主堂那邊直駛。逃過大難之後，再看西安鬧市濃妝艷抹的景致，夜裡笙歌酒徒，坊間肉香市販，頓有恍如隔世之感，總算放下心頭大石，享受這片刻的愜意。

只有張嫳真正知道，更大的磨難和危機還在後頭，現在只是稍為喘一喘，優哉游哉言之尚早。

來到了五星街。

在幽冥的月色之中，教堂門外，天使像旁，有一幅色調深沉的油畫。雖然巫潔靈騙人不打草稿，但也記得圓謊，將那幅找到的畫帶出教堂，但由於不便攜畫走動，便將它倚牆放了在教堂的外面。

只見那畫構點四邊黴黑，疑在洞穴似的帷幔裡，一個胸口袒露的男人在幾名敵人刀口之中掙扎，右眼被利刀插入，臉上乍現憤恨交雜的表情，就像遭人陷害和出賣。在畫中央，有個面露歹意的女人，她一手提著斷髮，一手拿住利剪。

巫潔靈領著賴飛雲和張褩，到了那幅畫前，徐聲道：

「這幅畫名為《參孫與大莉拉》，由徐悲鴻大師所繪……徐悲鴻先生是一代宗師，也是中國現代美術的奠基者。他擅長油畫和中國畫，尤以畫馬馳名中外，我敢說，就算你不認識他，也一定見過他畫的駿馬……」

因為巫潔靈喜歡徐悲鴻的畫，所以說得出他的生平。

「徐悲鴻大師早年出國留學，眼前這幅《參孫與大莉拉》，便是他在美術館裡臨摹的名畫，至於原作出自哪個畫家的手筆，我就不記得了。這幅畫背後有個聖經故事，出自舊約裡的《士師記》。參孫是猶太人的士師，他擁有上帝所賜的超人力氣，令鄰族的敵人相當痛恨。敵人便使出美人計，派出一個叫大莉拉的女子，套出了他的弱點在頭髮這個秘密，然後成功捉拿他……」

眾人這便想到，駱先生本來知道王猇頭髮的秘密，看到此畫便想到他的身世。至於他當時印證了甚麼結論，秘密早已陪著死者入殮了，只怕要到黃泉才能問他。

巫潔靈提出自己的一番見解：

「駱先生的日記給了我很大的提示。語言語言，語言的本質就是人類用嘴說出來的話，即是我們溝通的說話。

「由於我們有了『漢字是象形文字』這個根深柢固的思想，就被引向了錯誤的方向，從造字的角度來剖析這兩個字。其實，本來是先有音，才有字的，這是語言發展的過程。很多字的意思都是附寄在讀音上。你想想看，你會記得一段字，是用聲音還是圖像？我們嬰兒時牙牙學語，就是用聲音來記憶的。

「現在我們假設這樣的情況：有一個外族來到中國，就要改一個中文的族名。我學過一點日文，知道日語裡有片假名，主要用來翻譯外來語。我們中國人不會唸英文，有時也會用相近的讀文，將一些外國的品牌翻成中文，CHANEL叫香奈兒，道理是一樣的。」

賴飛雲聽到這裡，還是抓不住重點，當下問她：「妳意思是說……王虓的祖先本來是個外族？『秦孫』是一個族裔共用的名字？」巫潔靈想了一想，答道：「應該是的。或者是個姓氏。」

賴飛雲指著那畫，又問：

「那『秦孫』和這個叫參孫的大力士有甚麼關係？」

「關連是在『秦孫』兩個字的古讀音上。」

「古讀音？」

說到這裡，巫潔靈拿著「愛瘋」手機，連到一個網上百科全書的網站，叫大家稍等，又觸屏按了一會，才道：「參孫的名字在希伯來文裡是這樣的……」她說話的同時，順手展示電子屏幕裡放大了的字：「Šimšon」。

「我們現在講的中文，實際上是北方的官話，與古漢語的讀音有很大的分歧。隨著時間的變化，很多字的古讀音都已失傳。但要推斷『秦孫』兩字的古讀音，還是有方法的……以我所知，古代日本完全使用文言文，日語的漢字甚至保留了中國漢字的古音。以前我的老師說，『阿房宮』的上古音聲母，就和現代日語中的發音極為接近。在日語中，『shi』就是『si』，而日語中只有『n』，沒有『m』這個尾音。『s』和『sh』，『m』和『n』，本來就很容易混淆嘛……」

巫潔靈舉起「愛瘋」，向大家演示，切換到日語輸入法，用「n」來代替「m」，輸入「しん(shin)」，就可選出「秦」字，而輸入「そん(son)」，就會出現「孫」字〔在日語輸入法中，「ん」的輸入法是將「nn」連按兩次〕。

如果巫潔靈的臆測全部正確——

「秦孫」兩個字的古讀音就是「Šimšon」。

這種事聽來就像鬼扯，但王虢的弱點確實是在頭髮上，賴飛雲和張癸縱然驚訝，對她的話也不得不信。

巫潔靈臉上忽然出現了憂傷之色，指著另一個方向，說出偶然發現的事：「我剛剛走路過去找你們的時候，經過一片空地，在那邊碰到一個很特別的幽靈……我帶你們過去吧。」

感覺就像是在命運的引領之下，眾人沿著平日熙熙攘攘的大街，一下子轉進了夜間極為僻靜的空地，這樣的地方如同城市中的小綠洲。

在那片雜草叢生的荒地上，有一株蒼老的巨樹。

那裡就是當年發生那起慘劇的地點，不過隨著時代的變迭，城市面貌日新月異，已沒有幾個人記得那樣的事，歲月遺失了細節，霏霜亦洗去了血跡。

眾人凝望著那株大樹，只聽巫潔靈説話：

「這株樹上依附著一個叫阿虎的幽靈……我以前就知道，一個人可以有幾個靈魂，靈魂亦可以分裂，不過這樣的例子相當罕見……殺人是最大的邪惡，因為殺了人之後，就連自己的靈魂也會隨之失去。」

巫潔靈站上粗大的樹根，一邊撫樹一邊説：

「這個阿虎就是王虢靈魂中代表『善』的部分。只要本體王虢一天未死，他仍會陰魂不散……」

蒼茫大地，風吹寒梢，耳畔彷彿響起一首淒涼的輓歌。

多少個時代，又多少個春秋，這株樹是慘劇的目擊者，枯瘠的樹皮就是皺紋，低訴著來自遙遠過去的古音。

巫潔靈轉述那個阿虎的話。

那可是他們聽過最悲傷的故事……

一九八八年·阿虎

五十八。

阿虎。

這是靈魂叫的名字。

阿虎說，他死的時候是一九八八年，當時他是虛齡十六歲。

正確來說，他並沒有死，只不過脫離了主體。

雖然看不見靈魂的外觀，但據阿虎自己描述，他是個高大清秀、充滿陽光氣息的短髮少年，特徵是額上的觀音痣。他自小運動神經發達，小時候經常做到很多人做不到的事。

「這個世界是有神明的。神賜給你很不可思議的力量。」

當阿虎還是孩子的時候，他就相信這個世界有神，神是公平公義的，善良的人會得到保佑，善有善果，惡有惡報，而這世界會變得愈來愈美好。

儘管沒有宗教信仰，他一直相信神。

身為一個靈魂，他最眷戀的是童年的時光。

他在一個幸福美滿的家庭裡健康成長。

由阿虎十二歲開始，爸爸就只准他留短髮，對這件事異常執著，有時甚至向髮型師指定頭髮的長度。阿虎升上初中之後，就成為了田徑隊之星，就是爸爸不逼，他也喜歡一頭清爽的髮型。

阿虎之後會遭遇不幸，就是因為得罪了刑煌。

刑煌是個很有家勢的獨子，人人私底下都叫他「紅孩兒」，他父母就是牛魔王和羅剎女。這比喻頗恰當，刑家之主簡直是地方小皇帝，有財有勢，門庭赫奕，有心巴結的人要排隊兩年，敢得罪他家的人就是活得不耐煩了。

因此，同學總會在刑煌的臉上，看到他驕矜不可一世的神色。家境太好也不是好事，刑煌無心向學，連年留級，快十八歲了，還在唸初中。不過只要他一聲答應，就可以出國到地球上任何一國留學。刑煌常說，他是「紆尊降貴」，想體驗一下民間疾苦，才來這所學校唸書。

「甚麼共產主義，甚麼資本主義，我看都是一樣披著狼皮。無論是甚麼主義，都是有財有勢的人佔著優勢，將資產從窮人那邊剝奪，流進有智慧的富豪的金庫裡。」

刑煌在作文裡這樣寫過，他爸爸聽到這種大逆不道的話，便揪著他回去學校，要這毛崽子向老師鞠躬道歉。

但其實老師很害怕刑煌，接受了他的道歉，轉頭再向他賠罪。

有個人叫牛哥，是個窮凶極惡的壞蛋，在這邊算是有點勢力。傳言說他在廣東深圳混過，做過傷天害理的勾當，將小孩弄成殘障，然後指使他們去乞討。如此一個喪盡天良的惡霸來了西安，很快就收了很多兄弟，開始幹壞事。而刑煌不知怎的交上牛哥這個朋友，彼此相濡以沫，近墨者黑，結黨連群，後來更當了拜把子的兄弟。

所以更加沒有人敢惹上刑煌。

只有阿虎從來不肯對他屈服，完全不把他放在眼內。

刑煌第一次和阿虎對上，是在學校的運動會上。

雖然刑煌讀書不成，但在運動方面是一哥，這是他父母眼中最大的優點。加上他年紀比同齡的同學大，別說是要贏，就算是贏得不夠漂亮，他都會覺得顏面掃地。可是自從阿虎來了這初中，在當天一百米、二百米、三千米、跨欄和跳遠的比賽，刑煌都慘敗給這個初中一年級生，而且他穿的是最貴的釘鞋，阿虎卻是赤著腳跑。

阿虎沉醉在勝利的喜悅之中，沒有發現在他背後，有股悻悻然望著自己的目光。

但阿虎真正和刑煌結上樑子，是因為阿雅。

西安市說大不大，說小不小，很容易就會碰到熟人。

阿虎和同學于學良在晚上閒逛，路經鬧市，在燈火闌珊處，竟看見一班人在拉拉扯扯。阿虎認得其中兩個人，一個是刑煌，一個是小學同學阿雅，而其他人都是一副流氓相。那班人進去酒吧之後，只剩下阿雅蹲在原地，而她右頰上有很大的一片瘀青。

「怎麼了？」

阿雅只是在哭，嬌小的身軀在顫抖，沒回答，弄得阿虎和于學良很尷尬。但兩人都沒有離她而去，默默陪在她的身邊。

不一會，刑煌和幾個朋友出來了，看見阿虎三人，以為是來尋釁的，便過去踢一踢阿雅，嚇得她身子抖了一抖。他又瞪著阿虎和于學良，眼中不懷好意。

「喂，你們敢向我的女友搭訕，是不是找死啊？不對，我該説她是我的女奴。」

「刑煌，我問你——你是男人嗎？她做錯了甚麼？犯不著打她吧？」

「你知道我在她身上花了多少錢嗎？她早已賣身給我啦。今天我請她抽菸，她説很怕菸味，不肯抽……又忘了噴香水才出來，身子臭臭的，害我在兄弟面前丟臉——你説她該不該揍？」

阿虎護在阿雅面前，挺身而出，衝著刑煌説：

「有錢不是可以為所欲為的！」

旁人看到這種自以為英雄救美的傢伙，都是嗤之以鼻。刑煌兇巴巴睥睨了阿雅一眼，又惡狠狠地瞪著阿虎，仰起下巴，鼻子裡冷笑：「哼！她是我的女人，是她自己願意跟我的。我愛怎麼打她，你都不曉得她心裡多麼甘願，你管個屁啊？」

阿虎問阿雅：「他説的是不是真的？」看著她點了點頭，阿虎和于學良對望了一眼，均感失望和無奈，就知道不能再為她抱不平了。

阿雅拭了一把眼淚，向阿虎微微行禮道歉，一轉身就要回去刑煌身邊。

阿虎默默看著阿雅，也不挽留她，只是用溫柔的語氣説：「不用怕，我會保護妳的。」

那一刻，阿虎那句話竟給了阿雅很大的勇氣。

她腳步停了一停，眼中猶豫之色盡去，忽然下定了決心一樣，扭身走到阿虎身邊，主動求阿虎帶她走。連她自己也說不出來，為甚麼會信任一個萍水相逢的男人，做出幾乎等於奉獻生命的烈舉。

刑煌等人難以相信眼前的事。

「你給我站著！」

刑煌從後抓住阿虎的肩膀，正想動粗，與阿虎野獸般的雙眼交鋒，竟令他雙腳僵立，由內心深處冒出最原始的恐懼。

牛哥代刑煌出面，這個老大熊腰虎背，手臂就像牛的小腿一般粗，彷彿能舉千斤，力拔山河。

阿虎和他握手比力。

牛哥輸得被拗彎手臂，仆然倒地，好不丟臉。

只見牛哥亮出刀子，刀尖對準阿虎。

阿虎最近幾天手心都有神力，他將路邊的標誌牌杆連根拔起，然後一下橫勁向牛哥揮去。標誌牌像一巴掌一樣，搧在牛哥的大餅臉上，打得他滿眼金星，身不由己，就倒下了。

「這傢伙……是怪物嗎？」眾人相顧失色。

阿雅選對了人。

阿虎是最強的。

無人敢過來攔路，阿虎帶著阿雅離去。

看著三人的背影在陰暗的街角消失，刑煌悻悻然向天發誓：「駱子夫！總有一天，我會叫你在我面前下跪！」

五十九。

阿雅和阿虎、于學良組成三人幫，玩在一起。

三人行，必有我師。阿雅和于學良都以阿虎為首，很聽他的說話。明明阿雅比阿虎大上一歲，她卻虛報年齡，要將阿虎當成哥哥。

阿雅身世可憐，媽媽丟下她離家出走，就只剩下奶奶和她爸爸。她爸爸愛家暴，阿雅總是不願提到這個人，阿虎也就沒有多問。阿雅在那麼惡劣的環境下長大，很容易就學壞，變成了問題少女，輟學之後就一直混日子。于學良家裡有間空房，父母又比較開通，阿雅便搬到他的家，寄人籬下，平時幫忙做家事。

半年後，阿雅考上了，成功轉校來阿虎的初中，跟他和于學良沿著同一條路，一起上學和回家。為了重拾學業，阿雅下過不少苦功，每當她想放棄，腦中就會出現阿虎的鼓勵，結果真的做到了，連她自己也不敢相信。

而當阿雅日後回憶，她認為那是她一生中做過最自豪的事；她和阿虎、于學良在一起的時光，也是她一生中最快樂的時光。

他們一起在西安城牆上騎腳踏車，一起跳進河裡嬉水，一起為中國的運動員喝采，一起蹦最快的舞，一起追最遠的風箏，做最難的習題，看最爛的電影，吃最辣的菜，喝最烈的酒……三個人擠在同一輛三輪車裡。

于學良的家附近有面矮牆，晚上買了串燒等小吃，帶了些花生米，就一同坐到牆上賞月看星光，聊到很晚才盡興。

杯中醇醪中映照出天上的明月。

他們一起共度了青春中美好的時光，而對某些命苦的人來說，那樣的日子彌足珍貴，直到永遠閉上眼睛的一刻，腦中就會再浮現回憶裡最美麗的笑容和風光，還有自己真正愛過的人……

阿虎早就發現阿雅對他有意思。

捫心自問，阿虎真的只當她是妹妹，更何況，他認為男兒應當有更遠大的理想，所以並不把兒女私情放在心上。為了進一步叫阿雅死心，他更逼她結拜成兄妹，背後的動機，也是因為他發現好友于學良對阿雅的愛意。

只有這樣做，三人才能繼續毫無戒心共處，玩成一塊兒。

阿雅渴望被愛，于學良又真的對她很好，久而久之就真的交往了。那時候男女之風甚嚴，這種事萬萬不可被校方知道，阿虎老是提醒他們：「你倆哪！要慎記男女授受不親的格言，千萬不可亂來！」還把這句話抄錄下來，貼在于學良房間裡的門扉。

阿雅變得愈來愈美，活得快樂，人就會有光采。

可憐的阿雅卻再次落入刑煌的魔掌。

因為阿雅的爸爸欠下重債，借錢不還，牛哥的人便抓了阿雅回來。刑煌恰巧在場，看見了她，他就跟牛哥說：「你們抓她也沒用的，她那老爸是禽獸，不會在乎她的死活。」

刑煌又再垂涎阿雅的美色，想和她重溫舊夢，怎料她極力反抗，死也不肯跟他回家，在眾人面前留下兩行淒淚。

他把錢撒到她的身上，語帶不屑道：

「妳以前還不是為了錢跟我做！」

「對啊，你要付錢我才要跟你做，如果是阿虎的話，即使要我倒貼也甘願。」

阿雅很清楚刑煌的痛處，在言語上反擊。

刑煌摑了她一記耳光，阿雅不屈道：

「我認識了阿虎他們，才明白有錢沒錢根本不重要。」

刑煌暴躁如雷，指著阿雅的鼻子大罵：

「妳虛偽！錢是最有用的！有錢就能擁有一切！沒錢的窮光蛋，只能睜看著自己的東西被搶，哭乾了眼淚也沒人幫！」

阿雅「呸」的一聲向刑煌吐出口水。

刑煌氣上心頭，一巴掌打暈了她。

牛哥走了過來，說要教刑煌教訓女人的法子。然後他就拿出一把箝子，銜著菸嘴，幫阿雅打了支麻醉針，再拔掉所有門牙和犬齒……看得刑煌一愣一愣的。

當晚阿雅被送進醫院裡。

阿虎和于學良趕到來的時候，阿雅還在昏迷，幸好並無生命危險。她枕邊擺著一疊錢，夠付醫療費和夠她鑲牙……也不知是刑煌的好意，還是耀武揚威。

苦澀、悲憐和暴怒的情緒交纏。

阿虎一言不發離開了病院，並叮嚀于學良好好照顧阿雅。

這陣子沒空剪頭髮，阿虎的頭髮有點長，一根根髮絲在風中豎起，令人想起怒髮衝冠的岳飛。

一踢開賊窩的門，只見裡面烏煙瘴氣，亂七八糟，地上散滿空酒瓶，又有一堆胡亂丟棄的針筒。二十幾個男人，包括刑煌在內，笑聲嘰嘰嘎嘎，正在磕藥和聚賭。

一見阿虎來找晦氣，眾人都站了起來，拿起傢伙，將阿虎圍在中間。

阿虎面無懼色，一字字吆喝：

「你們為甚麼要欺負阿雅？」

刑煌恃著人強馬壯，指著阿虎的鼻子冷譏熱嘲：

「力量就是一切，力量就是最硬的道理！」

阿虎立刻做示範，扳反了刑煌伸出來的手指，痛得他哇哇大叫。

「你死定了！」

阿虎微笑向著他們。

然後他在包圍之中，以一敵眾，拳拳到肉，腳如旋風，上勾拳，掃堂腿，衝近他的人不是被打飛了出去，就是重重摔在地上，背脊就好像斷了一樣，連牛哥都痛得擠出眼淚。

當阿虎來的時候，沒一個人能擋得住他，當他要離去的時候，也沒一個人能攔得下他。

全部人都倒在地上。

除了刑煌。

阿虎風風火火揪著刑煌，走進病房，眼前是瞪著眼的阿雅和張著嘴的于學良。阿虎雙腳一絆，令刑煌向前屈膝，再在背後一推，刑煌的前額「砰」的一聲撞地，就等於向阿雅磕頭認錯。

阿虎這麼做，就是為了替她出一口氣。

阿雅感激地看著阿虎。

雖然年少氣盛不對，但這世上就是有些人無法無天，不給他們一點顏色看看，他們對你的欺凌只會更甚。

從此，刑煌不再欺負阿雅。

並不是因為怕惹上阿虎，而是因為刑煌受到了現世報。

刑煌沒來上學了。

有謠言說他得了一個叫「艾滋病」的絕症，班裡都為這話題鬧得熱烘烘的。也多虧了刑煌，才加深了大家對這個病的認識，知道這個病是慢性絕症，目前無藥可救，主要透過血液和性行為傳染。

大家說得心驚肉跳，擔心被刑煌傳染，希望他不要再來學校上課，也永遠不要再碰到他。

在放學的路上，阿虎向阿雅談起自己聽來的事，歎息道：「唉！有些黑心的同學覺得他罪有應得呢！雖然我和他有過節，我也不希望這種事發生在他的身上，很同情他……阿雅，妳怎麼了？」

阿雅聽完他剛剛的話，面色就變得鐵青。

阿虎半晌啞口無言，大概料到是甚麼事。

「難道妳曾經和他？」

「我是被強逼的。」

阿雅雙手抓緊了褲子，全身都在發抖，淚目中的懼意在洌風中凝結，被勾起了內心深處最恐怖的夢魘……

阿虎撫了撫阿雅的頭，勸她明天去醫院檢查，後來改口說要親自陪她過去。阿雅垂淚看著阿虎，鼓起勇氣問：「如果我真的有那個病，你還會當我是朋友嗎？」阿虎用力地點了點頭。阿雅又問：「你不怕被我傳染嗎？」

阿虎東張西望了一會，才用雙手握緊阿雅的雙手，臉上有點尷尬，半開玩笑地說：「我們是同甘共苦、同生共死的好朋友啊！永遠都不會變！」

阿雅含著淚光笑了一笑，那一刻她覺得阿虎厚厚的手掌很溫暖，大概是她這輩子碰過最溫暖的手。

那一天之後，阿雅就在他們的世界裡消失了，不再在學校出現，不辭而別，離開了西安市。

阿虎很傷心。

他對于學良說：「我們下個夏天要做暑期工，存錢，然後一起去找她。」

要找阿雅的不只是他們，刑煌也拜託牛哥揪出阿雅的下落。當刑煌知道自己得病的一刻，整整三天都失眠，足不出戶，出現天塌地崩似的幻覺，幻覺裡沒人陪葬，只他獨個兒死掉，無法好好享受上天給他的榮華富貴。

當刑煌走出自己的房間，整個人都變了，多了一股邪氣，天天風流快活，今朝有酒今朝醉，但對人的態度更加惡劣了，只要有人踩到他的鞋子，立刻就會被推進茅廁的糞坑裡。

牛哥笑聲如雷，對刑煌刮目相看。

人病瘋了，就會妄想，更加乖戾。刑煌玩過不少女人，想來想去，就是阿雅的嫌疑最大。胡思亂想起來，就一口咬定是阿虎的美人計，將阿雅送到他的懷裡，害他感染絕症……阿虎根本沒做過甚麼，也不能控制刑煌在想甚麼，惡意卻隨著時日醞釀。刑煌愈想愈恨，阿雅失蹤了之後，滿腔怨憤都怪在阿虎的身上。

刑煌的爸爸寵慣了他，信了兒子一面之詞，勃然大怒，要為兒子出一口氣，只是打了一通電話，大學就開除了阿虎的爸爸駱先生。

但刑煌偶然看見阿虎一家樂融融的樣子，想不到窮人沒錢也可以過得好，他看得牙癢癢的，妒火和恨意中燒，不甘心帶著阿虎給他的屈辱入去棺材。

刑煌對阿虎恨之入骨，一直想找法子出一口惡氣。

春節的時候，他和牛哥一幫人在街上碰到落單的駱先生。歹念一起，機會出現，誰也阻止不了。刑煌對牛哥說出自己的主意，牛哥馬上贊同，便差遣幾個兄弟，在一片鞭炮聲之中，用麻布袋套住了駱先生，將他擄到了車上。

「你打算怎麼處置他？」

「先帶去我家吧。」

這些竊竊私語的聲音傳入駱先生的耳中。刑煌一定沒想過，駱先生在運動會見過他，竟會認出他的聲音。

刑煌很有耐性，也深諳人性，他將駱先生鎖在家裡倉房的雜物房裡。因為他家大得讓人迷路，沒有外人會發覺。他又委託一個小混混戴面罩去送飯，不過那小混混很缺德，老是忘了送菜，結果駱先生所受的苦可想而知。

阿虎一家心急如焚，知道爸爸有心臟病，真的很怕他出事，同學親友傾巢而出，但到處找也找不著。阿虎沒一覺好睡的，而他媽媽哭成淚人。

這晚阿虎繼續尋父，在街上瞧見于學良氣急敗壞走過來，接著就聽到他匆匆說：「阿虎……不好了！我剛剛被刑煌和牛哥抓住了，他倆要我向你傳話，說你想見你的爸爸，馬上就要過去刑煌的家。只准我跟你去。」

阿虎怒不可遏，始知這幾天鬧得雞犬不寧，原來都是刑煌做的好事。

在一片淒楚的月色下，阿虎和于學良踏過鞭炮燒燼後的碎紙，就像踏上了通向虎穴入口的紅地毯，被引到了倉房那邊。

十幾個兇神惡煞的人早在倉庫裡列陣恭候。刑煌早已託人將駱先生重新用麻布袋包裝，現在就像搬貨物一樣，將麻布袋抬了出來，放到倉庫裡的燈光底下，氣得阿虎七竅生煙，卻又不得輕舉妄動。

「你綁架我爸爸！」

「話別亂說，千萬別冤枉好人。我們知道你在找爸爸，便好心幫忙，發現有人將他放在我家的倉房，便專誠叫你過來看看。」

牛哥站在麻布袋旁邊，拿出一口刀子，招搖地在阿虎面前弄來弄去。

刑煌手持木棍，向阿虎擠眉弄眼。

「你錯怪了好人，不用向我道歉嗎？」

「你想怎樣？」

「當然要逐一向我們下跪。而且我要你發最毒的誓，這一生都不得傷害我們所有兄弟。」

阿虎和于學良都沒有解窘的主意，肉在刀俎上，深知當晚很難全身而退，卻又不想就此姑息惡人。

刑煌眼見阿虎遲遲不低頭，便揮木棍，打了麻布袋一下。

「怎樣？你有心痛嗎？」

看到阿虎面色慘白的樣子，刑煌心裡樂透，覺得很爽，又敲了那麻布袋幾棍。但袋裡的人竟沒半點反應，刑煌覺得奇怪了，愈想愈不對勁。

紮住袋口的繩子落下，袋裡掉出來的男人，身子硬繃繃的，四肢冰冷，已經沒有鼻息。阿虎匆匆跑過去，抱住爸爸的身體，失聲痛呼。

「怎會的？」

刑煌本來只想嚇一嚇阿虎，怎料鬧出了人命。

一九八七年的立春，是駱先生的死忌。

阿虎眼中冒火。

他一拳一個，將那些人打得遍體鱗傷，沒一個站得起來。

晨光照進屋裡。

在這群芳爭妍的春天，卻沒有半點顏色。

自從阿虎的爸爸死後，媽媽就變得很神經質，在家裡擺滿了佛像，大的小的，朝朝暮暮都坐在小神壇前，呢喃細語，向著神佛虔誠祈拜。

阿虎默默瞧著媽媽的背影，常常感到心疼。但今天阿虎捏緊了拳頭，滿臉正氣洋溢，走近小神壇，從後面輕輕抱住媽媽，嘴巴湊近她的耳垂：「媽，我們要出門了。今天就是我們討回公道的日子。」

媽媽淺笑著回應，頭髮早就梳理好了，面色卻有點蒼白。

「我最近有點心緒不寧。不知為甚麼啊。」

阿虎憐惜地看著媽媽，苦笑了一下，明白爸爸的死，對他和她的打擊都很大。

前往法庭的途中，陽光暖洋洋的，阿虎聽著悅耳的鳥聲，心中有股強烈的正義感——善有善報，惡有惡報。

他陪著媽媽緩步走，笑著許諾：

「我一定會代替爸爸來照顧妳。讓妳享福。」

「傻孩子……媽有你就夠了。我很幸福。」

當兩人走進法庭的時候，裡面人眾鼎沸，場面盛大。

同學們來了旁聽，老師也在場，七成是為了支持阿虎，三成是為了看刑煌受到制裁。法庭內氣氛肅穆，彷彿瀰漫著一股正氣。

刑煌木無表情地坐在被告席上。

他和牛哥那幫人大都是撐著拐杖進場的。

審判官出來了，他就是這裡的玉皇大帝，掌握生殺大權。刑煌的父母和親友都來了，他們與阿虎等人隔得遠遠的，座椅隔著水火不容的鴻溝，兩邊人壁壘分明。

開庭。

第一個程序是陳述起訴書中的案情。

阿虎告刑煌等人的罪名是謀殺罪。

到了法庭辯論的環節，被告人的辯護律師站了起來。他抖了抖衣袍，托了托金絲眼鏡，用銳利的眼神凝望著阿虎，開始問話：「駱子夫先生，請問你狀告的罪名是謀殺罪嗎？」待阿虎點了點頭，辯護律師又問下去：「請問你知道謀殺的定義嗎？」

阿虎怔了一下，小心翼翼地回答：「謀殺不就是殺人嗎？因為惡意而令別人致死……」

「沒錯！『惡意』兩個字是很重要的。被告人他們和你爸爸無怨無仇，又怎會有殺害他的動機？我之後將會證明，被告人他們是無辜的，受害者駱先生的死只是一場意外！」

律師從面向審判官那邊轉身，回望著阿虎，質問道：「你知道自己爸爸有心臟病的事嗎？」

阿虎點頭答應：「知道。所以他要定時服藥，而他因為被刑煌他們綁架，停了服藥，又受了刺激……」

「停！實情真是這樣嗎？」

律師突然打斷，語氣凌厲得嚇人一跳，面色微變溫婉之後，又問：「駱子夫先生，你和你爸爸的關係怎樣？」

阿虎學乖了，知道對方的問題是在設餌，但詭詐之處到底在哪，想了很久也想不到。在眾目睽睽之下，便只好硬著頭皮，如實相告：「我和爸爸的關係很好。」

律師問：「你肯定？你沒恨過他？他沒做過對不起你的事？」阿虎有點惱怒，便答：「一個兒子又怎會恨他親生的爸爸！」

辯護律師眉頭一舒，大聲指控道：

「你騙人！他根本不是你的親生爸爸！你的戶籍全是假的！你只是他用錢買回來——或者拐帶回來的養子！」

聽到這樣的話，阿虎還以為對方在含血噴人，一直等到證據一一呈出，他心裡才深深感到不妙。望向席間，媽媽竟然面如白紙，差點就要暈倒，要由親友攙扶。媽媽的眼神中帶有幾分歉意，阿虎才知對方所言並非全是假的，頓時失了方寸，心神大亂。

刑家財雄勢大，真的甚麼私隱都挖得出來。

辯護律師又出示一份證明書，由駱先生的主診醫生開出。律師朗讀出病歷，然後字字鏗鏘地說：「駱先生本身的病情已經很嚴重，就算一直服藥，也隨時會有生命危險。所以就算他在被告人家裡病發，也未必與被告人相干。」

阿虎滿臉狐疑，呆呆道：「怎會的……我根本不知道……」

辯護律師立刻反唇相譏：「你不是剛剛才說，你和爸爸的關係很好？怎會不清楚他的病情？你不覺得很矛盾嗎？我有理由懷疑——原告人其實清楚病情，他知道爸爸快死，就用詭計將他運到被告人的家，然後向被告人敲詐和勒索金錢！」

法庭內一片譁然。

阿虎沉不住氣，聲嘶力竭地猛叫：「你騙人！你騙人！你在胡說！你在扭曲事實！雖然爸爸本身有心臟病，但要不是刑煌他們折磨他、刺激他，他是絕不會死的！雖然不是直接殺的，也是因為他們而致死！」

「我雖不殺伯仁，伯仁因我而死……這就是所謂的意外了。」

辯護律師雄辯滔滔，阿虎根本招架不住。

「你真的肯定自己沒有做過違背良心的事？」

「沒有！」

「但我有證據顯示，你收了被告人一家的錢——這就是你勒索他們得來的。」

阿虎受到這樣的誣陷，自是不屑回應，但疑心對方栽贓嫁禍，望向媽媽，媽媽也是一臉迷惘。

跟著上來的證人是陳主管。

陳主管當時好心給了駱先生一筆錢，挪用公款，沒想到此事被刑家揭破了。刑家一方自然不會放過這樣的機會，指鹿為馬，憑空捏造，陷阿虎於不義。在庭上，陳主管面色僵硬，別人問一句，他就答一句，有時候點著頭否認，有時候搖著頭說：「是！」

法院派公安到駱家搜索，真的搜出了那筆錢，這一來就是證據確鑿，可惜原告一方無法解釋它的來由。只教阿虎呆在當地，百口莫辯，心口涼了一大截。

阿虎抹了抹汗，振作起來，在庭上凜然道：

「法官大人。刑煌和他的同黨折磨過我的父親。這一點一定是事實。我的朋友于學良可以為我作證。」

于學良便被傳喚出來，法庭燈光映在他的臉上，竟顯得面如槁木。在眾目睽睽之下，他顯得異常緊張，怯聲說話：「我當晚陪駱子夫找爸爸，結果在刑煌的家找到他。」

審判官問：「你有看見被告人折磨他嗎？」

于學良答：「我……我不知道。我們到了刑煌的家，他就好像已經氣絕了。不過，我看他表面上沒傷痕，應該不像受過刑……刑煌他們手上沒拿武器……」

阿虎忍不住離席怒呼：

「于學良！你！」

于學良裝作聽不見，儘管目光虛浮，答話愈來愈順暢。他作供完了之後，就要求上廁所，之後不再回來。

法庭評議之後，即將宣告判決。

等待期間，同學過來鼓勵和安慰阿虎，不齒于學良的行徑。阿虎面色難看，坐到媽媽的身邊，不發一言。直至聽到法官快要宣判，他才握緊媽媽的手，媽媽眼中流出寬慰和感激的淚水。

法院裁定駱先生的死是意外。

刑煌等人當庭被無罪釋放。

「他媽的！沒天理！」有人大喊。

這樣的判決雖是意料中事，刑煌還是長長吁出口氣，恢復了昔日驕矜不可一世的神色。他以勝利者的姿態接近阿虎，湊過去說：「天有眼哪！法律是公正的。我沒事啦。接下來輪到你了——你打傷了我這麼多兄弟，你看自己要蹲多少年？」

世情諷刺，峰迴路轉——

坐在原告席上的阿虎，頃刻間變成被告……

罪名成立。

阿虎換上囚衣，被剃光了頭髮，暫時羈押在看守所，之後就會被送去鄰省一個臭名遠播的黑暗監獄。

都怪他得罪了不可得罪的人，惹來了身陷囹圄之禍。

十五年刑期，對一個少年來說實在太重，但明理人想到自古冤案眾多，有些人寫錯一篇文章、說錯一句話，也會被判監十五年，判在阿虎身上的刑期也就合理至極。再者，那邊監獄的環境相當惡劣，連蟑螂也絕跡，客死異鄉還好，屍骨未寒才叫慘呢！能完好無缺出獄者寥寥無幾，如此看來，刑期長短已不再是很大的問題。

一不做，二不休，刑煌一方善用傳媒，將阿虎塑造成一個賣父求財的惡魔，害他身敗名裂。理論上每個人都有明辨是非的智慧，但世道人云亦云，況且在不求真相的時代，吃飯最要緊，無必要將一條賤命掛在心上。

阿虎瑟縮在冰冷的一角，遭世人遺棄的感覺並不好受。

他知道自己沒有做錯，閉目瞑想，就是不明白因因果果：如果世上真的有公義的話，如果老天不是瞎子，為甚麼被囚在這裡的人是他？

蒼天亦無語。

媽媽每天都來探他，儘管她表面堅強，他知道她哭得眼淚都乾了，眼角的淚痕和皺紋深似木刻。同學們怕惹上麻煩，都不敢來探他，只是託他媽媽送來鼓勵信。那個在法庭裡罵出「他媽的沒天理」的男同學，聽說正在醫院裡躺著。于學良完全失蹤。阿虎很想忘記這個出賣自己的朋友，卻忘不了。

在阿虎被送去監獄之前，終於有個媽媽以外的人來看他，那個人就是刑煌。

隔著一排欄柵，刑煌擺出一副貓哭耗子的態度，嘴含譏意，盯著欄柵後的阿虎，就像盯著一頭關在籠裡的老虎。

「你向我下跪道歉的話，我或許有法子弄你出來。怎麼，要不要考慮看看？」

阿虎登時撟舌不下，面色怪異地扭曲，骨頭好像軟了一樣，只要再遲兩秒，一時天真起來，就會對這誣害自己的人低頭。

就在他恍神的時候，刑煌「嗤」的一聲笑了出來。

「哈哈，騙你的。我才不會那麼笨呢。」

仇人相見，分外眼紅，阿虎比較不懂得控制自己的情緒，說了一句：「你！」就站了起來，抓住欄柵，胸口起伏不定，鼻子裡的氣噴到刑煌的臉上。

「你的媽媽需要你來孝順她吧？」

刑煌莫名其妙吐出這句話，令阿虎心頭一凜。

「你別要想著向我報復。只要我弄來幾張殘障証，就可以向你家索償，賠足一輩子——你也不想自己的媽媽餘生受苦，欠債累累吧？哼！你想害我坐牢，這就是惡有惡報！法律真是一樣好東西呢！」

阿虎緊咬兩唇，怒火彷彿要從眼裡迸出來，一雙拳頭捏得幾乎出血。

「我就說過，你鬥不過我的。因為我有頭腦，而你沒有。」

刑煌指著自己的頭，拋下這句話，笑著轉身就走。

最偉大的是智慧，最邪惡的也是智慧。

等著阿虎的，就是張著虎口而獰笑的牢房。

牢獄生活並不好過，牢裡住的都是真正的惡人。

牛哥人脈廣，在牢裡有幾個舊相識，自然會託他們好好「照顧」阿虎。他們不遺餘力對阿虎拳打腳踢之餘，亦要慷慨解帶請他喝尿，每日都變得很忙。

阿虎勢孤力弱，又不懂阿諛逢迎，這種人無論在外面，或者是在牢裡，都是要吃虧的。

不過人的適應力很強，可以逍遙得像神仙，也可以過得像豬一樣，餓不死就是好日子，受了「樂天知命」這成語的薰陶，都將逆來順受視為磨練，就當自己上輩子造孽，這一世是來贖罪的。

惡霸們上了癮，一日不揍他，一日也不舒服。在毫無好處的情況下，人類也會欺凌同類，也許就是為了樂趣。那些人看見他生命力頑強，怎麼樣也弄不死他，更加放肆，無論反抗或啞忍，阿虎都是吃盡苦頭，終日遍體鱗傷地躺上睡床。

阿虎每晚睡前，都會瑟縮在小窗邊，望著皓白的月亮，向那個連他也不知是否存在的神默禱——

「這十五年我真的挺得過嗎？」

「我到底犯了甚麼錯？為甚麼要受這種苦？」

「神，你為甚麼遺棄我？為甚麼要我受到這樣的折磨？」

阿虎以前很不喜歡睡覺，曾覺得睡覺是浪費光陰的事，但現在的他覺得睡覺是一天裡最快樂的事。

人總是期待一覺醒來，明天就會有好事發生。

然而日復一日事與願違，人就會漸漸失望，絕望再失望，最後心枯意死。阿虎求神將力量再次賜給自己，然而當他頭上仍是光禿禿的，那股神力就不會回來。他鑽牛角尖去想，不管他如何懊惱，依然天天受盡生不如死的折磨，沒得到半點憐愛。

「這，原來就是神給我的答案。」

當他一直相信的奇蹟沒有降臨，他相信的公義蕩然無存，他就開始懷疑這個世界，思想變得憤世嫉俗，繼而痛恨這個世界。

十個月以來，人間煉獄般的生活，將阿虎全身上下磨得已經沒有稜角，目無表情，如同朽木，少了喜怒哀樂，失去了做人的光采。三百零五日裡，超過四百次冒起自殺的念頭，但一想到孑然一身的媽媽，他就竭力壓抑了下來。

他認命了。他心已死。

但世上還是有些事可以激起他心中的漣漪。

這一天，他收到兩封信。

一封是于學良寫給他的：

「我每晚睡覺都會良心不安。我知道無論我怎麼做，你也不會原諒我。我當初只是想幫刑煌脫罪，想不到他居心叵測，騙了我，又陷害了你。不瞞你說，我患上艾滋病了。源頭其實是阿雅。她是無辜的，因為她被當海員的爸爸強暴了。有幾晚喝醉，我和阿雅做了錯事……但我知道，她最崇拜和最愛的人是你，可是你卻無視她的愛意。她臨走前，我其實見過她一面，她向我懺悔，還哭求我要保密。她是不想讓你看見她醜陋的樣子，才離開了西安市，打算找個無人認識她的地方默默死去。

刑煌給我一筆錢，我當時受不住誘惑，因為我父母只有我這個兒子，我不想他們孤苦無依。今世欠你的，我來生再償還，我心中仍會當你是兄弟，希望你過得平安。我罪該萬死。」

另一封信是媽媽的，帶來天大的喜訊：

「虎兒：見字勿念。我搜集到幫你脫罪的證據。我有朋友在刑家當傭人，她說在雜物房裡發現你爸寫的遺書。原來你爸精明，看見有些被棄置的家具，便在抽屜底寫字，還蓋上了血指印，期待將來有人拾獲，揭發加害於他的人。我已託朋友將證物偷偷拿給我。我天天幫你求佛，你一定可以洗脫冤情。等我好消息。」

讀畢全信，阿虎心中極度激動，好幾晚重讀，手都在抖，還真的期望有奇蹟出現。

過了一個月，還是沒有媽媽的音信。

阿虎焦心如焚，提心吊膽，既擔心好夢成空，又恐怕媽媽出了意外，有時看見地上有碎紙，就會疑心是有人撕爛了他的信。

阿虎急得心都要塌方，可是人在牢中，不能打探外面的事，再急也是枉然。

「如果可以飛出去就好了……」

勞動的時候，抬頭看著一片晴空，阿虎愛做這樣的白日夢。

但那一天，天空突然嚎哭，當時阿虎正在一角拔草。風雲變色之後，地面急劇搖晃，然後是一陣地動山搖的波盪。地震來了！阿虎和許多人都趴在地上，拚命抓緊一些實實在在的東西。

隆！

不知是魔鬼的力量，抑或是上天聆聽了他的祈求，阿虎面前的圍牆破出一個足以讓人通過的大洞。

六十三。

破洞外彷彿照來一道自由的白光。

獄中一片混亂，這是天公造美的機會。

阿虎曉得在牢裡只有死路一條，反正也不想賴活了，深深吸口氣，就發狠衝了出去，拔足狂奔。

機不可失，他越獄了，腦中一片空白，不顧方向，逃到了山上，不知不覺間發揮了神力，迸斷的鐐銬落了在他背後的地面。

由晝至夜，短竭長跑，阿虎在林間披星戴月快奔，也不知跑了多遠，天色漸亮，亦到了一片開闊的澗壑，景致煥然一新，整個人都沐浴在初出的晨光之中。

阿虎沿著溪澗走向下游，竟然看見一隻海鷗。那海鷗看見有人來了，便搖尾展翅翱翔，直到這一刻阿虎才真正覺得自己自由了。

好運的事又來了，阿虎在溪邊拾獲一件棉衣，當下換上，將自己的囚衣埋在泥裡。濕透了的棉衣，曬上半天就乾得像熨烘過一樣。

如此一路往西安市前進，阿虎歷盡滄桑，有時要扒垃圾桶，有時要跟人家養的狗搶殘羹冷炙。為了掩人耳目，他也偷偷混上過載豬的車，臭得鼻子都要爛掉。當一個人落魄到了那個地步，甚麼道德，甚麼尊嚴，比起生存都是微不足道。

在回家的路上，阿虎的頭髮漸漸長出來了，愈來愈長。

他根本不知底蘊，就完全恢復了神力，到後來就不用行乞，可以抓野兔來充飢。

阿虎身在叢林，雙掌亂砸亂打，一株株碗口粗的大樹就被他轟得四分五裂，想像樹幹是自己的仇人，洩去心頭的怒焰。阿虎由上而下看著自己的身體，喜不自勝，有了力量，就有了報復的打算。

他十分憂心媽媽的安危，但又不敢太張揚，反正體力無窮無盡，便不眠不休地趕路，翻山越嶺，途中還繞錯了方向，差點就過了鄰省。

到了西安市的時候，阿虎的頭髮已長得可以繫小辮子了。

披頭髒亂的散髮，衣衫破爛不堪，加上皮膚黧黑，阿虎比街頭的假乞丐更像乞丐。到了城裡，不免會碰到熟悉的人，阿虎便警惕自己要格外小心。

他偷偷打過電話回家，家裡沒人接，自收到媽媽最後一封信，就斷了音信。

現在阿虎著急起來，來到自己家的後門，仰望著二樓的窗架，心中徬徨，既怕媽媽已經遭遇不測，又怕警方或者刑煌的人在裡面匿伏。他聽了很久，真的確定屋裡無人，才一個縱身攀上去。

家裡空寂寂的，一切依舊，就是沒有人。等了半天，連鬼影也不見半個，阿虎一直留意窗外的動靜，偶然回頭，看到牆上掛著的獎牌，不禁黯然神傷起來，想起昔日對父母親的童言：「將來要賺很多的錢，讓爸爸媽媽享福！」如今家破人亡，他連自己也保不住了，還談甚麼照顧家人？無論信念多麼強，但人的力量就是這麼渺小和薄弱。

阿虎又想到，現在正被公安通緝，真是朝不保夕，不知以後該怎麼打算。

由那個小的牢獄逃了出來，才發現世界是個更大的牢獄。

阿虎更衣之後，戴上帽子，翻牆外出。

現在他有了力量，可以行動自如，逃跑起來絕對無人能夠追上他。阿虎更發現，力量不僅回來了，還變得比以前厲害，現在他的五官敏鋭得就像超人一樣。

阿虎腦中想到于學良，挑了條小路，就在于學良放學後必經的地方埋伏。

等了一會，于學良果然出現了。

阿虎不露聲色，在他背後跟蹤了一會。當于學良快到家門，阿虎就下手了，將他擄進暗巷裡，捂住他的嘴巴，又扼住了他的脖子。

「你敢大叫，再出賣我，我就殺你！」

由於很久沒説話，阿虎説得又笨拙又難聽。

于學良的雙眼睜得像魚眼一樣，猛然甩頭晃腦，用求饒的目光看著阿虎。

阿虎鬆開了雙手，改為揪緊了他的領口。

于學良深深吸了口氣，用關切的語氣慰問：

「你……回來了。阿虎，我對不起你，請你原諒我……你知道嗎？你越獄的事鬧得很大。公安都有追問我你的下落，你要小心一點，避一避風頭。」

「我媽媽呢？是刑煌、牛哥他們捉了她嗎？」

「我……我真的不知道呢。阿虎，刑煌他們雖然不完全信任我，但我和他下面幾個人混得很熟。也許我可以幫你問出甚麼……」

阿虎自小認識于學良，看出他不是在説謊，便心灰意冷地歎了口氣。

「在外面談不方便，進去再説吧。我家裡沒人。」

阿虎豎耳一聽，知道他説的是真話，便真的放開了手，跟著于學良進家。這一別經年，很多事都改變了，阿虎問起阿雅的事，又問到學校的近況，曉得舊同學偶然會提起他，但沒了他也一樣過得好。他在別人的心目中不是可有可無，但現實往往會淘汰一些難以再見的故友。

此外阿虎又打探了一些刑煌的事，于學良實話實説，還説這一次痛改前非，要是阿虎真的要捉拿刑煌，他一定會鼎力相助。

于學良問：「你知道刑煌為甚麼那麼恨你嗎？」

阿虎搖了搖頭。

于學良又説：「因為他一直覺得阿雅是你的人，他惹上絕症就是你害的。你又真的沒染病啊！難怪他會眼紅……唉。我跟他解釋過很多次了，他就是不聽。」

阿虎黑著臉，睜目道：「他媽的惹上絕症關我屁事？」

隔了一會，于學良沏了兩杯茶出來，又逗阿虎聊天，既驚且懼，似乎擔心他一停下來就會對自己動粗。

于學良看著阿虎喝茶，問他：

「抓住了刑煌之後……你會怎麼對付他？」

「如果他真的敢對我的媽怎樣，我一定要煎他的皮、拆他的骨！」

阿虎臉上青筋暴現，咬牙切齒，于學良就知道他不是開玩笑的。于學良擔心他利用自己向刑煌報復之後，下一個就會輪到自己，所以他在茶裡下藥的事也不是鬧著玩的。當阿虎察覺到頭重腳輕，已經搖搖欲墜了。

「你！」

「對不起！」

阿虎感到腦中天旋地轉，就昏眩了過去。

朦朧間，好像瞧見了刑煌等人猙獰的面目……

六十四。

大樹下，矮坑裡。

飛舞的螢火蟲恍如一弦飄靈。

當阿虎悠悠醒轉的時候，頭上是月亮和星空，四野寧靜，耳根感到清淨，身處的地點是一片荒地。

「咦！他醒來了啦！」

負責看守的嘍囉驚叫出來，接著過去通知同黨。

儘管阿虎手手腳腳被粗繩繫著，他知道只要一用力，就能解開束縛。阿虎身在坑裡，鼻子裡是最討厭的人的氣味，便知道刑煌等人正在走過來。

一想到自己又再中了圈套，落入刑煌的手中，阿虎冒出一身冷汗——要是他被人一刀斷氣，哪有命活到現在？刑煌他們心懷不軌，明顯就是要凌虐阿虎至死，哪裡想到害人終害己，反而給了他報仇的機會。

阿虎心想這樣倒也省時，今晚就要解決與他們之間的恩怨。

果不其然，刑煌和阿牛等人陸陸續續過來了，個個都期待看好戲。于學良的臉也在那伙人之中，但一瞬間又退縮到後面。

阿虎又被他出賣了。

一個人到了垂死的時候，居然也是如此自私，只顧念著自己的好處。

如果這就是人性——人性豈不可悲？

刑煌蹣跚走近坑邊，從高處瞧著阿虎，手裡竟握住手槍，這傢伙已經目無法紀。阿虎一看到他，想起牢中受過的痛苦和爸爸的死，不覺髮指眥裂，但竭力保持冷靜。

「駱子夫，你有種的，連越獄這種事都做得出來！我就知道你會來報復，所以先下手為強。沒錯，你媽媽就在我們的手上。本來留著她的命，是要用來威脅你的，但現在根本用不著了…… 我真是太聰明了！只是花一點小錢，就買到了你的朋友！」

阿虎只是橫眉冷對眾人，嘴角翹起。

「我媽媽呢？」

刑煌嘿嘿一笑之後，就叫人打開麻布袋。

麻布袋裡滾出一個沒有手腳的東西。

當那東西滾到阿虎的身邊，阿虎頓時崩潰，第一次在刑煌面前跪了下來，發出淒厲的悲嚎聲。

昔日呂太后與戚夫人爭寵，得勢後，便對她施以極刑。《史記》有云：「太后遂斷戚夫人手足，去眼，煇耳，飲瘖藥，使居廁中，命曰『人彘』。」

原來有人向刑煌通風報信，知道阿虎的媽要告發他，便將她抓了回來，嚴刑拷問，她寧死也不肯說出將證據藏在哪裡。牛哥惡向膽邊生，就要下殺手，但刑煌喪心病狂，一不做，二不休，就說反正她都是死定了的人，不如乘便用她來擊潰阿虎……

其他人之前不知布袋裡的東西，現在親眼看到，都一一呆住了，無不毛骨悚然，噁心得連胃都要反了。

阿虎滿臉都是泣血般的淚水，他萬萬沒想過，一個人可以泯滅人性到這樣的地步，殘害一個可憐的女人。

淒楚的笑容——

儘管已看不見也聽不見，甚至摸不著，她就知道他在她的身邊。這個母親，一定打從心底感謝自己相信的神佛，讓她在垂死之前再次感受親兒的體溫。

阿虎將媽媽緊緊摟在懷裡，然後親手掐碎她的脖子。

他這輩子第一個殺的人，是自己的母親。

對某些人來說——

死亡，可以是一種幸福。

刑煌突然大笑起來，囂張得近乎瘋狂，妄言道：「哈哈！怎樣啊？你後悔惹上我吧？你終於要對我下跪了嗎？我早就說過，你鬥不過我！今天我就要告訴你，有錢真是可以為所欲為的！我有財，有勢，又有智慧，這世界就是由我這種人來主宰的！」

不知在何時，綁著阿虎雙手雙腳的粗繩已崩裂了，但刑煌一直沒有發現這樣的事。

刑煌對阿虎的媽做的事，阿虎照本奉還。

誰也看不見阿虎是如何走近他，更看不見他是怎麼對刑煌出手的。其他人都是亡命之徒，無惡不作，這一刻瞧著怒氣滔天的阿虎，血淋淋的，如見厲鬼，竟被嚇得雙腿都動不了，極度驚恐的神色一一在他們的臉上掠過。

高懸的月亮大得很不尋常，而仇恨就像火山吐納般爆發，但湧出來的不是熔漿，而是熔漿似的血。

阿虎終於大開殺戒。

那一個晚上，天雨粟，鬼夜哭。

殺人是最華麗的藝術。

血花四濺，所以華麗。

以眼還眼，以血祭血，以暴易暴，世間萬物都可以盡情摧毀，只有向魔鬼靠攏，化身為泯絕人性的惡魔，才不會再被可惡的老天欺負。

百無禁忌，灰飛煙滅——

包括脆弱的人命。

「既然法律無法主持公道，既然忍耐只會帶來更多折磨，為甚麼不可以讓我憑自己的力量來討回我的血債？」

蒼天瞎了眼！

阿虎抓著一個個人頭上的髮絲，完成一幅用血來塗抹的水墨畫。

血如泉湧的月光，如水銀般灑滿荒地。

蟬聲就像鬼哭神嚎。

碎塊紛飛，下了一場血雨，血的味道竟是如此芳香。

草是紅色的，花是紅色的，風呀影呀月光呀，一切都被染紅了。

殺了人之後，就連自己的靈魂也會隨之失去。

一九八八年。

那是中國經濟即將起飛的時期，很多人都是後知後覺，但王虢已經開展了他的殺手事業——阿虎不再是阿虎，阿虎這名字在世上消失了，阿虎在他十五歲的時候死了。

廝殺之後，一切復歸平靜。

阿虎胸口仍在起伏，雙眼滿布紅絲，在靜謐得連鬼也不敢多喘口氣的荒地上，突然傳來一陣清脆無比的鼓掌聲。

在阿虎的背後，突然出現一個寬衣矯健的老人。

「殺人，愉快嗎？」

阿虎心裡一寒，結結巴巴地問：

「你是誰？」

「我找了你十五年之久……我終於找到你啦。」

「十五年？」

「對，十五年前你被拐走了，我就一直找你。我叫王翦，生生世世都為你的族裔效忠，守護著你們一脈的後人。」

那老人望著地上的殘局，滿意地笑著。

「虎父無犬子！你的族裔會以你為榮！如今你殺了人，靈魂上的枷鎖解開了，你的潛力將會完全解放。我不是你的父親，但我會身代父職，要將一切殺人的技藝傳授給你。或者，你嫌我老，叫我一聲爺爺也可以的……你要改名了，以後就跟我姓吧。」

「我的父親是誰？」

那個叫王翦的老人秘而不宣，只是將手繞在背後，在樹後斂步，回頭盯了年輕的王猇一眼，示意要跟著他走。

一切消失在一片詭異的迷霧裡……

〔全文完〕

後記

後記

包羅萬象，劃時代的小說派別

睽違三年，我終於將**D03**寫出來了。

回想當初為何有這個**D**系列的構思，得出一個結論：這是我精神失常之下的產物。

D系列是個壯闊宏大的冒險故事，每集獨立成書，主題和主角各異，卻互有關連，布局玄奇，構思縝密……我實在無法寫出這種欺騙大眾的廣告語。

小說以連載方式寫成，真的是想到哪寫到哪，一著筆就是句子，寫得淋漓盡致，從沒寫過大綱，因為大綱就在腦中，構思自然浮現，一切隨心所欲，沒有靈感就跑到寺廟拜神求籤，其創作過程根本是亂來的。連我這個作家，寫到中途，也忍不住擲筆大罵：「這是甚麼鬼故事？」

明明是傷痕文學的開端，用的卻是武俠小說的腔調，跟著發展成科幻小說，又加入偵探小說的要素，風格轉來轉去，出其不意，令讀者難以猜到下一節的劇情，甚至看到最後都是疑團重重，就像不知吞了甚麼東西下肚。

我在創作這個系列之初，亦苦於無法為它歸類。

文壇老前輩讀了前作，只是將它稱為「神怪小說」。我一直為此大傷腦筋，寢食不安，茶飯不思……拖稿拖了足足三年，可能正是這個原因。

直至去年，十一月，在台灣某書店，我翻閱一本飲食雜誌，眼前突然一亮，終於解開了一直纏在心頭的鬱結。

那是一篇關於「分子料理」的專題報導。

近年「分子料理」譽滿寰中，掀起一場料理界的大革命。製作「分子料理」的廚房就像實驗室一樣，廚師手中拿的不只是鍋子和炒勺，而是試管和特殊的儀器，結合科學與烹飪，將食物分子質變重組，譬如將小籠包變膠囊，用氮氣瓶做蛋糕，完全顛覆視覺與味蕾，帶來超乎想像的驚喜。

認識我的朋友，就知道我最愛自創名詞。

請容我在此大膽提出「分子小說」的概念。

英文名是「MOLECULAR NOVEL」，簡稱「M NOVEL」。

所謂「分子小說」，就是從不同類別或者各國的小說中萃取精華，將舊有的要素分解再重組，透過創意巧妙混搭，然後共冶一爐，創造出一部包羅萬象的作品。

古往今來，很多名菜都是凝聚了前人的巧思而成，經歷時間的考驗，留傳至今殊不簡單，而後人要自創突破，亦變得萬分艱難。同樣道理，前人登峰造極的小說作品，亦會變成後來者難以超越的屏障和壁壘，根深柢固的思想一旦扎根，人心存偏見，對創作者來說就是一種折磨，要活在前人傑作的陰影裡。

敢說所有小說家畢生追求的目標，都是寫出一部「前無古人，後無來者」的小說，可是精益求精談何容易，這並非我們這等庸人作家所能做到的創舉。

故此，我要做的，不是突破而是融合。

譬如金庸先生和倪匡先生的作品對我影響深遠，我就嘗試結合兩者作品的特點，綴以合適意念，加插流行元素，更重要的是透過自己的技巧和風格表達出來。如此創作小說，便有如故事中賴飛雲的絕招「書法劍」，每看一本書，就能有所吸收，繼往開來，承前啟後，從恆河沙數的傳世名作中，靈感取之不竭。

所以你在此書會看到江湖大俠一般的人物，也會看到美國超級英雄一樣的角色，主調用了懸疑驚悚小說〔THRILLER〕式的鋪陳手法，章節框架是西式的，卻又共融中國傳統小說的行文方式。

正如分子料理，這種小說的挑戰性極高，稍有差池，混搭錯誤，就會寫出一本不倫不類的怪書，令讀者感到難以「下嚥」。

就當是自吹自擂也好，筆耕逾十年，我終於摸清楚了自己的路向，未來我亦會在這領域上繼續開拓創作之路。

將來，未必有人會記得天航這個名字，但我期盼普羅大眾會接受「分子小說」這個派別。

金庸先生是我最喜歡的作家，而倪匡先生是我最尊敬的作家。倪匡先生更對我有莫大的恩惠，全因他的贈言，很多人對我這乳臭未乾的小子大大改觀。

鄙人才疏學淺，對書法根本一竅不通，書中關於書法的理解和描述，大都學自台灣美學大師蔣勳先生《漢字書法之美》一書。在此感謝大師寫出一本如此深入淺出的好書，給了我極大的啟蒙。

更要特別感謝買了iPhone連載版的朋友。

全靠他們的支持，拯救了這個系列。

當時真是全憑一股衝勁，就開始學寫iPhone上的軟件。由頭到尾，都是亂打亂撞的，閃過無數次放棄的念頭……結果，沒想到真的成功寫出第一個「APP」，通過蘋果公司的審批，至今依然覺得很奇妙，我應該是香港史上第一個精於編寫電腦程序碼的小說作家吧？

電子連載版算是相當成功，今後我亦會透過這方式來寫連載小說。**D04**暫定於今年夏天揭載，詳情稍後公布，請留意我的網誌或者加入天航的FACEBOOK PAGE〔臉書專頁〕。

這次為了挑戰極限，書中部分情節，並非每個讀者都能接受。

無論如何我都要強調，「**以眼還眼，以暴易暴**」是絕對錯誤的事，而我十分堅持「**善有善報，傻有傻福**」以及「**殺人是最大的邪惡**」。但盼大家不要單看字面，還要琢磨我在字裡行間隱含的意思。

我始終認為，最好的小說是透過連載方式寫成的。

很多大家耳熟能詳的武俠小說和科幻小說，甚至連結構嚴謹的福爾摩斯偵探小說系列，當初都是在報章上連載的。為了令人不停想追看下去，作者要不停想出新的懸念，賣關子，吊讀者胃口，無所不用其極。

寫出好小說的作家，通常都是很欠揍的作家。

我真的很希望有這麼的一天：當我在街頭露臉的時候，街上的所有人都想衝過來揍我……

這部小說的創作地點是台灣。

過去的我，曾經很質疑自己為甚麼要當作家，為甚麼要在香港這個文化荒漠裡誕生……直到我可以移居台灣，在這邊開始新生，我才深切感到可以當作家真是太幸福了！

我亦省悟到，我所遭遇的窘境不單是當作家的窘境，而是我這一代八十後青年的窘境。

為了過上好的生活，努力就會幸福，可是這套道理在香港未必行得通，跟台灣人談過，他們都聽過甚麼是「富人的天堂，窮人的夢魘」。

到台灣是我活到現在最正確的決定之一，這個寶島是我的福地，我甚至很想在這裡度過餘生。

只要奮鬥，在台灣就能住到靠山面海的房子，娶到夢寐以求的妻子，過上有意義有理想的生活……是因為寫作，我才能來到台灣的。

如果有下一輩子的話，我還是要當作家。

反正香港市場小，要靠賣書發財很難，做人不必強求，當我知道自己的作品有可能賣出海外版權，壓力的確輕了不少，上天待我當真不薄。既然傻有傻福，賺多賺少，我也索性不管了，將書賣得便宜一點，算是優待支持我的香港讀友——我一個人少賺幾塊，所有人就可以省下幾塊，好心就會有好報。

所以，各位大可放心，除非我身敗名裂，不然我還是會繼續在香港出書。

很多男人介懷三十歲這個分水嶺，要在三十歲前買車買樓，要有一定數額的財產才心滿意足。

我三十歲了，但我差點一無所有，一切從零開始，才發現我最大的擁有就是我的作品和三十年來累積的智慧。

可以極度熱愛自己的工作，將自己的工作當作興趣，這樣的事難能可貴，金錢的回報只是「伴著自己興趣而來的渣滓」。

要比的話，不要比這輩子能賺多少錢，而是比這輩子能有多麼幸福。

窮得有希望，總比富裕而絕望來得好吧？

人窮，心不窮。

這就是我的悟道。

劍即一切。

如果宮本武藏是為劍而生的男人，我也希望在我逝世之後，有人會在我的墓誌銘上寫著：「**為夢想和創作而生的男人**」。

天航

前半 寫於香港國際機場

後半 寫於台北

分子料理的一大特色，就是單看呈上來的餐點，甚至就算已入口，你也未必知道自己在吃的是甚麼東西。此書名為《宮本武藏的末世傳人》，亦是同理，掛羊頭賣狗肉，希望能給讀者最大的驚喜。

宮本武藏的末世傳人

The Kensei's Calligraphy

此故事之所有內容純屬虛構，
如有雷同，實屬巧合。

版權所有，翻印必究
Printed in Hong Kong

作　　者　天航
插　　畫　朴智媛
設　　計　Emily Lynn
編　　輯　郭東杰
　　　　　胡錦天
出　　版　天航出版社
發　　行　同德書報有限公司
　　　　　香港九龍觀塘大業街34號
　　　　　楊耀松第五工業大廈地下
　　　　　電話：35513388　傳真：35513300
承　　印　美雅印刷製本有限公司
出版日期　2011年3月　初版
　　　　　2021年12月　十一刷

ISBN　978-988-17815-5-0

本書如有缺頁、倒裝，請寄到以下地址替換：
Rm 607, Yen Sheng Centre, 64 Hoi Yuen Road, Kwun Tong
封面請註明「天航出版社收」。